北京风云十二年

黑红梅方

美女变大树 著

作家出版社

目 录
CONTENTS

前　言　/ 001
引　子　/ 003

第一章　本命年　/ 005
第二章　我　/ 009
第三章　牌桌　/ 013
第四章　纸醉金迷　/ 017
第五章　你的中午就是我的早上　/ 023
第六章　一笑倾城　/ 026
第七章　是恋爱还是吵架　/ 029
第八章　钻石人间　/ 033
第九章　机会　/ 037
第十章　月倾城　/ 041
第十一章　漩涡　/ 046
第十二章　缘分来了　/ 050
第十三章　情歌王子　/ 054
第十四章　亲爱的你就在我的怀中　/ 057
第十五章　陷落　/ 062
第十六章　走　/ 067
第十七章　患难之交　/ 071
第十八章　执迷不悟　/ 075

第十九章　琐碎时光　/ 080

第二十章　谁是谁非　/ 084

第二十一章　看守所的日子　/ 089

第二十二章　自由　/ 093

第二十三章　你还爱我吗　/ 096

第二十四章　胖子的本命年　/ 099

第二十五章　同人不同命　/ 103

第二十六章　尤佳　/ 107

第二十七章　缘属天定分乃人为　/ 112

第二十八章　重逢和别离　/ 117

第二十九章　宁夏和红姐的本命年　/ 122

第三十章　又见倾城　/ 128

第三十一章　哥们儿，就咱俩了　/ 132

第三十二章　希望　/ 135

第三十三章　相爱其实如此简单　/ 138

第三十四章　我信你因为你是我哥们儿　/ 143

第三十五章　引以为豪的爱情　/ 147

第三十六章　亲爱的我也爱你　/ 152

第三十七章　强扭的瓜　/ 157

第三十八章　分手最易　/ 163

第三十九章　欧洲，只是一个开始　/ 169

第四十章　兜兜转转，你居然没走远　/ 173

第四十一章　初入澳门　/ 178

第四十二章　真正的开始　/ 183

第四十三章　扑克牌中的人生　/ 188

第四十四章　黑红梅方　/ 194

第四十五章　情义　/ 200

第四十六章　哥们儿你可别吓我　/ 204

第四十七章　我所知道的　/ 209

第四十八章　深渊　/217

第四十九章　传奇　/221

第五十章　风云再起　/225

第五十一章　因果　/231

第五十二章　无聊是欲望的借口　/235

第五十三章　窒息　/240

第五十四章　我何德何能，有你相伴？　/244

第五十五章　好女人是一所好学校　/249

第五十六章　作　/253

第五十七章　最后的挣扎　/257

第五十八章　我失去了一切　/262

第五十九章　救赎　/267

尾　声　/272

我见过40岁的男人为情所困，也见过20岁的女孩游戏人间；
我见过豪赌上亿的醉生梦死，也见过一文钱难倒英雄好汉；
我见过芳华易逝旧了容颜，也见过廿年不变妖精的脸；
我见过大悲大喜一夜暴富，也见过人离家散天各一边……

这世间人来人往月缺月圆，谁管那缘深缘浅藕断丝连；
英雄一怒为了倾城红颜，从此一颦一笑都梦萦魂牵；
世事无常转眼沧桑了过往，红尘梦断何止上下千年？
公道自有人心判断，又何苦如鲠在喉泪湿了枕边？

落了的思念，丢了的牵绊，忘了的记忆，伤了的从前，
谁愿意低首敛眉弯腰去捡？
看不尽这是是非非，恩恩怨怨，
福祸常在一瞬间，因果报应终循环！

前　言

十年磨一剑。

我这一剑，却磨了整整十二年。

于我而言，创作小说其实就是一个圆谎的过程，即作者编了一个故事，读者从头到尾一步步看进去，信了，那就成功了。

当年《给我一支烟》全部完稿只用了一个月零九天，而这一次，单单是初稿我就足足写了三个月零十九天。

四个男人，四种人生，如何使复杂的情节合理化经常让我彻夜难眠，严重的睡眠不足，导致我经常处于一种无法复原的混沌状态……

每一处不了解的地方我都会反复确认，或上网查资料，或问有相似经历的人……每一段情节细节的背后，都是我为力求真实而做的大量功课。

没有人愿意看一个漏洞百出、逻辑混乱的故事，在情理之中却在意料之外的作品才会引起共鸣。

这是一部关于男人的小说，通篇充斥着雄性荷尔蒙，贪婪、背叛、诺言、情义、真爱、欺骗、人性、生死……

在整个写作过程中，我如小说中的他们一样经历了几世人生，也数度哽咽泣不成声。

那么长的故事，那么多的悲欢离合，有的人走了，有的人还在……每个人的命运被我生生攥在手中，我甚至要硬下心肠才能把所有欢乐和痛苦汇注于笔端。

所写的，除了他们，尚有80后美丽飞扬的青春。

而青春，不是越折腾就越美好，做过的错事终归是要还的。

合卷之时，你们看到的也许只是四个北京爷们儿十二年来的爱情、亲情、事业、友谊和命运，而我所表达的却是无常世事的波折和炎凉。

因果报应、是非循环，所谓的传奇不过是冥冥中注定的轮回，一切皆为定数。

所有的结局都已写好，所有的泪水也都已启程。

我流泪写过的那些章节，或许会有你的影子。

引　子

初冬。

我站在李明亮的墓前，看着他没心没肺地笑着，如果他活着的时候知道这张照片会被尤佳放在自己的墓碑上，一定笑不出来。

我点了两支烟，一支给自己，一支倒立在冰冷的地面上，"兄弟，"我蹲下来用手指轻轻抚摸着他的名字，"你在那边好好的，这里头不让烧纸，回头我出去给你烧，你踏踏实实的。宁夏再过两年也该出来了，到时候我和他一起来看你，欧阳……还睡着……我……我，如果你泉下有知，就给我指条活路吧……"

墓碑上的金字在的阳光下冰冷蚀骨，散发着死亡的气息，不论是谁，不论生前如何风光，总会被这简简单单的二十几个字轻易埋葬。

七年了。

我曾经不止一次地想象，在他喝下毒药的那一瞬间到底想起过什么，而在他狭小的汽车空间里，将会弥漫着生前怎样的留恋和忧伤。

而现在，我终于明白了。

别人赌的，是钱。

他赌的，是命。

而我赌的，是一辈子的幸福。

如果一切可以重来，我多希望我们可以淡然地度过那段青春，没有惊心动魄，没有生死离别，没有揪心的痛苦，也没有辉煌和传奇。

只是，胖子在平平碌碌地活和轰轰烈烈地死之间，又会如何选择？

下雪了，这个冬天的第一场雪，就这么洋洋洒洒地飘落下来，无情地吻着我裸露的手和脸，我也宁愿相信，在我脸上融化的，是雪花。

　　而不是眼泪。

第一章　本命年

"你他妈的回什么回？早晚把我也输了算了！你丫就是一个不折不扣的赌徒！"江玲玲吼出这句话的时候已是深夜，我刚刚迈进家门，一只拖鞋横空飞过我的肩头。

扔了这么多回，她居然一次都没扔中过。

我没接茬儿，这种架吵多了，吵到双方都已经理屈词穷。

我快速地闪进卫生间，还没来得及关上门，镜子里已经出现江玲玲愤怒的脸，她杏眼圆睁，挑衅地瞅着我，穿着一件傻乎乎印满了小熊的睡衣，光着一双38码半的大脚丫子。

接下来是演练了几十遍的套路，她左手袭向我的肩头，右手笔直抓向我英俊的脸，而我以迅雷之势抓住她的双手哀求道："别闹了，成吗？大半夜的。"

"去你妈的，秦轩，你是人吗？"她不依不饶。

"乖，别闹，我是不是人不都是你的爱人吗？"我讨好着把脸凑过去，试图用调笑和亲昵终结这场混战。

"滚蛋！"她抖开我的手，忽然头一低撞在我肋骨上，毫无防备的我立马被撞了一个七荤八素。

哎哟，新招式啊……

正在心里骂着，她又猛扑过来，有两瓶昂贵的化妆品被她胳膊肘扫到了地上，其中一瓶顿时被摔了个稀碎。

我失去了仅有的那点儿耐心，全世界都知道我不打女人，我只是在用力推开她之后，头也不回地摔门而去。

"×你大爷，有种你丫永远别回来！"江玲玲暴怒的声音在我身后响起，黑暗的夜里，我在楼道前昂头望着自家的窗户吐了口气。

孔子曰：唯女人与小人难养也。

不管他老人家的本意是什么，反正曰得真牛。

我在浓重的夜色里呼吸着春天的气息抽了半支烟，一边开车门一边给李明亮打电话。

"胖子，到家了吗？"

"马上，正要开门呢，你丫还没到家呢？"胖子今天赢了不少，不论是诈金花还是赌球，我想象得出这孙子此刻一定是一边掏钥匙一边正哼着那首《浪花一朵朵》。

他好像一辈子只会唱这一首歌，为这事我嘲笑过他无数回，他明亮的小眼睛总是在镜片后闪闪发光，"谁跟你一样啊，一张嘴就有无数的弱智小姑娘为你丫疯狂。"

打完电话，我关了手机。

胖子给我开门的时候嘴边上沾着一圈儿白沫儿，他喷着一嘴牙膏味儿问我："又吵架了？"

我装作没听见闪身挤进门，问："还有牙刷吗？"

当胖子的呼噜声响雷般在隔壁响起，我打开手机，江玲玲的信息铺天盖地涌了进来，我甚至看见了她没完没了的泪水。

曾经的真情和感动像风一样吹过，如今居然一点都不能再打动我。

李明亮162公分，体重近两百斤，从远处看等同一个球，从小我们就叫他"胖子"。

他和我同在南城的胡同里长大，是我的小学和高中同学，上中学时我爱打架，他老寻求保护一样颠颠儿地跟在我屁股后头，高中一毕业，他妈就托了人事关系，去某事业单位当了会计。

当时我们还有两个死党，一个是瘦得跟竹竿儿似的欧阳野，胖子的初中同学，俩人站一起很有碗和筷子的即视感。他不是宣武的，家住西城，现在大学毕业一年了，正在北京电视台实习，天天扛个摄像机拍明星八卦，估计机器都比他沉。

还有一个发小儿叫宁夏，从小父母离异，跟着他爸过，他爸是个暴脾气，打小没怎么管过他，烦了就拎过来揍一顿，后来再婚，宁夏跟他后妈不对付，所以经常不回家。

很多人见到宁夏的第一反应是：我×，这小子真帅。

的确，这小子真帅。

他长了一张几乎无可挑剔的脸，五官比真正的混血明星还要好看，身高187，穿衣显瘦，脱衣有肉。

其实刚初中毕业时宁夏才一米六出头，那会儿我还到处觍着脸大言不惭地号称"宣武第一帅"，可也就半年工夫，他一下子蹿了二十多公分，五官也越发立体俊朗，从那时起，宁夏就总是被各种女孩子围着，经常水泄不通。

他频繁地更换着女朋友，衣着日渐光鲜，越发帅得旁若无人，隔多少条街都知道四十三中出了这么个货。

高二下学期有一天放学，宁夏被几个社会人围着劈头盖脸一顿暴揍，据说是因为睡了一六一中的校花，当天后半夜宁夏只身一人拎了块板砖把领头揍他那哥们儿给拍了，也是刚过完十八岁生日点儿背，在看守所待了没一个月就被判了，一年半。

宁夏出狱后就消失了，连他爸都不知道他到底去了哪儿。

又过了两年，这小子突然杵在胡同口，穿着简单的白T恤，手斜插在口袋里，脖子上的大金链子能有小拇指粗细。

"卡地亚，哥儿几个，见过吗？"晚上我们四个人喝酒的时候宁夏把手伸到我们面前，指着中指上的戒指洋洋得意地说。

我们问他在广东的经历他却只字不提，只是端了酒杯，说去他妈的，哪儿好都没咱北京好，哪儿好都没咱南城好，小爷回来了，小爷还就不走了，咱哥几个以后有福同享有难同当。

那时候我刚退学没多久，胖子已经工作了一年多，欧阳野正在上大学，二十出头，风华正茂，谁也无法阻挡我们飞扬的青春和锐利的激情。

之后我们各忙各的，偶尔凑齐在一起聊聊天逗逗闷子，直到2004年的春天。

那一年，北京城里还有宣武和崇文。

那一年，我们四个平均二十四岁。

那一年，我已经无所事事地在社会上混了一年半，跟江玲玲同居四年，吵架累计超过两百次，不吵的时候没话说，想说的时候忘了词儿。

那一年，欧阳野正疯了似的追他小学同学的姐姐，据说这是自他十二岁起就许下的愿望。

那一年，胖子已经当了三年的会计，却从来没有谈过一个女朋友。

那一年，宁夏交了第NN个女朋友，从来不上班，但永远有钱花。

那一年，我们四个从上麻将桌的日子算起，平均已有十一年。

那一年，是本命年，只是，我们都还不知道将会面临着什么。

第二章　我

我这人不自信，这跟我从小不在父母身边有直接的关系。

我爸年轻时在内蒙古插队，与当地的我妈结婚生子，我有三个姐姐，后来都陆续回了北京生活。

六岁的我，和一大堆堂兄表弟一起在奶奶家长大，没有了父母的呵护，闻不到大草原青草的香味儿，就像失去了阳光和水分的萝卜干一样了无生气。

几年之后我父亲才带着母亲回城，但是家境一直不是太好，父亲在一所卫生院当大夫，母亲在家料理家务。

如果算起来，我怎么也算是个名门之后。

听爷爷讲，我曾祖父早年东渡日本，从日本陆军士官学校毕业后回国加入了北洋部队，在段祺瑞陆军部供职，官拜少将军衔，而我的曾祖母是慈禧太后身边的小宫女，清朝亡朝后嫁给了我曾祖父，据说我祖上在鼎盛时期，德胜门有半条街都是我家的产业，只是还没到北洋政府内战结束就家道中落，秦家后代有的到了台湾，留在北京的也渐渐变卖了祖产。

所以刚开始江玲玲追我的时候我还拿这事儿吹过牛×，她二呼呼地问我："哎，秦轩，你祖宗就没留给你们个把夜明珠什么什么的？"

就这事儿我也真追问过我爸，我爸当时上下打量着我说："夜明珠？夜猫子我倒见过一个，就是你！"

其实说这么多都是扯淡，在我年少的记忆中，我们一大家子人就挤在四川会馆原址的几间平房里，夏天孩子们疯跑着满胡同乱窜，大人们要么抱着膀子站胡同口喝茶聊闲天，要么就跟嘈杂的院里支个桌子，麻将局就哗啦啦地开始了。

祖上的富贵遗风丝毫不剩,倒是上至我爷爷奶奶,下至我堂姐表弟,没有一个不能在麻将桌上酣战两天三夜的。

这似乎是老北京的一种生活,一种属于我们的平民生活。

从十三岁开始,我的零花钱大部分都是从麻将桌上赢来的,什么混七豪七素七对、清龙风一色十三幺,只有想不到,没有胡不到。

玩着晃荡着,打着麻将打着架,谈着恋爱泡着妞儿,我长大了,而且还牛×哄哄地考上了中央音乐学院。

上大学没两个月,我就凭着弹的一手好吉他和幼年在大草原练就的好嗓子赢得了众多女同学的青睐。

原以为美好的人生就这么开始了,谁知道大一那年暑假我妈遭遇了一场车祸,这对于我清寒的家庭而言,无异于雪上加霜。

我退了学,曾经山盟海誓的女朋友也傍上了一个日本留学生,然后第二年跟那孙子远走高飞。

出于民族情结,我发誓这辈子都不会原谅她。

为了赚钱,我先是去了一家酒吧唱歌,没唱半个月老板就把我辞了,我知道根本不是因为我唱歌没人捧场,而是我来以后老板娘到酒吧的次数越来越勤。无奈之下我又找了家夜总会去做服务生,上班第一天就差点把托盘砸到江玲玲脚面上。

江领班看了我一眼,愠怒的脸上出现了一抹笑意,她下巴轻扬,扑闪扑闪的假睫毛几乎要蹭到我的鼻子,"哟,新来的吧?"

后来我经常开玩笑说,您那么大脚丫子就是不想砸着都难。每每这时,她就骄傲地挺直着腰肢,让175的身高发挥到极致。

三天后的夜里,江玲玲醉眼发花地被我扛到小床上,皎洁的月光透过碎花窗帘照着她雪白的胸脯,她喷着一口酒气问我:"轩儿,你,喜欢我吗?"

我掰开她缠在我脖子上的手,柔声说:"宝贝儿,我先去撒泡尿,憋了一路了。"

大杂院里平房一间挨着一间,没有哪家是有卫生间的,想方便都得去街口的公共厕所。

等我再回到屋里,江玲玲已经发出了轻微的鼾声,但这丝毫不妨碍我把她推醒，用最原始而热烈的方式征服她。

我妈出院之后，我和江玲玲在外面租了个一居室，整整四年，我们没换过地方。

重要的是，半夜上厕所再也不用慌慌张张地出大门了。

江玲玲是土生土长的北京人，牛街的，比我大一岁，她曾自诩是当年回民中学的校花，直到我无意间翻到她豆蔻年华的照片，那上头的江玲玲又矮又胖，就像一个没有长开的倭瓜。

"哎我去，你们学校的校花够飒的啊？"我扬了扬手中的照片。

"去他妈什么去，那时候还没长开呢好吗？"她一把夺过来，"凭我现在的模样，跟谁说我当年是校花谁都得信！"

"可这铁证如山啊。"

"废他妈话，就跟你丫上学时有多好看似的！"

"咱别不实事求是好吗？我不好看你追我好几天？"

"滚蛋！你丫牛×别抱我上床啊！"

"送上门的大美人我再不要，你当我傻啊？"

我们刚恋爱那会儿其实挺开心，江玲玲身上带着一股子北京妞儿特有的洒脱和霸道，但时间一长难免有些磕绊，她就是那么一个人，内心纵有千般爱我，表达的方式也总会归结成一个：那就是想尽办法来控制甚至奴役我。

要是我问她："哎，你能不能温柔点？"她就千娇百媚地斜我一眼，然后狠狠拧着我胳膊内侧的那点儿嫩肉反问道："难道我不温柔吗？"

江大小姐外号"小辣椒"，她的第一份工作就是在夜总会当服务员，然后在这个行业里不断跳槽，最后跳到钻石人间时已经升至领班。

那时候对她们有个专门的称呼：公主。

——半跪半坐着的，陪大老爷们儿打情骂俏兼端酒送笑的"公主"。

除了身上统一的制服和公司的管理制度，我还真就不知道公主和三陪之间有多大本质上的区别。

但她从来没有要放弃这份工作的念头，我曾为这事儿认真地跟她在床上讨论过，她却总是振振有词："这么来钱的事儿哪去找啊？我又不陪人睡觉你丫吃什么醋？我这年轻多挣点钱多好以后开个什么什么店……小日子一过不是挺好么？"

几次之后,我就再也没有提过。

我知道自己还没有能力养活她,骨子里北京大老爷们那股劲儿被现实无奈地压制下来,那年月还没流行星座,但我是狮子座的。

最好面子的一个星座。

有一天我被胖子偶然叫进了一个牌局,最后以一卷三的绝对优势杀得他们屁滚尿流。

原来多年浪迹于胡同牌桌上的本事如此重要,恍惚间我看到了一道曙光,这道光越来越亮、越来越强,直到让我年轻的脸上神采飞扬。

于是,我不再费尽心机地换工作,也不再阻挠江玲玲穿着快开到腰的高衩旗袍端酒浪笑。一年三百六十五天,从吃完晚饭送江玲玲上班到半夜两点多接她下班,我几乎每晚都在牌桌上度过。

从麻将、推筒子、诈金花、马加利、斗地主、三公、梭哈,到2002年世界杯开始赌球,我几乎无所不沾、无所不能,江玲玲每次一提起让我戒赌,我就梗着脖子让她"从良",最终谁都说服不了谁。

仗着打牌的经验加上运气,我一直输少赢多,去年夏天,我和玲玲用分期付款的方式买了一辆小车代步。

生活,就像一团混乱的麻线理不出头绪。

而我们,何曾真的想要去理清过?

第三章　牌桌

我睁开眼睛，早晨的阳光穿透窗帘照了一屋子明媚，我看见胖子正努足了劲儿把滚圆的上身挤进一件深蓝色的T恤衫里，我迷迷糊糊地问："走啊？"

"废他妈话，谁跟你丫一样清闲啊？"胖子把包往肩上一甩，却也不走，诡秘地一笑，"昨儿又吵了？饱汉子不知饿汉子饥呀，我这儿就算想找人吵架还没人愿意搭理呢。"

"去你大爷，你丫赶紧走。"

"得，下班电联。"

"哎，玲玲要是打电话找你，你就说不知道。"

其实胖子明知故问，昨天江玲玲推开房门的时候他也在，当时屋子里烟雾缭绕，八个男人围了张桌子正玩诈金花，上面是成沓的钞票和扑克牌。

这是东方酒店的棋牌室，牌局里的人都彼此相识，最开始叫胖子来的是他以前的同事，然后各人又带来相识的朋友，最后人越来越多，也都不用约了，往往是一吃完晚饭就都聚齐了。

总共四间棋牌室差不多每天都被我们包了，男的玩诈金花马加利推筒子，同来的女眷通常玩麻将。

最先开始诈金花的赌注并不大，锅底十块、一百封顶、平开，但后来越玩越大，现在成了锅底一百、封顶三百、倍开，每个人包里都带着上万的现金。

昨天开战比较晚，我跟胖子先是下了两场球，等坐上桌时已经快十一点了。一上桌我就一直在输，前半个来小时没冒过泡儿，光是续锅底就扔了小一万，胖子运气倒是不错，面前的钞票足有两寸厚，我知道他替我着急，要是决战只剩我们俩了，他往往连牌都不开直接让我把钱拿走。

打至酣处，突听隔壁一声兴奋的呐喊："提拉清一色豪七！"

"我靠！"胖子一边捡牌一边冲隔壁喊，"宁夏你小子手够横的呀，谁的庄啊？"

"不是我的！"

"提庄2560，你丫一共收5120就行了。"胖子的会计倒不是白当的，算算术从来不用过脑子。

"我去，这么多呀……"身后的欧阳野小声嘀咕了一句。

他今天没什么事儿，晚上刚从同学姐姐那儿碰了一鼻子灰回来，不愿回家，就来看我们打牌来了。

胖子站起身来，把欧阳野按在自己的座位上，"来来，你帮我玩几把，我去旁边看看，胡他妈的那么大牌，我去问问丫的来前儿摸什么了。"

通常所有活动会在半夜两点以前结束，毕竟有些人第二天还要上班，正好我也要去接江玲玲了。

快一点的时候，江玲玲来电话，说今天没什么客人，头也有点痛，想让我现在就过去接她，我瞟了一眼面前的钱，估计输了少说也有四五千，于是在电话里婉转地让她再等会儿，她那头就开始絮絮叨叨，说我不疼人啦只会玩牌啦什么什么的，我听得心烦就挂了电话，她却三番五次追打过来。

最后我关了手机。

江玲玲咬着一口银牙叉腰站在门口时我刚好抓了一把顺金，所以她的愤怒根本无法阻止我即将赢钱的喜悦。我只是抬眼看看她，继续面无表情地往锅里扔钱，她站在原地运了半天气，最后用修长的手指恶狠狠地凭空向我戳了几下，扭身而去。

留下一帮大老爷们面面相觑，目送着她高挑的婀娜身段在眼前消失。

我叼着烟，手底下忙着收钱，等我把厚厚的一沓人民币归拢到自己面前之后，我对所有人说了句："甭搭理她。"

两点二十，大家起身各自散去，我数数面前的钱，居然还赢了三千多。

宁夏和胖子也战绩卓越，而我们三个下的球一场输一场赢，算是只给庄家抽了水。

胖子开着单位的破捷达绝尘而去，那年头北京的交规还不算严，我们经常笑说胖子总能把那辆破车开出法拉利的感觉，油门一脚到底，直接挂到五档。

我送欧阳野回家，路上他说："轩儿，我看你们玩牌都眼晕，多少钱啊我靠，你们赢几把就能顶得上普通人几个月工资，你跟胖子哪来那么多钱啊？"

"嗐，你不懂，我呀，口袋里就这么多，天天都带在身上，全部家当……反正这两年都这么活着呢，也饿不死，又不着急成家立业，先玩几年呗。你要没事儿就来找我们，就刚才那地儿，见天儿的有人，你要想玩儿了，我跟胖子都能借你……哎，对了，你去玩麻将呗，就凭咱们从小玩牌那造诣，闭着眼打都赢钱。我反正玩一次赢一次。"

"哦……那成，那以后但凡有空我就去找你们。我要是回头赢点儿，还能给言言买点儿漂亮东西、请她吃个饭什么的，估计也就有戏了。"

"你梦中情人叫言言呀？上班了吗？"

"跟一幼儿园当老师呢。"

"哟，成啊，温柔啊，羡慕。"

"比不了你们家江玲玲，今儿个头回见，个真高，真漂亮。"

"又不当饭吃，那脾气……"

"你可别嘚瑟了，这么漂亮的媳妇儿我想找还找不着呢。你刚才没见大帅那眼都看直了？你也得让着点人家。"

"让有个屁用，我还把话撂在这儿，一会儿我回去你看着吧，肯定得动手。唉……"

"动手？不至于的吧？"

"你是不知道她那脾气，还跑到东方来，这么多人看着，一点儿面子都不给我留。"

"得了吧，人家不是也没说什么吗？回去好好哄哄。"

哄？怎么哄？如果叫两声"心肝宝贝"认个错就能够平息得了，那她"小辣椒"的外号不是浪得虚名？

只要我还在天天玩牌，只要她还在天天赔笑。

我甚至庆幸江玲玲给了我玩牌的借口，即使她现在不再化着浓妆、穿着高衩旗袍在灯红酒绿的夜场里穿梭，我也已经离不开牌桌了。

这是心瘾，难戒。

而我又何曾想戒过？

那天夜里，我的内心居然没有过一丁点儿的愧疚，我没有问她头还疼不疼，也没问她要不要吃点东西，我只是在默认了自己是个"赌徒"之后摔门而去，留下她一个人在家里暗自神伤。

青春是如此的迷醉，你和我，何必自寻烦恼呢？

第四章　纸醉金迷

　　一整天我都没开手机，以前这样的失踪也有过几次，每次都是江玲玲像个疯婆子一样满世界地找我，我知道她爱我，但这种感觉远远没有捻出一把好牌来得喜悦。

　　下午我给宁夏和欧阳野各打了电话，约着去台球厅打会儿球消磨一下时间，宁夏说有点儿事不来了，晚上一块吃饭吧。

　　台球这东西，在国外算得上是高雅运动，但在北京南城可是另一档子事儿，我们小时候街口就摆着台球案子，两块钱一小时，所以你要不会打台球都不好意思说自己是胡同里的孩子。

　　"打台球其实跟做爱差不多，反正都是往洞里杵。"胖子以前说这话的时候一脸淫贱，他虽然连恋爱都没谈过，但是自从赌球赢了不少钱之后，就已经破了童子身。话说他赌球确实有两下子，别人不敢下他敢下，赢了几次之后胆儿是越来越肥，注也越下越大，眼看着钱包渐渐变鼓，说话底气也足了，他天生一副笑脸，加上嘴又甜，反正在各种场合都挺受待见。

　　打了不到一个小时，欧阳野已经被我狂切九局，我嘲笑他这西城的球技实在不灵，于是结束战斗，去簋街小龙虾吃饭。

　　一见面胖子就举着电话冲我嚷嚷，说你丫的真害人，害我接了一天江玲玲的电话，都成了你小秘书了。我说得，这顿饭我请。

　　"你跟玲玲昨儿没事儿吧？"宁夏问我。

　　"没事儿，我昨儿去胖子那儿睡的。"

　　"可别让女人拿着你。"落日的余晖在宁夏脸上镀上一圈儿金色的轮廓，搞得他跟大卫塑像似的。

"我没你那本事。"

"换还不会吗?"

"换谁也一样,天天这么玩牌,换谁也得跟我急。"

"来,"欧阳野举起杯来,"走一个,从今儿开始我可就跟哥儿几个混了。"

到了棋牌室,人差不多也来齐了,胖子给了欧阳野两千块钱让他去打麻将,"哎——"他说,"赢了算你的,输了算我的……"

然后我们仨去商务中心上网,以便在网上查到当天球赛赌注的盘口。

所谓"盘口",其实就是庄家根据参赛球队的各项综合实力所开出的赌博赔率。

我们上头的庄家是周奕,也天天在一起玩牌,小四十岁,北京人,有一家拆迁公司。

下完球,我去诈金花,一上桌手气就不错,连诈带蒙地收了几把锅儿,周奕这时候来了,我叫了声"周哥",他点点头,在我身后寻把椅子坐下,我回头问他:"不玩啊?"

周奕笑着看了看牌边的八个人,说:"哪儿还有地儿啊?"

我识趣地站起身来,"得,您来我这份儿。"

他一把按住我,"你先看完这把牌。"

我拿起牌来,诈金花最过瘾的就是捻牌的那一刻,手指一点点蹭开,如果两张花色一样,再努着劲捻另一张,那种感觉恐怕只有玩牌的人才能体会。

面上的牌是张黑桃6,慢慢捻开,后面两张也是黑色,金花概率为66.6%,我把牌一扣,直接扔了两百——这也有讲究,叫买牌,赌博的人都迷信,图一个好意头,似乎这样一来就能把想要的牌买来了。又绕了一圈儿,只剩下四个人,周奕在我身后抬了抬下巴,示意让我把牌看完,我捻开一看果然是金花,一张是黑桃Q,一张是黑桃9,我假装烦闷地"咂"了一下嘴,看似心虚地又跟了两百,旁边那人摇摇头把牌扔了,只剩下某地产集团的张总、号称做国际贸易的大帅和我。

坐在对面的张总盯着我,好像在研究我的可信程度,然后思虑片刻,极不情愿地把牌扔了。

张总一跑,大帅大喊一声:"开!"

我问:"你什么呀?"

"我开你,你亮牌,金花赢!"

"嘿嘿,金花。"

"什么金?"他这一问,我料定他手里也是金,但比Q金大的只有K金和A金,我的赢面还是比较大。

"赶紧开了吧,别瞎耽误工夫。"旁边有人不耐烦地催促道。

"我过河了。"所谓"过河",就是比10大的金花,大帅把牌往我面前一亮,方板J金。

我轻蔑一笑也亮了牌,气得他把牌一扔,"×,真背,什么玩意儿呀……Q金杀J金!"

"谢了谢了,帮你下一底儿。"我笑着把桌上的钱拢成一堆,然后起身对周奕说,"您来周哥,我过会儿瘾得了。"

"别呀,手气这么好,多不好意思。"周弈一边假惺惺地谦让着,一边坐到我腾出的座位上。他把面前的钱递给我,我摆摆手推回去,"您就用这玩吧,您不来我还抓不着这么牛的牌呢,有喜儿有喜儿。"

"哟,那我也不能全留下啊,抽一半儿抽一半儿。"说着当真抓了一把塞到我手里。

"得,那我找胖子去。"我接过来闪身出去,心想周弈得落了小两千。

另一间棋牌室,胖子和宁夏正在聚精会神地看球赛,见我进来,宁夏问:"怎么不玩了?"

"没地儿了,让给周奕了。"

"你输了赢了?"

"废他妈话,我能输吗?没数呢,估计有六千多吧。"

"哟,这么一会儿?手够横的呀。"

"不知道我是赌神再世?"

"不吹牛×你会死啊?"宁夏调侃道。

"你还别不信,这还给周弈留了得有小两千呢,就刚那把,我的Q金杀了大帅的J金,得给周弈抽了一半儿喜儿。"

"哦,抽点儿就抽点儿吧,人受着咱们球呢。"胖子说道。

球赛中场休息时胖子问我:"欧阳输了赢了?"

"不知道，"我说，"还没过去看呢。"

"走，看看去，别咱给人叫来再输了钱。"

"那点小麻将，欧阳对付他们绰绰有余吧？"宁夏没动地方，点了支烟继续等下半场。

"我去看看。"胖子刚站起来，正碰上欧阳野低眉丧眼地进来，说："没了。"

"都没了？"

"啊，你给我两千，我自己带了三百多，都没了。"

"嘿，你跟那几个人玩儿还不跟砍瓜切菜似的？怎么还让人切了？"

"嘻，点儿背呗，打牌太谨慎，不敢冲。"

"局散了？"

"不知道，好像补上一个人吧，反正我输光也不玩了，手不好。"

"那咱们也甭玩了，今儿人都溢了，忒多，咱找个地儿看球去得了。"我提议。

"行啊，去玲玲那儿开间房呗。"胖子笑嘻嘻地冲我挤挤眼。

"你说你丫是不是成心？她还没消气呢，不去。"

"那就去金玉年华吧。"宁夏说，金玉年华是家开业没多久的夜总会。

"行，赶紧的，正好赶上下半场。"胖子拿起椅子背儿上的外衣。

"那两千块钱……"欧阳野不好意思地低声嘟哝道。

"别闹，没事儿吧你？都说了输了算我的。"胖子拍拍他，说着又掏出三百块钱塞到欧阳野的裤兜里。

到金玉年华已经11点多，一进门就碰上妈咪红姐，她左右挽着我和宁夏的胳膊，嗲声嗲气的声音腻得人耳根子直疼，"哟，贵客呀，大帅哥又来照顾我们生意了？"说完用涂满血红色指甲的食指指着欧阳野问胖子："李哥，这是你朋友啊，以前没见过呀。"

"哎哎，千万别叫我李哥，我多大你多大呀。"胖子嫌弃道。

"讨厌，说人家老，我很老么？"红姐松开我和宁夏，笑着掐了胖子一把，然后把手搭向欧阳野的肩头。

欧阳野头一回进夜总会，又头一回硬生生被一个娇艳的女人半搂在怀里，一张瘦脸红到了脖子根儿，一句话也说不上来。

红姐哈哈一笑，"呀，这么害臊啊？真乖！你们怎么把人家带这儿来了，也不怕把人家孩子教坏了！"

"所以呀，怕我们教坏了，今儿就你教吧，给我哥们儿找一好点的。"宁夏说。

"别呀，等会儿再找，看完球。"胖子说。

"那人欧阳野又不看球，陪着我们多难受。"

"没事儿没事儿，我爱看球。"欧阳野一脸谄媚的表情。

下半场结束之后都略微小赢，胖子这才让红姐把小姐们都叫进来。

各色环肥燕瘦在灯光下站成一排，风情万种，个个用期待的目光齐齐看着我们四个。

红姐一屁股坐在宁夏身边，整个人没有骨头一样温柔地靠在他身上，时不时对他耳语着什么。

我确实是不想叫，家里有个千娇百媚的江玲玲，纵是厉害了点儿，但论哪儿也是把面前这些个庸脂俗粉给生生比了下去，可一来二去拗不过胖子挤兑，于是随便指了一个。

一想到玲玲心下不由一沉，算起来我失踪也有四天了，她是不想找我呢，还是根本就不找了呢？

我悄悄按开了手机，立马几十条信息疯狂地"嘀嘀"个不停，有一个是今天下午才发的，只有六个字：你还回不回来？

我轻轻一笑，知道她还在等我回去，反而踏实了。

再抬眼看时，各人都有陪的了，红姐也没走，在宁夏身边笑得是花枝乱颤，脸上的香粉恨不能扑簌簌直往下掉。

胖子坏坏地冲我挤了挤眼，那意思又一个迷倒了的，我心想废话，我这一般帅的都经常让女人着迷，更别说帅得天上有地下无的宁夏了。

我身边的女孩儿也就二十岁左右，皮肤挺白，说话声音很柔。

我自顾自地唱歌，她紧挨着我偶尔说几句不咸不淡的话，间或用手挽一下我的胳膊，倒也不烦人。

一曲歌罢，旁边的女孩儿手都拍红了，说："哎呀，咋这么好听呢？原版啊？"

我指指欧阳野，"他唱歌更好听，你让他唱一个。"

欧阳野推我一把，绕过那女孩儿，把嘴贴近我的耳朵，"哎我说，是一会儿都带走吗?"

"哟,这就有想法了?你愿意带你的。"

"这得多少钱?"

"不知道,你跟人谈呗,不行你问胖子,丫肯定知道。"

"那什么,胖子是今天全请吗?我要是带回去……"

我看他一眼,心里一阵厌恶,"这事儿你让人家花钱?不合适吧?"

"也是哈,"欧阳野讪讪笑着站起身来,"我去趟洗手间。"

陪胖子的是个挺漂亮的女孩儿,高鼻梁深眼窝,有点儿混血的感觉,看上去像舒淇和MAGGIR Q的综合体,胖子满面红光,镜片后的小眼睛里荡漾着期待男欢女爱的柔情。

欧阳野从洗手间出来后坐在了胖子身边,跟胖子的互动甚至多过于陪他的女孩儿,我冷眼看着,忽然觉得这人有了工于心计的意思,不由冷笑一声。

宁夏左边是屁股生了根一样的红姐,陪在他右边的女孩儿在红姐的淫威下万般风情无用武之地,只能蔫蔫地发呆。

渐渐的,在酒精的作用下一切变得虚幻起来,我是谁?我为什么要在这儿?我的人生,我们的人生,将是什么样子?

声色犬马,纸醉金迷,浓缩的世间万象。

其实,要是一直这么过着,也没有什么不好。

第五章　你的中午就是我的早上

断篇儿了。

睁开眼睛已是中午，窗帘开着，阳光就那么直直地刺在我的胸口，我半眯着眼睛摸到一盒烟抽出来一支点上，然后晃着膀子踱到胖子的房间。

我站在他床前断喝一声："起床上班了！迟到了！"

胖子一个激灵从床上坐起来，嘴里嘟哝着："起了起了！"

我大笑，他回过味儿来说："你大爷的秦轩，今儿大礼拜天，上他妈的屁班啊。"

"你丫真行，下场球就够吃半年的，还天天惦记着你那破班，一说迟到跟失了魂儿似的。"

"滚蛋，谁像你一样整个一无业游民。"

这时被子一撩从里面伸出一只白藕般的胳膊，接着一张漂亮的脸蛋儿从被窝里露出来，亮亮的眼神满是笑意。

是昨晚上那个像MAGGIR Q的女孩儿。

"我去！哎不好意思不好意思……"我赶紧转身走出来，身后传来胖子"嘎嘎"的大笑声。

这得亏是昨晚醉了也没脱衣裳，要不然就我平常裸睡的习惯还不直接闹个大红脸。

等我洗完澡从卫生间出来，那丫头已经走了。

"怎么样？"胖子拍着肥得流油的肚子得意地问我。

"什么怎么样？"

"刚才那个。"

"挺漂亮的，是不是混血？"

"不是呀，我问了，哪儿也没混，东北的。是不是挺好看的？"

"东北的好多跟俄罗斯混血呢……你丫这速度挺快呀，昨天才见就带回来了。"

"不是第一回，之前就跟过我啦！"

"哈哈哈，就是她给你破的童子身吧？"

"我去你大爷！"说笑着，胖子也已经起身洗漱完毕，我问他干吗不叫那女孩儿一块儿吃饭。

"她妹来北京，她得去车站接。"

出门已经是下午两点多。

胖子给宁夏和欧阳野打了电话，宁夏没接，估计还没起，欧阳野说一会儿来找我们。

"他们俩都怎么回去的？"

"欧阳野把你放我车上就开你的车走了，宁夏……谁他妈知道，走的时候被红姐那娘们儿拽着磨叽了半天，我急着带尤静回来也没管，这不打电话也没接。不管他，估计又被缠上了。"

原来那女孩儿叫尤静。

我们在楼下找了个小饭馆儿，正吃着我妈来电话，说江玲玲去我奶奶家找过我。也真难为了她，从恋爱关系确认开始，我家里人就不是太喜欢她，尤其是我奶奶，总觉得她太厉害，怕我以后受气。而她现在能冒着不受待见的危险勇猛地闯进大杂院，面对着在牌桌上奋战的我奶奶打听我的下落，说明她在寻找我的过程中已经黔驴技穷。

"你就给人打一电话吧。"胖子说。

"一会儿再说。"

"玲玲不错，对你一心一意的，长得又飒，你差不多得了。"

"你没见她吵架那架势，跟大老爷们儿似的。"

"行了，就你丫有媳妇，别嘚瑟了，赶紧给人打个电话，不然我这电话都不消停。"

我拨通了江玲玲的电话。

"你他妈死到哪里去了秦轩？电话也不开，好几天不回家……回回玩失踪有意思吗……"她一顿抢白，然后就没了声音。

我们分别在电话两端沉默着,静得能听见彼此的呼吸,半天,她语气缓和下来,"你今天晚上接不接我下班啊?"

我没吱声。

"哎,问你呢?"

"听着呢。"

"那你接不接我下班?"

我还是没有说话。

"秦轩,赌博在你生命中是不是最重要啊?"她哀怨地问我,语气里充满了无奈。

我无言以对,如果按照以往的程序,接下来她一定会"哐当"一声将电话挂断,但这次没有,她开始在电话里啜泣,我本来想安慰她,又怕错过今天的球赛,所以只能沉默着。

胖子在旁边问我:"怎么了?"

我耸了耸肩。

"喂?"江玲玲依然在期盼着我说句什么。

"听着呢。"我回答。

又是两分钟的沉默。

"唉,你真的……真的……你真太伤人了……秦轩,你怎么就这么固执呢?"

"固执的那个人是你吧?为什么非得掰饬出个四五六来,谈恋爱不用分出个胜负来,咱天天吵天天吵,你干吗就非得让我按着你想的路子走?"

"两个人生活在一起呀,不是应该相互管着点吗……"

"别闹了,你该干吗干吗去,咱俩谁也别管谁,行吗?"

"秦轩!你……他妈混蛋!"她吼了一句,挂了电话。

如果她在电话里甜蜜地叫我一声"老公",如果她像别的女孩子一样嗲声嗲气地撒娇要我宠她爱她,也许我会同意晚上接她回家。

路上,我总是想起江玲玲问的那一句:赌博在你生命中是不是最重要啊?

是吗?

我只是觉得,现在的一切挺好,年轻就是要挥霍和张扬。无知无畏的我,贪婪又任性,如果再给我一次机会,我多希望青春可以重来,干干净净、从从容容,没有一夜乍富也没有生离死别。

真的,青春,不是越折腾就越美好。

第六章　一笑倾城

晚上到东方的时候人还都没来，我和胖子开了间房，准备研究一下今天的球赛。

看了半天，我一点感觉也没有，于是扔下胖子一人下楼，刚出电梯就被英子一把拽住，"快快，江湖救急。三缺一。"

"哎哟姐，我不想打麻将。"

"得了吧，嫌小啊？"

"不是小，忒累。打多了膀子疼。"

"你个小屁孩儿还膀子疼……就陪我们玩一会儿，一会儿有人接你班儿。"她说着生拉硬拽地把我拖进一间棋牌室里。

英子是周奕离婚后交的女朋友，好了挺长时间了，舞蹈学院本科毕业，气质特好，小腰挺得总是倍儿直，长得有点像莫文蔚，也是大长腿，挺飒的。

进去一看，屋里只坐了一位，大帅的女朋友，好像叫美亚什么的。

对，就是美亚，跟蜡笔小新他妈一个名字。

这么一想我就坏坏地笑起来。

"你干吗小轩？吃喜鹊蛋了？"英子问我。

"没没……不是三缺一吗？就你俩啊？"我收起笑容挣开英子的手，转身想往外撤。刚一迈步，就跟一个人撞了个满怀。

定睛一看，不由心里"哎哟"一声。眼前是特漂亮一女孩儿，大眼睛、高鼻梁、皮肤粉白、睫毛微翘，瀑布般的长发松松挽在脑后，光洁饱满的额头刚才正撞在我嘴上，柔软的长发散发着一股轻淡的柠檬香气。

那年月还没有什么玻尿酸、肉毒素的微整形，就这么自自然然一张纯净的脸，端端的是个美人。

见我傻在原地，那女孩儿轻声浅笑，"哎呀，不好意思啊。"

"没事儿没事儿……"

"这是我女朋友月儿，这是秦轩，"英子简单地介绍了一句，回身拿起色子往麻将桌上一洒，"人够了人够了，咱们开始吧。来呀，都抓地儿啊。"

我对那漂亮女孩点了点头，低声道："月姐。"

"别叫姐啊，都叫老了。"她一笑，露出一口贝壳小牙。

"他还真比你小呢月儿，小轩你今年……"

"马上就二十四了。"

"哦，就两岁嘛，那也别叫姐啊。就叫我月儿吧。"她说着走到牌桌边拿起骰子撒了个点儿。

说实话，跟她们仨打麻将基本不用带脑子，一上桌我就大开杀戒，倒是坐在下家的月儿前三圈儿愣是没开过胡，洗牌的时候我偷瞄了她两眼，见她眉头轻蹙，郁闷的表情很是让人怜爱。

轮到她坐庄，看她扔到海里的都是饼子条子，我心念一动打了张三万，月儿把左手边的两张牌推倒，吃了。

我心里暗笑起来，这仨丫头打牌时都爱把牌码得整整齐齐的，她这手牌，清不清一色的不敢说，万子龙是肯定的了。

又转到我这儿，我手里有三个五万，于是故意打了一张五万出来，月儿果然又吃了。

"哟，龙啊。"美亚说。

"三口包啊。"英子一边抓牌一边提醒我。

既然已经拆牌喂了两口，那胡不胡就看她自己了。我码了码手里的牌心想。都说"鬼麻将鬼麻将"，这不赶上寸劲儿绕来绕去的，居然又抓了几圈儿我还听了七对了。

刚吊到西风上，月儿抓起牌来想也没想就扔出来了，我右手一抖，差点儿把牌推倒，心说罢了，饶过小娘子一回。

转过牌来，抓了张八万，反手跟着月儿把西风退了，我瞥她一眼，见她直勾勾盯着海里的牌，高挺的小鼻尖上有一层细蒙蒙的汗，紧张兮兮的小样儿甚是惹人喜欢，心想这丫头是铁铁的听牌了，估计跟我听的差不多。

美亚打出八万来的时候着实费了半天劲，"我这么大牌听半天了上这么一玩意儿，真他妈烦，哎月儿你是不是要万子呀，龙到底齐没齐呀……"她又犹豫了几秒钟，似是心下一横，"不管了，就冲这一回，爱死不死！八万！"

"七对儿！"我把牌一推。

"嗯，我也胡，混一色龙。哈哈，终于开胡了！YES！"月儿开心地笑着，我也笑，心情如沐春风。

"烦死了！"美亚把牌一推，清一色条子七对儿，"什么呀，太背了！"然后冲我愠怒道："就是你小轩，喂喂喂，烦人！"

"姐，这鬼麻将哪说得准，我要是不喂七对儿也听不了啊，你那清七不也没戏吗？"我赔笑向美亚解释道，不经意间碰到月儿温暖的目光，心里忽然冒出那句"一笑倾人城，再笑倾人国"。

1点半的时候正好打完三锅牌，我赢了三千出头，月儿在我的暗中帮助下只输了几百块钱，英子差不多，剩下的是美亚的。

我转到别的棋牌室也没看见胖子，他在电话里说还在房间下球，欧阳也在呢，我说成吧我先撤了。

"你嘛去呀？"

"接玲玲回家。"不等他再问，我挂了电话。

第七章　是恋爱还是吵架

路上我给江玲玲打电话，打了几遍都没人接，索性自己回了家，一头扎在床上就睡着了。

睡得迷迷糊糊地听见门响，接着是她扔下高跟鞋的声音，我翻个身抱着被子又沉沉睡去。

这一觉睡得是昏天黑地，梦中我骑马奔驰在无边无际的大草原上，微风掠过头发和脸，我忽然清晰地闻到了一股淡淡的柠檬香气，特别特别的淡，却是那么的温柔自然。

睁眼已是下午4点多，卫生间里传来淋浴的声音。

点上一支烟，我在脑海中回味着草原上的清新，微微一笑。

江玲玲裹着条浴巾出来，湿漉漉的深红色长发凌乱地贴在肩膀上，除去了夜总会浓妆的江玲玲清瘦而苍白，她歪着头盯着我，直勾勾像是要看到我的骨子里去。

我把烟摁灭在床头的烟缸里，冲她一扬下巴，"又欣赏我的美貌呢？"

她憋住笑意，从鼻子里"哼"了一声，顺手抓起沙发上的一个靠垫狠狠摔在我身上，"你混蛋秦轩！我让你丫跑我让你丫失踪！几天都不回来，有本事你别回来呀！"

"那你别满世界哭着喊着找我呀。"

"滚！谁他妈稀罕找你！"她跑过来打，动作一大浴巾就掉在了地上。

"嘿嘿……"我嬉皮笑脸地把她拽进怀里，同居四年，当激情慢慢褪色，我不再记得握住她小手时的心悸，也不再记得她轻吻我脸颊的温柔。

而现在,她像是我的一块自留地,耕种起来轻车熟路,没有悬念、没有曲折,连动作也成了一套早已演练熟悉好的程序。

激情过后,她伏在我胸前不肯起来,有一绺湿发黏在我的嘴边儿上,我闭上眼睛深深吸了一口,却没有闻到那股清淡的柠檬香味儿。

"这几天想我没?"她问。

"想啊。"

"干吗去了?"

"胖子家待着呢。"

"那胖子后来不接我电话?真他妈孙子。"

"这事儿你可赖不着他,我不让人接的。"

"……那咱俩以后不吵架了行吗?"

"行啊……只要你不吵我保证不会跟你吵,你想想哪次我主动跟你吵的?"

"那也不是我呀,哪次不是你不对?"

"我哪不对啦?"

"你天天玩牌,没日没夜的。"

"我玩牌也没耽误接你下班啊。"

"那那天你就没接我!"

"我那不是输着钱呢嘛。"

"钱重要还是我重要?"她声音瞬间高了八度。

"哎哟我求你了玲玲,又来了,刚才不是还好好的吗?咱谁都别憋着管谁行吗?我又没出去干吗去,就打个牌,也是拿我自己钱,我不让你上班你不还是天天去吗?"

"真他妈烦,×!"她气鼓鼓地抓过一件衣服,下床去冲澡了,我叹了口气面对着打开的电视发呆。

"你饿不饿秦轩?"她从卫生间出来,显然已经调整了情绪,表情淡淡地问。

"有点儿,你呢?"

"我还行,中午起来吃了包方便面……走吧,去吃饭。"

车里,我问她:"有种牌子的洗发水挺好闻的,柠檬味儿的,你知道是什么牌子吗?"

"柠檬味儿?你从哪儿闻的?"江玲玲高挑双眉,如同一只警觉而备战的公鸡。

"没有没有没有……"我后悔忘记了女人天生的直觉,赶紧往回找补,"就欧阳野,那天他说现在出了一洗发水挺好使的。"

"那他怎么知道是柠檬味儿的?"

"那我怎么知道……他就这么说的。"

"他知道这洗发水是柠檬味儿,但不知道是什么牌子?"

"哎呀……不是,要干吗呀?审犯人呀?我就问这么一句,你知道就知道不知道就不知道,这样有意思吗?"

大约沉默了二十秒,她气呼呼地问我:"秦轩你这几天到底干吗了?"

"就玩牌呢,跟胖子和宁夏下了几场球。"

"在东方?"

"对呀。"

"赢了输了?"

"还成,你还不知道我?赌神再世。"我企图用与生俱来的幽默结束她无端的盘问。

"然后呢,没去别的地儿?"她紧追不舍。

"哦,那什么……去了一趟金玉年华。胖子那天赢球了,正好宁夏欧阳也在,就一块去了……"

"金玉年华?你们怎么不来我们钻石人间呢?"

"唉哟,大姐我真服了你了,咱俩不是打架了吗?而且我当时住胖子那儿呢,能不跟他一块去吗?"

"谁是你大姐?"

"对不起对不起我说错了,亲爱的、宝贝儿、心肝儿、大美人……行了吧?"

"跟你说多少遍了你们怎么老跟宁夏在一块儿?谁知道他在广东干什么?天天换女朋友,是不是吃软饭的?!还有欧阳野,人家正经大学毕业,你们个个是赌徒,再给人带坏了!"

"你他妈有完没完,怎么那么矫情啊,欧阳野大学生怎么了?我们就不配跟人家在一块了?宁夏在广东干吗也用不着你指手画脚知道吗?你累不累?"

看我真生气了,她硬生生地把其他话咽回去,扭脸看着车窗外淡淡地问:

"找小姐了吗？"

"没有！"

"发毒誓。"

"发什么毒誓啊？你有完没？不是，我就是叫小姐又怎么了？那他们都叫，我能不叫吗？"

"你怎么就不能不叫啊？"

"哎你今天就想吵架是吧？我能干吗？守着个如花似玉的媳妇儿我还带小姐回去不成？"

"那我怎么知道你干没干吗？你又没回来住！"

"你有意思吗？我说了没干什么就是没干什么！你怎么这么不相信人？"

"我怎么相信你？还他妈口口声声柠檬味儿的洗发水，那个臭骚货用的吧？跟我这儿装，你拿我当傻×了？"

"你给我闭嘴！问你一句洗发水你跟这儿等着我！一个女人，张嘴闭嘴骂骂咧咧的，你他妈能不能有点儿女人样儿？"

"我怎么没女人样儿了？我他妈的没女人样儿你刚才在家里跟我上的什么床？"

"行行行，我真服了，我真是服了，我是不是说什么都干了你就满意了？"

"秦轩，你个王八蛋！"江玲玲一拳打过来，我一偏身子，肩膀上结结实实挨了一下。

"不是，你要干吗呀？"我一手握方向盘一手抓住她的手，"江玲玲你有完没完？"

"我就他妈没完！我他妈恨死你了，你这个吃喝嫖赌的东西！"她一边骂一边整个人扑向我，我尽力躲避，踩了一脚刹车。

我其实不是个脾气暴躁的人，除了爱赌和死要面子也没啥大毛病，不然不可能跟江玲玲一谈就是四年。

现在，我只能在保持冷静的同时把她和车一起扔在大马路上。

第八章 钻石人间

吃饭时胖子问我:"你把人家一人儿扔车里没事儿吧?"

"没事儿,死不了,她又不是不会开车。"

"我去跟玲玲解释解释吧,也确实冤枉你了。"

"算了,甭解释。你不是不知道,她那嘴太脏,男的无所谓,骂难听点儿难听点儿,一女的天天不骂街不张嘴,一张嘴什么都往外嚷嚷,你说这叫什么玩意儿?"

"嘻,她这上学也不多,说点北京土语怎么了?你还没习惯呢?得了得了,我就说是我硬拉着你去的歌厅,硬给你叫的小姐。"

"本来也是呀。"

"嚯,说的就跟你丫多不近女色似的。都怪我行了吧……"

"爱干吗干吗吧,刚回家就吵架,谈恋爱比下球都累。我也烦了,真想分了得了。"

"别介呀,玲玲正经不错,长得又好看,谁还没点小毛病?要不这么着吧,晚上叫上宁夏和欧阳一块去钻石人间开间房,我跟她说说,你们两口子为这事儿吵架我也不落忍。她晚上上班吧?"

"唉,"我叹口气,"要不先给那边儿打个电话问问她去了没有。不过,先别叫宁夏了,江玲玲对他有点儿意见。"

电话打到总台,我说麻烦叫江玲玲领班听电话,那边答应一声说:"您稍等。"

过了一会儿听筒里传来江玲玲疲惫的声音:"您好。"

我冲胖子点点头,挂了电话。

我们三个开了间包房，对那个面生的公主说："叫江领班来一下。"公主应声出去，过了一会儿江玲玲推门进来，一看是我们她转身欲走，被欧阳野跑上去一把拽住，"别走啊嫂子，秦轩带我们来给你承认错误来了，你就接受一次吧，也让他有个台阶下。"

江玲玲没说话，在巨大的方型茶几前寻个垫子坐下，转头去看墙上巨大的屏幕。

"哎，"我也不理她，冲胖子和欧阳野说，"你们俩说世界上最美丽的女人是谁？"

他们俩心领神会异口同声："玲姐呀！"

江玲玲白了我们一眼，垂下睫毛，嘴角轻轻一撇，眉梢上挂着掩饰不住的笑意，给自己倒了一杯红酒。

我继续问："那世界上最英俊的男人呢？"

"我呀！"这俩货倒也不害臊。

大家都笑了，气氛瞬间变得和谐起来。

"歇吧你们就，"我走过去，在江玲玲身边蹲下，"亲爱的，你简直就不是人。"

"什么？"她恶狠狠地瞪着我。

"你是我的女神。"我握住她的手，一眼不眨。屋里笑声又起，另两个公主抿嘴看着我们，一脸的羡慕。

"去你的，一边儿待着，"她嗔笑着想抽出手，却被我攥得更紧，"油腔滑调的，事儿可还没说清楚呢。"

"玲姐，对不起对不起，都赖我，是这么回事儿……"胖子过来把我扒拉到一边儿，拉过一个方墩儿坐在江玲玲旁边，摆出一副要跟她详谈的架势。

"哎——别蒙我了，"江玲玲把脸扭过去，"你们肯定都商量好了。"

"我们可是来澄清事实的，咱决不能让坏人蒙混过关，但也不能冤枉好人哪！轩哥什么人你还不知道？你俩在一块儿这么多年他哪犯过这方面的错误呀？你就是不相信我们也应该相信他对不对？"欧阳野挪了挪身子，也凑过来替我说话。

江玲玲不再反驳，似信非信地问我："好好说话，真是只叫了小姐没干别的？"

"骗人王八蛋的，毛主席保证。"胖子说。

"得让他自己说！"

"骗人王八蛋的,毛主席保证,"我重复了一遍,"真的只叫了小姐唱歌,别的什么也没干。"

"那柠檬味儿是怎么回事儿?"

胖子和欧阳野都愣了,一齐瞪着我。我白了他们一眼,心想有个屁事儿,我天天跟你们在一块儿,加上宁夏六只眼睛哪只眼看见我出去找别的女人了?

"嘻,别提了就是那天那小姐头发挺好闻的,当时寻思回头也买一个回来亲自给你洗头用……"

"你不是说欧阳说的吗?"

"我那不是怕你生气吗?"

"那你没事儿闻人头发干吗?"

"就是,你丫没事儿闻人头发干吗?"胖子笑嘻嘻地在一旁煽风点火。

"你丫一边儿待着,看热闹不嫌事儿大是吗?"我用胳膊肘重重捣了他一下,"那女的就坐我旁边,你说能闻不见吗?"

"你没亲她?"

"没——有!真没有!而且也不是主动闻的,那味儿挺冲的……当时都抽烟嘛,抽完烟闻着还挺好闻的。"

"那你不问那女的是什么牌子的洗发水?"

"我这心里全是你,哪有空搭理她呀……不信你问胖子他们,我都没跟那女的说几句话,连她叫什么都不知道。"

胖子点点头,"对对,这倒是,轩儿还真没跟那女的多说话,丫就一人儿当麦霸来着,嚎了一晚上,差点儿没把狼招来。"

"呸,拉倒吧,我们家秦轩唱歌好听着呢。"江玲玲骄傲地扬起小脸反驳道。

"看看看看,又开始护犊子,下回不管你们了啊。"

"去你大爷,什么叫护犊子啊,你丫狗嘴里吐不出象牙来。"我又捣了胖子一下,把江玲玲的手放到嘴边轻轻一吻,"乖不生气了啊。"

"哼哼我呀,想好了,以后还就不生气了,反正真有什么事儿我就直接阉了你!"她白我一眼。

"哈哈哈,玲姐威武!就是,阉了丫的呢……但我就是想问,要真阉了他你以后用什么?"胖子一脸坏笑。

"滚,我就不用了也不能让他祸害别人去!"江玲玲也笑了。

"得嘞,喝酒吧!"欧阳野拿过两只酒杯塞到我们手里,江湖上所谓一笑泯恩仇，也就这情形了吧？

我从欧阳野手里一把抢过麦克风，"亲爱的，"我凝视着江玲玲，"这是我献给你的歌。"

"哎哎，这是我和人家一块儿唱的！"欧阳野指了指旁边的公主。

"边儿去，这是我献给我爱人的！"我推开他。

"你俩唱你俩唱。"半跪在坐垫上的公主把另一只麦递给江玲玲。

音乐响起，竟然是一首王力宏和卢巧音合唱的《好心分手》。

江玲玲眉头也微微一蹙，但还是跟着旋律唱起了第一句，我不知道她内心有没有打鼓，当我在后来从头到尾细温了一遍歌词之后忽然明白，世间很多事情其实在冥冥中早已注定。

分离相聚本身就无法占卜，何况是爱情。

第九章　机会

第二天傍晚，我和江玲玲去燕莎吃了顿价格不菲的西餐，我们有一搭没一搭地开着玩笑，多数时候，我只看到她的嘴唇在动，却不知道她说些什么。

我要了杯冰柠檬水，淡淡的味道。

把江玲玲送到钻石人间后，我照旧去了东方。

男的分两桌在斗地主，欧阳野和胖子不在一桌，我在欧阳野后面看了一会儿牌，发现这小子记牌算牌真是一门儿灵，怪不得面前赢了那么厚一沓钞票。

"你来？"欧阳野指着自己的座位问我。

"你玩你的。宁夏没来？"

"不知道丫去哪儿了，打电话也不接。"

宁夏向来神龙见首不见尾，不接电话也很正常。我漫不经心地溜达到英子那屋，一进门果然看见月儿也在，她如瀑的栗色长发散开着，我深深地吸了口气。

月儿手气一般打牌技术也一般，看了半天也没见胡一把。

"小轩你帮我换换手好吗？"她回头冲身后的我一笑，贝壳小牙洁白晶莹，"我老点炮……正好去趟洗手间。"

"那我压力得多大呀？"我说。

"还能比我点得多呀？随便打。"

等她回来我刚帮她胡了一把门清，正欲起身，她按住我，"手那么好，再帮我打两把，我跟你后头学习一下嘛。"

我就势坐下，抓了牌也不理牌，自摸的时候就用刚抓的那张把十三张牌一顺儿碰倒，反正是各种炫耀自己的牌技。

月儿索性拉了张椅子坐在我背后，有时俯身过来，细柔的发丝轻轻碰到我的脸，酥酥痒痒的。

庄上胡了两把七对之后，美亚开始轰我，"秦轩你烦不烦啊，我们女的玩会儿牌你跟着瞎凑什么热闹，看见美女来了你就不动窝了？去去去，别屋待着去。"

我"嘿嘿"笑着站起身来把座位让给月儿，在她的注视下挺直了腰端端走了出去。

刚进隔壁，胖子像是闻到我的味儿一样头也不回地问："嘛去了？"

"跟那屋呢，麻将那屋，她们让我帮着玩几把。"

"帮英子？"

"不是，她一女朋友，昨天我们一起玩麻将来着。"

"月儿吧？"周奕一边发牌一边说。

"对，好像叫这名字。"

"谁媳妇儿呀周哥？"胖子问。

"英子舞蹈学院的同学，前段时间刚跟男朋友分手，没啥事儿，英子这不就叫来打麻将了嘛。她刚会玩，打得挺臭的吧？"

"漂亮吗？"胖子问周奕。

"以前舞蹈学院校花。"

"比我英子姐还好看？"

"你自己看去。"

"得，我去看看，你来。"胖子说着把手里的牌扔给我，屁颠儿屁颠儿地出去了，肥屁股一扭一扭，跟个短尾巴兔子似的。

不大一会儿他又回来了，加了把椅子在周奕旁边继续看牌。也没言语。

看完一把，胖子问："多一人儿，改金花吧？叫那屋的过来。"

"人家玩得挺好，别叫了，咱四个瞎玩会儿得了，你们继续，我买马，死马，红桃7。"

"得。"

散局的时候胖子拉住我，没头没脑地说了一句："是挺好闻的。"

"啊？"我一愣。

他挤挤眼睛狡黠地一笑，"柠檬味儿。"

一个星期就这么过去了，我每天规规矩矩地接送江玲玲上下班，晚上在东方玩牌，欧阳野正式加入了牌局，偶尔也跟我和胖子下几场球，班都不怎么正经上了。

有一天半夜他兴奋地打电话跟我说终于逮住机会把言言亲了个够。

"好上了？"

"也不算，反正她没拒绝。"

"怎么就亲上了？"

"她生日我送了条白金项链。"

"我去，真下本儿啊。"

"还不是这几天牌局上赢的。哥们儿看出来了，就斗地主这种游戏我胜算最大，除非点儿特背，一般情况凭我这算牌的准确率就没毛病。"

宁夏时来时不来，还是一副神神秘秘的样子，男人交往向来不碎叨，所以我们也不问。他对赌博不像我们一样热衷，倒是美亚经常跟他眉来眼去的，要不是大帅在，我估计俩人儿早就去滚床单了。

胖子这礼拜赢了一回大钱，下了场5000块钱的波胆（球赛比分），结果真就押中了，1赔90倍！

1赔90倍！整整45万，欧阳野当时直咽口水，我心里也后悔怎么没跟着下点儿。

不过下波胆一般都是打水漂，一是看运气二是看胆量，不然怎么会那么高的赔率。

这几天胖子一直带着尤静，有时会跟英子她们打打麻将。她昨天手腕上戴了一块劳力士，也不知道是不是胖子犯神经病给买的。

这天人来得出奇的少，宁夏和欧阳野没来，我问英子周哥呢？她说陪人喝酒呢。

我和胖子见人也不多，就跟其他人凑了两桌麻将。我跟月儿一桌，胖子在另外一桌。

还不到12点，英子接了个电话，周奕在电话里说喝多了，叫英子打车去接他，然后一块儿开他的车回家。

大家也不好说什么，反正也没什么输赢，局也就散了。

胖子那边儿还在酣战着,我看了一会儿觉得没意思,就想出去吃点东西再去接江玲玲下班。

一出屋就看见月儿的背影,于是我在后面叫了一声。

"不是走了吗?"我问。

"手机落屋里了,回来拿呢。你不走吗?"

"走啊。你开车了吗?"

"没有。"

"住哪儿?"

"三元桥。"

"那不远,我送你吧。"

"不麻烦吧?你不是要接你媳妇儿吗?"

"不麻烦不麻烦,她下班还早呢,反正我也没什么事儿,送完你晃一晃正好去接她。"

说话间就听胖子在屋里问了一句:"哎你丫嘛呢?"

"去你大爷,打你的牌,走了!"我喊了一嗓子,跟着月儿往外走。

第十章　月倾城

从东方到三元桥其实挺近，我和月儿不咸不淡地聊着天，如周奕所讲，她现在的确没男朋友。

我心里不禁怦然一动，似乎这正是我所盼望的。

"月姐你姓什么？"

"别叫姐呀，我就姓月，月亮的月。"

"啊？有这姓？"

"对啊，历史上说是蒙古人的后裔，元朝的皇族后裔……"

"蒙古？我出生在内蒙古，内蒙古锡林郭勒大草原……哎呀缘分啊！皇族后裔呀？娘娘吉祥。"我开心地笑道，似乎跟她有了某种神秘的联系。

"嗯嗯，跪安吧。"她点点头，眉目间神采飞扬，在车里忽明忽暗的光线下堪比仙女落入尘间。

"那你姓月，名字呢？"

"月倾城。"

"嚯！"我惊讶地大叫，"这名字……太好听了！"

"哈哈，我每次一说名字别人总和你一样的反应，像不像古代江湖女侠的名号？"

"不像，更像是千古难遇的大美人……其实，这名字别人还真受不起，也就是你。"

"你也太会说话啦。我爸年轻的时候是个文艺青年，我哥叫月广寒，等生了我一看是个女孩儿，想让我有倾城美貌，就起了这么个名字。"

"那这名还是不准确，应该叫月倾国。"

"哈哈哈，小轩你嘴也太甜了。"她笑起来，发丝散乱，眼波流动，鼻息如兰。

一笑倾人城，再笑倾人国。

宁不知倾城与倾国，佳人再难得。

到凤凰城楼下刚过12点，离江玲玲下班还早，于是我寻思着去哪儿待一会儿打发打发时间。

"谢谢你呀小轩，你慢点开。"

"是得慢点，接她还早呢。"

"她几点下班？"

"两点。"

"那咱刚才应该找个地方吃点东西什么的。"

"怎么好意思拽着你陪我到两点呀。没事儿……我看看胖子在哪呢。"说着我拿出手机，当时用的是翻盖的NOKIA，翻开摁半天没反应。

"完，没电了，别说联系胖子了，一会儿接江玲玲都是个事儿。"我摇摇头自语道。

"那……要不你上来待会儿？到两点再去接你女朋友。"月儿犹豫了一下说。

"合适吗？"

"谁让你手机没电了呢？现在用我手机打也不合适吧？"

"那你家有方便面和充电器吗？"

"当然了，都用这个呀。"她笑着扬了扬手里的NOKIA。

月儿的家干净整洁，餐桌上一盆盛放的百合犹自散发着淡淡的清香，电视机旁边摆着两张她跳芭蕾舞的照片，穿着短短的白纱裙，立着脚尖，小脖子高傲地扬着，像极了一只漂亮的白天鹅。

我盯着看了半天，不由笑出声来。

"一人儿跟那儿乐什么呢？"她端了已经煮好的方便面出来，问我。

"没什么，就想问你，你着地的时候疼吗？"

"啊？什么意思？"

"我是说你这照片像天使一样，你落入凡间的时候没摔着吧？"

"哈哈，服了你了，真会说话，行，我当赞美收了。"她把面条放在茶几上，笑着问我，"喝点什么？"

"都行。"

"我家除了白开水可能什么都没有……我找找看。"

过了会儿她拎了一瓶酒出来,"只有这个。"

"我喝酒可不灵。"

"也不算什么酒,野葡萄汁,就两度。我也不会喝酒,但特喜欢喝这个,每次去超市都买,十块钱一瓶……真的,你别笑,真十块钱……"

还别说,这玩意儿确实挺好喝,甜甜的,只带一点儿酸头,跟果汁差不多。

虽是两度,几杯下去也略有酒意,我们俩在沙发上悠闲地聊着天,有美人在侧,真是一件惬意的事儿。

月倾城是山西人,父亲和母亲都是机关干部,哥哥月广寒大学毕业后一直做生意,家境殷实。她自幼学习芭蕾舞,后来考到北京舞蹈学院,本科毕业。在大学的一次聚会上认识了当时在电影学院表演系读书的男朋友,那男孩相貌英俊,出自颇有背景的表演世家,狂追了月儿四个多月之后两个人也就慢慢地好上了。

她和英子是同班同宿舍的闺蜜,上学时几乎形影不离。英子大学二年级就认识了周奕,据说周奕当年追英子当真是下了工夫和本钱的。

有一次月倾城出去逛街,在听错的情况下花五百多块钱做了一次美甲,2001年初美甲还不像现在这么方便便宜,那时候随便修一修涂个颜色就得好几百,要是再画个花样一千多也是常事儿。这让她结完账以后很是心疼,后来在宿舍里琢磨了半宿,第二天就跑到中介公司去找门脸了,然后打电话跟父母要了几万块钱。一个多月以后,倾城美甲店开张,一来那时候这种专业美甲店还不多,二来她男朋友的确带了不少人来,其中不乏个把明星,就这样,她很快赚到了人生的第一桶金。

赚到钱之后的第一件事就是买房,那时候房价不高,东三环凤凰城开盘才五千多,她首付十几万就买了个小两居。

毕业之后,依靠男朋友过硬的关系,月儿顺利留在了北京的某文化馆负责编排舞蹈,不用坐班,有活动或者演出需要了才去,工资虽然还不到两千块钱,但很自由和轻松。

和男友交往了三年,她男朋友开始走红,天天在外地拍戏,聚少离多,绯闻也时不时传出来,一个多月前她发现男朋友回北京一礼拜了居然都没给她打电话,想想估计是心已经不在她这儿了,于是淡然地提出了分手,那男的也没挽留,俩人没哭没闹地就分了。

"当时分手难过是有的，可是并不是特难过，所以有时候我想，我可能并没有自己想象中那么爱他。"

"嗯嗯……可能吧。"我随声附和着，想的却是：那你会不会爱上我呢？

这天方夜谭一样的问题只是在我脑海中扑棱棱闪了一下，只一下就被我甩出了脑海。

我们各自饮着杯里的酒，空气似乎刹那间凝固了，屋子里充斥着单身男女独处的暧昧气氛，我的手心开始出汗，时光若是就此停滞，也没有什么不好。

"对了，那什么你……用的什么牌子的洗发水？"半晌，我放下酒杯，看一眼她散下来的头发问道。

"啊？洗发水？"她扑闪着眼睛，脸上满是疑问。

"是啊，我闻着你头发挺好闻的……不过不是故意闻的啊，就那天站你身后看你打牌闻见的。"

"哦哦，洗发水……你等等啊。"她站起身来，却"哎哟"一声差点儿磕在茶几上，看来我们俩的酒量差不多。

我要是三杯倒，她就是一杯醉。

我扶了她一把，这么近的距离，我甚至能闻到她嘴里混合着葡萄甜味儿的如兰气息，那一把温香暖玉，不知道轻轻一拽能不能拽到怀里。

月儿抬头看我，眼里满是笑意，香腮胜雪略带绯红，我不由呆了，她莞尔一笑，摇晃着身子走向浴室。

我手心汗湿，心里犹豫着是不是应该在这时候干点男人应该干的事儿，魂不守舍间她把一瓶洗发水塞给我，"那，就是这个……"

我接过来翻来覆去地看着，嘴里嘟哝道："哦，就是这个就是这个……"然后傻乎乎地看了足足有两分多钟，手机铃声骤然响起。

我打了个激灵，神志被强行拽回正常状态，对电话里的江玲玲说："好好，我这就过去。"说完恋恋不舍地告诉她我得走了。

她点点头，双眸似汪了水一样明亮，"这瓶送给你？"她扬了扬手中的洗发水。

"别别，不合适不合适，我去买我去买。"我低头退出她的家门，生怕自己再看她一眼就会失去理智。

走下楼，我转了转发酸的脖子，在这个春意浓郁的夜晚，我年轻的心里似乎有什么东西像小草一样在疯狂地滋长着，还有一种说不出来的感觉，就像刚才喝过的野葡萄酒，甜甜的，微酸。

路上我忽然意识到，至于那瓶洗发水，在翻来覆去看了那么久之后，我居然根本没有记住它的牌子。

如果不是江玲玲打来电话，今天晚上，会发生什么吗？

会吗？

第十一章　漩涡

　　日子水样流淌，青春是一条漾满了欲望的河，时常会在昏睡的梦里把我们淹没。

　　我们每天都在东方下球，6月份的欧洲杯正如火如荼，小联赛更多，有一次庄家开了一共一百多场的盘口，我们索性全都下了一个遍。这主意当然也只有胖子才想得出来，他说主要是想弄清楚如果场场都下那么赢的概率到底有多大。

　　那些小联赛我们根本就没研究，很多球队甚至连名字都叫不上来，反正统一下左边一溜儿，等到第二天早上打开电脑一看也没什么输赢，看来这种赌法纯属吃饱了撑的。

　　欧阳野天天跟我们混，班也不认真上，最近也学会下球了，有天晚上跟着胖子下中了个"五串一"（同时赌五场比赛中的五支球队），五百块钱居然赢了一万多！

　　那天晚上我下了两千，胖子下了一万，近三十倍的赔率让赢钱的喜悦蹿遍了全身，那种难言的刺激在心里横冲直撞，而我们的脸上都像涂了猪油一样泛着一层锃亮的光。

　　可惜宁夏由于来得晚没一起下，问他干吗去了，他说了句什么，我们居然谁都没在意。

　　很多事情都不再重要，重要的是那一刻周身的快感几乎让我们无法克制住内心的疯狂。

　　那天夜里我们开着车在路上狂飙，北京的深夜灯火阑珊，昏暗的天空下是挥奢的激情和放纵的青春。

　　我们去了钻石人间，推杯换盏间，欧阳野忽然说咱四个弄一组合吧？胖子说还他妈组合，咱们最多弄个扑克牌组合。我说行啊，就叫"黑红梅方"，多好听。

"对对，黑红梅方，胖子是黑桃，老大。轩哥是红桃，宁夏是梅花……"

还没等欧阳野说完，宁夏就反驳道："为什么我是梅花？咱四个我岁数最小了。"

"你必须是花牌呀，你看，你最帅，女朋友最多，谁有你花呀？"欧阳野笑道。

"那你丫就是方板呗，不，方片儿，对，你丫就是——'骗子'……"宁夏笑呵呵地回答。

"哈哈哈，行，就这么定了，'黑红梅方'，还真他妈好听……"胖子举起杯来，"来，走一个，为了黑红梅方！"

记忆在时间的长河中变得模糊不清，这之后大家说过什么唱过什么我都已经忘记，只记得胖子喝着喝着突然哭了，一张胖脸在灯光下感性而陌生，他一边流着泪一边频频举杯，"来来来，哥儿几个，今后咱们'黑红梅方'有福同享、有难同当！"

如果你在那天见过我们，见过四个自以为已经是大老爷们儿的北京男孩彼此拥抱着哭泣，你一定会笑话我们的幼稚言语，也一定会被我们当时发自肺腑的话感动和叹息。

很多时候，诺言如同松果，只要季节一过，哪怕轻轻一碰就会滚落。但至少那一刻，我们说的，都是真心话。

谁说本命年会不顺利？我们在赌博的路途上顺利成行，越战越勇。

这是一个巨大的漩涡，里面盛满了贪婪和欲望。

傍晚时分，我从梦中醒来，北京的夕晒如此厉害，阳光不依不饶地穿过窗帘，照在床头一个镜框上，照片上的江玲玲长发直直披过肩头，不施粉黛，不点朱唇，清丽得像极了我从小心目中的梦中情人。

"嘛呢？"江玲玲拿胳膊碰碰我。

"啊？"我揉着眼睛，转过头愣愣地看着她，没回过神来。

"切，就你那屁点儿酒量。头疼不疼？"说着她用手掌心试了一下我的额头。

昨天夜里的事儿慢慢回到脑海，想起一下赢了五万多，心情顿时如夏日久旱的田地被大雨浇透一样畅快淋漓，"走啊，陪你逛街去？"

"我去，这么爽啊？"

"那可不，第一次赢这么多……你想要什么？"

"现在啊？都5点多了，我还没洗澡呢。"

"你9点上班，什么都来得及啊。"

"得了吧，洗澡、化妆、吃饭……哪来得及？"

"也是，您化一妆就得两个小时。"

"废话，你知足吧，我一姐们儿每天出门换衣服化妆要四个钟头呢，我算利落的了我。"

"就你那姐们儿……能跟你比啊？咱丽质天生，化不化的都灭她们丫的。"

"哈哈，赢了钱是不一样啊……心情好啊。"

"主要是下了两千赢了五万多，这个概率你得明白，哎哟，真是……天生我材必有用，千金都到我家来……"

"什么呀你，还拽上了。我说，你可别拿这真当职业了，赢一次就冲昏了头，要是以后……"

"行了行了，起床。"我打断她，摆摆手溜进了卫生间，以免被她的长篇大论破坏了好心情。

等玲玲收拾完出门7点多了，我已经饿得前心贴后背，街是逛不了了，吃饭才是头等大事。

晚上又在东方聚齐，欧阳野没来，据说跟言言有约。

估计赢了钱又去谄媚了。

其实那姑娘我见过，瘦得跟柴火棍儿似的，前后都分不出来，除了白点儿长相确实一般，她在当年欧阳野情窦初开的心目里女神一样矗立至今，真不知道等哪天他把女神脱光了发现她就是一凡人之后会是怎样的心情。

牌局分了三个屋，月儿还是跟英子她们在打麻将，我若无其事地过去晃了会儿，她抬头看我一眼，微笑如小风一样掠过心缝儿，我似乎又听见了内心小草滋长的声音，于是美滋滋地退出屋来，去另一间棋牌室玩牌。

凌晨1点我借故又去她们那屋瞄了一眼，见女眷们都没有散的意思，心下略感失落，也就继续回去玩牌了。

但我有什么可失落的呢？难道就凭我昨天赢了点钱，就自以为离她近了一步吗？

在去接江玲玲的路上，我一遍一遍回忆着昨晚的情形，她雪白的小手在我面前晃来晃去，只怕一把就可以握在掌心里……

二十四岁的我，忽然之间，头一次这么深而重的，在心底来来回回地记挂着一个人。

反反复复。

第十二章　缘分来了吗

这一个星期运气平平，现在我们下球时经常会有些分歧，胖子胆儿肥，有时喜欢反着下，波胆一注就下到五千，我们自是追不上，也就一两千地赌个谁输谁赢。

我几乎天天都能见到月倾城，相对于昵称，我更喜欢她的全名。她总是清清爽爽的打扮，发型也很随意，也许是自小跳舞的原因，英子和她都挺有范儿，无论什么时候小腰总是挺得倍儿直，让我老是不由自主想起我家小区里那条趾高气扬的小博美。

当然这比喻我从来没敢跟她们说过，谁敢肯定她们有着小博美的气质而没有小博美的脾气呢？

有一次她走在我前面，我结结实实地欣赏了一下她的背影，腰肢不盈一握、翘屁股、双腿溜儿直，单单这背影就可以迷倒无数人。

在那一刻我忽然觉得，这个女孩儿，其实应该是我的。

这天大帅、周奕他们因为出差都没来，英子她们雷打不动地打着小麻将，剩下的有的斗地主有的扯闲篇，宁夏和欧阳野也不在，我心不在焉地和胖子在大厅里打开电脑看球赛。

"下吗？"胖子问我。

"没感觉，不下。"我站起身来，径直走向月儿那间棋牌室。

"哎，你丫嘛去呀？"胖子在身后喊。

"管呢！"

"有输赢吗？"我站在美亚身后问。

"都差不多，今天没大牌。"美亚回头看了我一眼，"我赢一点儿，小轩你替我吧，我12点前得到家，明天有事儿。"

"那就别玩儿了，你们天天打，早散一天多好。"我说。

"就是，玩到11点半也差不多了，我明天也要早起，单位有演出任务。"月儿也附和道。

我心中窃喜，感觉机会似乎悄无声息地来了。

回到大厅，胖子提议去金玉年华看球，我说得了我别去了，不然回头江玲玲又得跟我吵架。

"现在还不到11点，你丫跟这儿干吗呀？到点儿你走你的不就完了吗？"胖子不依不饶。

"还不够折腾的呢，别他妈捣乱了，今儿我也没下球，你赢你的，赢了明儿请吃鲍鱼就成。"

"靠，鲍鱼算个屁呀，我刚下了一五串一，还有一个五十多倍的波胆，真要赢了明儿请你丫干吗都行。"胖子坏坏地笑着，一副龌龊嘴脸。

"不请你是那个。赶紧滚蛋吧，我去斗地主那屋买会儿马，张总玩得挺牛的。我跟人学学。你跪安吧，朕起驾啦。"我点了根烟，头也不回地走了。

张总斗地主水平真不错，单从算牌这方面来说跟欧阳野有一拼，不知道他们脑子是什么做的。

我也没买马，跟边儿上看着，耳朵却听着隔壁那屋的动静，心想要是她们一散我就找机会送月儿回家。

这么想着心里忽然紧张起来，要是人家不让我送呢？要是玲玲提前下班了呢？要是真有什么事儿被玲玲知道了她能饶得了我？难道我就真的不爱玲玲了？月儿温柔又漂亮，玲玲个儿高又爱我，我是打算跟月儿在一起呢还是……

正意淫在一厢情愿中，忽然听见那屋女眷们推牌数钱的声音，我看看表，果真11点多了，于是跟张总他们打了个招呼，转身踱到大厅，等到身后英子她们几个说笑着出来，我装作打电话慢慢悠悠往门口走，走到旋转门时把电话放下，回头笑道："哟，散了？"

"是啊，你也走啦？"英子问道。

"啊，是，今儿人不多，我也撤了。"

"不是不到接你媳妇儿的点儿吗？"

"主要跟这儿不也没事儿吗？他们斗地主玩得挺好，也换不了别的。你们开车了吗？我送你们。"

"我开了，那正好我就不绕路送月儿和美亚啦，劳你驾送一下呗。"英子说。

"应该的应该的。"

美亚下车后我问一旁的月儿饿不饿，她想了想说："吃点儿东西也行。"

我们去了宵云路的鹿港小镇。

我问她天天这么玩牌累不累，她说这不刚学会不久嘛，瘾大，而且店里也不需要她去盯着。

"美甲店开得挺好的？"

"没以前好赚，但也还行，我都开了三家了，一家在佳艺，一家在三里屯，老店还在海淀呢，离这边儿有点远，正准备撤了呢。"

"真难得，又漂亮又能干。"

"又夸我。你呢？天天这么玩……"

"哦，我姐有个律师事务所，我白天在那儿学习呢。"我二姐的确开了个律师事务所，我去年确实也在所里待过一段时间，这么说只是不想让她把我当成一个天天无所事事的赌徒而已。

到了她家楼下，我问她："明儿你们还组织吗？"

"应该吧，英子没事儿天天叫，可我后天要跟单位去香港演出，所以……明天要是不去我就跟家里歇一天收拾收拾东西。"

"演出？去几天呀？"

"八天。"

"噢……那咱们明天去钱柜唱歌吧？我叫上胖子他们，你叫上英子，也别天天玩牌了，放松一下，你后天上飞机也不用那么累。"

"可以呀，你确定吗？用不用问问小胖？"

"不用，他要不去咱们去。"

"好，那我一会儿到家跟英子打电话，估计她还没睡呢。几点？哎我都没你电话呢。"

"我拨吧。"我把她手里的电话拿过来，摁了自己的电话号码。

"好，那明天电联，反正也得9点来钟吧？你媳妇儿来吗？"

"她？她上班呢。明天打电话。"我说着把手机还给她，她的手指不经意间碰到了我的，莞尔一笑，"明天见。"

"明儿见。"她下车走向楼洞，闪身前回头冲我挥了挥手。

明天，很多事情都可能发生在未知的明天，在我躁动的内心，期盼的东西会出现吗？

如果万一出现，一切又该如何处理呢？

半夜两点我接上玲玲回家，路上接到胖子的电话，他在电话里"嘎嘎"一顿狂笑，告诉我晚上下的波胆真中了！一下子赢了好几十万！

我当时脑子一懵，心说天啊天啊天啊天啊……真就中了啊！我怎么就没跟着下啊！我他妈的真的没下啊！！！！！

早知道这样，我就把手里的钱全下那注波胆，明儿就能买房了！

沮丧、悔恨、抱怨……

那天夜里我真的没睡好，翻来覆去跟烙油饼一样，倒是江玲玲很坦然，说见过贼吃肉没见过贼挨打吗？赌博这东西都是撞大运好吗，波胆向来都是往里扔钱的，这种概率下十年八年的球也不见得中一回，要不怎么赔率那么高呢，你当庄家傻啊？

可胖子已经生生中了两回波胆了，这是什么概率？而且昨天晚上他拽我都没下，一千块钱就能赔七万多啊，就差我一句话……

估计在所有的事情中，赌博里悔恨的成分是最多的，打麻将点炮了后悔，买彩票买差号码了后悔，斗地主出错牌了后悔，玩梭哈判断错误了后悔，赌球下错了球队后悔……

而且总是会觉得好运气擦肩而过，就差那么一丢丢。

也正是如此，我们会再赌、再赌、再赌……

其实，谁敢说生命中的任何决定都不是一场又一场的赌博？学生选学科、上班选职业、结婚选对象……甚至开车走哪一条路、吃饭去哪家餐厅……人生中的每一步，只要偏离走错，命运就会改变。

一步错，满盘输。

第十三章　情歌王子

　　第二天下午我陪江玲玲逛街，女人是天生的购物狂，她们开心了买东西、不开心了也买东西、有钱时买东西、没钱时挤出钱来也要买东西……几乎没有消停的时候。

　　而我最讨厌逛街，特别是跟江玲玲一起逛，看她平常挺干脆利落，可只要购物就判若两人，同样一个款式的衣服，她能因为不同的颜色而挑上半个多小时，而且会问上几十遍"好看吗好看吗好看吗"，你要是立马回答"好看"，她一准儿说"你连看都没看哪"；你要是做思索状说"好看"，她会摆出一副挑衅的架势说"看这么老半天才说好看是真心话吗"；你要是说"一般"，她就翻着白眼说"是个人就夸我漂亮就你丫觉得我一般"；你要是说"不好看"，那完了，她就是当时不发作晚上也得找个邪茬儿打一架。

　　尽管这样，我依然会陪她，一是补上前几天许的愿，二是心里觉得好像做错了事得补偿她一下。

　　其实我什么都没干，我只是心思跑了。

　　魂不守舍。

　　江玲玲买了两双鞋、一条裙子和一堆化妆品，吃饭的时候月儿忽然打来电话，我在电话里还没容她开口就说："哦，去东方啊？好好，我一会儿到。"

　　她一愣，没吱声就挂了。

　　江玲玲问我是谁，我说周哥叫打牌。

　　"你们不是每天不用打电话就去了吗？怎么今天还现约了？"她盯着我，满是不信任的眼光。

　　"周哥有几天没来了，可能怕今天不够手吧。"我搪塞过去。

她将信将疑地白我一眼，也没再说什么。

等她下车后我给月儿回过去电话，她不好意思地说："刚才跟媳妇儿在一块儿呢吧？没事儿吧？真不好意思啊。"

她这么一善解人意反而让我心里内疚起来，我赶紧约了时间，又给胖子他们仨分别打了电话。

胖子在电话里愣了一下，也没多问，答应和欧阳野一会儿就到。宁夏电话没人接，后来都12点了才回过来说太晚了就不来了。

我第一个到的，十分钟后月儿也到了。

她薄施粉黛，长发卷卷地散在肩头，穿了一条红色的紧身连衣裙，曲线完美，青春的光芒和撩人的女人味儿同时在她身上放肆地绽放，而我只能大口地呼吸，才能把内心的躁动捂得严严实实，密不透风。

我们相视而笑，还没来得及说话，美亚和她一个女朋友推门进来，随后英子也到了，胖子是和欧阳野、言言一块儿来的，欧阳野脸上漾着扬眉吐气的红光，嗓门也变大了，紧搂着言言的肩膀咧着大嘴一劲儿乐。

"办了？"我冲正在点歌的言言努努嘴，悄悄问欧阳野。

"没哪……但今儿喝点儿酒应该差不多，一会儿我和她早点撤去东方开个房。"

"行啊，多年的梦想就要实现啦？恭喜你丫以后不用意淫啦。"我拍着他的肩膀调侃道。

他用拳头重重捶我一下，起身去外头拿饮料，出门前也不忘体贴地去问问那个即将与他云雨一番的柴火妞想要喝点儿什么。

我唱了两首歌——《春泥》《不让我的眼泪陪我过夜》，英子和美亚大惊小怪，说行啊小轩情歌王子啊，都不知道你还有这本事呢。

胖子说你们不知道吧，人家轩儿正经考进过中央音乐学院的主儿，就是因为唱得太好了被开除了。

我说去你大爷，别听他胡说八道。然后目光越过旁人，看到月儿眼里的一抹含蓄的温柔。

我满足地把麦往旁边一扔，嗯，可以见好就收了，不然唱得太多就没人惦记了。

刚过11点，胖子把我叫出去，说要去金玉年华接尤静，这我能理解，他这辈子还没正经谈过女朋友，最近赢了这么多钱，肯定对人家特好，干她们那行的奔钱去也不奇怪，我只是担心胖子别头一次认真就陷入情网。

不过大老爷们儿之间一般也不会为这些儿女情长多费口舌，只希望尤静有心就好。

胖子走前塞给我三千块钱，说一会儿结账使，我说不用，他挤着眼说那哪行？昨儿赢嗨了我还没请你呢。

我不由眼光黯淡，对昨天的战事内心又多了一份伤痛，胖子看我脸色不爽，也不再玩笑，拍拍我的肩膀走了，滚圆的身子球一样一拐弯就闪出了视线。

回来跟欧阳野一说，他跟言言一嘀咕也起身告辞，我心领神会，冲他挤了挤眼。

这仨人一撤，包间里顿时冷清了，又唱了几首歌，英子和美亚各自打了个电话，大家一交流也就散了。

我和月儿坐在车里。

"去哪儿？想吃东西吗？"我问她。

"别吃了，我刚跟钱柜吃了两碗麻辣烫，现在还饱着呢。"

"那去哪儿？这才几点？"

"你说呢？"她转头望着我，明亮的眸子深邃而美丽，发丝上淡淡的柠檬香味儿时有时无，顽皮而执着地挑逗着我的神经。

我把空调开大，不敢正视她的眼睛，低下头用小到只能自己听见的声音说："我……想去你家喝野葡萄汁。"

她沉默着，许久许久才像是下了什么决心，"走。"

路上我们都不再说话，车窗外的夜色弥漫开来，我手心里忽然攥满了汗水，其实，我真的是一个从来从来没有主动示过爱的腼腆青年。

第十四章　亲爱的你就在我的怀中

　　上楼以后月儿去卧室换衣服，我坐在沙发上兴奋又紧张，似乎一张手汗水就会从手心里滴落下来。我估计卧室的门一定没有锁，那我要不要推门进去呢？在这样一个燥热暧昧的夜晚，一个女孩如果愿意在深夜将我带回家，是不是她已经在内心里盼望发生点什么了？如果不采取行动，那我是不是也太愚笨了？

　　就这么想着，直到她穿了件宽松的圆领长裙出来，又顺道去厨房拿了瓶野葡萄汁。
　　暗红色的液体注入高脚杯，在落地灯橘色的光影下无比多情，月儿递给我并碰了一下杯，我想她一定是希望我在此刻说点什么。
　　——那些浪漫而美丽的句子。
　　我一时语塞，说出口的竟是："你随意，我干了！"
　　然后一饮而尽。
　　她掩嘴一笑，刚想去拿酒瓶，却被我飞速地抢了先，拿过来给自己倒了一杯一饮而尽，然后又倒了一杯……
　　"你干脆拿瓶喝得了。"她说。
　　"也行。"我点点头，真的扬起头来把瓶子喝了个底朝天。
　　她愣了一下笑起来，红唇轻启，眉梢间万种风情，在混合了柠檬香味儿和暧昧灯光的屋子里，月倾城当真是倾城倾国，美若天仙。
　　我举着空瓶呆呆地看着，头有点晕脚有点空，竟一时间不知道应该干点什么，我是先伸出手拥她入怀呢？还是现在就伸嘴过去吻她？
　　要是她推开或者干脆给我一巴掌呢？那我岂不是把一切都破坏了？
　　可要是她就允了呢？

之后呢？把江玲玲甩了？同居四年，我也干不出来那种事儿。再说月儿，也许人家压根儿就没想怎么着呢……

要是我早些年认识月儿，她能跟我好吗……能吗……

人家凭什么跟你好？人家正经舞蹈学院的本科生。

可我要是不退学还正经音乐学院的本科生呢。

哎，你还别说，这么着就配了。

音乐、舞蹈，咱可都是搞艺术的。

多配呀。

而且天天在东方，我在这屋玩牌她跟那屋打麻将，我也不用每天掐着点儿走了，想玩到几点都成，俩人一块儿回家，真好。

她要是不喜欢我天天玩牌呢？要是像江玲玲一样管我呢？如果是她，那我去找一工作，对，青春无限，我现在想学点什么也来得及。

她不会阻止我玩牌吧？她现在也在天天玩呢……

"小轩，哎，你嘛呢？想什么呢？怎么不动弹了？"月儿拍了拍我的胳膊，我"啊"了一声回过神来。

好嘛，这思路，她要是再给我点时间，估计连孩子都生完了。

"哦，喝猛了。"

"谁让你一口气干了的？又不是比赛。"

"就……口渴。"

"那我给你倒点水去。"说着她站起身来，我却伸手一拉，就势把她拉到怀里，然后坚定地吻了上去。

她的舌尖醇香缠绵，柔软的发丝撩拨着满屋如火的欲望，小手被我汗湿的手紧紧攥着，身体越来越软，呼吸越来越缠绵……

她穿了一件一扣到底的家居长裙，我的手向下游走，想伸手入裙，但够了半天没够着裙边，于是转手去解她胸前的扣子……

那些扣子又小又紧，我来来回回解了半天，最后两只手都摸索上去，费半天劲却连第二颗都没解开。

我放弃了那些繁琐的扣子，手忙脚乱地去撩她的长裙，但她刚才坐到我怀里时裙子裹到了我们两个腿中间，要想把裙子掀起来就得先把她抱一边去。

而我实在不想离开她舌尖的纠缠……

手机忽然响起,在静谧的房间里"啊啊"个没完,不用看我都知道是江玲玲打来的,她平时没事儿就爱摆弄我的手机,把她的来电铃声设置成了迪克牛仔那首《当》,只要手机跟疯了似的"啊……啊……啊……啊啊……"啊啊啊个没完,屏保上一准儿会出现"大美人"仨字。

我曾不止十遍地问她能不能换一个铃声,哪怕是《大话西游》里唐僧的那首《Only You》呢?可她说必须在乌烟瘴气的牌局环境里制造一个持久嘹亮的声音才能打断我看牌时高度集中的神经。

事实证明,这一连串的"啊啊啊啊啊"的确有引起我注意的奇效,我心慌意乱,差一点儿放开了怀里这一把温香暖玉。

月儿也一哆嗦,舌尖停顿了一下,我抱紧她"嗯"了一声,意思是不用管,由它响去。

而我也终于解开了月儿胸前如机关般第三个纽扣。

正欲伸手入怀,紧挨沙发的座机忽然响了起来,这声音突兀又强烈,比我刚才的手机铃声有过之无不及。

我们都吓了一跳,本来欲望的火焰呼呼啦啦烧得挺好,结果被一大盆刚化了冻的凉水从上到下浇了个透,再这么来几回估计我直接就废了。

这时我的手机又开始"啊啊啊啊"起来了。

月儿转身去抓座机,我犹豫了一下放开她,站起身来拧开门锁走到楼道里。

"喂?"

"嘛呢你?"江玲玲在电话那头不满地问,"你在哪呢?我还刚给胖子打电话他也没接,你们干吗呢?"

"干吗呀?"我没好气地反问道,"这不还不到你下班点儿呢吗?"

"不到点儿你就不接电话呀?"

"我刚上厕所呢。"

"你在哪儿呢?"

"东方呢。"

"放屁,怎么旁边一点声音没有?"

"我在卫生间呢大小姐。"

"你不是刚上完厕所吗?"

"我他妈的就不能再上一遍啊?"

"你丫发毒誓!"

"发什么毒誓?你没事儿吧?我还能在哪儿?你这天天跟看贼一样,你说我还能干吗?"

"喊,谁让你们都不接电话,我当你们又去夜总会了呢。"

"没有……真没在夜总会,骗人王八蛋的。等着接你呢。"

"那你现在过来吧。"

"不是,这才几点?你下班啦?"

"都快1点啦,我那桌客人走了,今天主管没在,我喝得有点多,头疼,说好了娟子一会儿帮我打卡,我就不跟这儿耗了。"

"啊?噢……"

"噢什么呀噢,赶紧。"

"不是,我这输着钱呢,你再等会儿,我两点去还不行吗?"

"不行,要不我去找你!"

"你头疼你还来?"

"哦你他妈知道我头疼啊,我头疼你还不赶紧来接我回家歇着?"

"别闹了宝贝儿我再玩会儿,好吗?"

"玩玩玩,你就知道玩牌,玩牌赌博就最重要,你什么时候……"

"停停停停停!祖宗,你是我祖宗行吗?我现在走,我这就去接您,成吗?"

挂了电话,我在门外定了定神,已经快1点了?还真是,怎么时间这么快呢,那我刚才抱着月儿得亲了多长时间?唉,最可恨的是她那扣子……哪个孙子设计的衣裳?

我开门回到屋里把迎过来的月儿拥入怀中,吻着她的头发说:"对不起,我得走了。"

"嗯,猜到了。"

"你刚接的电话没事儿吧?"

"没事儿,英子,我回来忘了给她打电话,手机又静音了,她不放心。"

"英子对你真好。"

"多少年了。月儿,我们……"

"其实，小轩，我们……是不是真的不应该……也许这样更好……一夜情这东西，其实真的不适合我……"

"你是说我们俩一夜情?"

"不是，我从来都没想过要跟谁谁谁一夜情。但是今天……反正是不对……省得以后尴尬……其实做朋友也挺好的……你快走吧，别耽误事儿。"

"那你明天几点的飞机？我送你去机场吧?"

她摇摇头，拿过我的包，却把自己整个儿深深地埋进我怀里，我贪婪地闻着她头发上的香味儿，一动都不想动。

"啊啊啊啊啊啊啊……"电话又响，估计是江玲玲问我出门了没有。月儿扬起小脸，轻轻地、轻轻地在我脸上吻了一下，然后把门打开。

开车去接江玲玲的路上，我失魂落魄，月儿，月倾城，那个天生尤物一样的女孩，将爱情和欲望用烧红的烙铁，深深烙进了我年轻而浮躁的内心。

第十五章　陷落

日子像什么也没发生过一样继续着，月儿去了香港，有时候我会变得恍惚，觉得生活里根本就没有出现过那么一个人，一切的一切，也许都只是我的幻想罢了。

而我的舌尖却那么真实而深刻地提醒着我，甘之如饴。

欧洲杯八强赛还没开始，胖子他妈住院了，查来查去最后被确诊为胰腺癌晚期，那张确诊单如晴天霹雳打得胖子连腰都直不起来，两天就瘦了一大圈儿。

胖子10岁时父母离异，母子俩相依为命十几年，虽然他一年前自己就搬出来住了，但却一直是个孝顺的孩子。

他天天守在医院里，球也不下了，我们哥儿几个下午也常去医院陪他待着，胖子那几天都挺沉默，看得人心疼。

欧阳野很上心，不光天天跟司机一样开车接送，甚至连说话办事都在看胖子的脸色，搞得跟个贴身马仔一样，完完全全改变了朋友的性质。这么一来我和宁夏就很别扭，有一次宁夏翻着白眼说了句"小催巴，还什么堂堂大学生"，欧阳野也装没听见。

我一如往常地玩牌、下球、接江玲玲回家，除了会在夜里独自默默品尝着思念的味道。

宁夏还是神龙见首不见尾，东方来得也少了，即便是来，也只是打个转儿就闪人。

我问他到底跟谁一块儿呢，他不屑地一笑，"女人呗，换来换去的，有他妈什么好聊的？"

是啊，这个有着完美外表的男神，我真的很想问问他，是否有那么一个人，用通红的烙铁在他心里烧上过伤痕。

身边少了胖子他们,少了月儿,我忽然无节制地下起球来,有时候我想,是不是只有赌博的刺激才能淹没寂寞和对某个人彻夜的思念?

欧洲杯酣战接近尾声,我下注也越来越大,赌注也从以前的单注三五千下到一两万,不光是欧洲杯,小联赛我也下,点球数、大小球、黄牌数、波胆、谁开球……只要有盘口我就下,如果胖子他们在的话肯定会说我神经病。

仿佛突然之间,一夜暴富的欲望膨胀着挤满了我的整颗心脏,贪婪腐蚀着内心,我几乎要强按着胸口,才不至于让自己失去理智。

6月底连着四天的四分之一赛,我前两场全输,下半场也没追回来,等到拎着钱去结账,我一共输了八万多。

我没跟江玲玲说,直接把老底都掏空了,还从胖子那儿借了一万才把账给庄家结了。

第三场是瑞典对荷兰,盘口荷兰让半球,半夜两点多才开赛。

其实我还是比较倾向于橙色军团,上一场打了拉脱维亚一个2比0,势头很猛,对瑞典应该是没问题的,于是重锤了三万。

下完球我在东方混了一会儿,因为下得大也就没有什么心思玩牌,晃到1点多去接江玲玲下班,回家等她洗洗睡了我才坐下来紧张地看比赛。

结果上半场0比0。

中场休息的时候我又下了两万。

90分钟结束,还是0比0!

我懵了!五万块钱没了!

加时赛我又下了五万,但荷兰队依然……没有……进球!!

第一次,我在这么短的时间内输掉了整整十万,也是第一次,我的心狂跳不止,头嗡嗡作响,点球大战马上开始了,我把鼠标箭头放在荷兰队上却一直都不敢点下去。

我的手颤抖得厉害,点下荷兰之后马上又取消掉,我怂了,真的怂了,直播还在进行着,我点上一支烟,傻子似的看着屏幕,又什么都没有看进去,我彻底放弃了。

瑞典4比5负于荷兰……

而我，没有下。

这天凌晨，我在床上翻来覆去，江玲玲连踹了我两脚都无法让我安静下来。输钱的沮丧如硫酸一样强蚀着心脏，我光着身子跑到客厅抽烟，一根接一根，直到天光大亮，黎明的太阳照在我疲惫的脸上。

傍晚，我去医院找胖子。
"昨儿下了吗？怎么样？"胖子问我。
我耸耸肩，没回答，问他晚上捷克对丹麦他会下谁。
"盘口呢？"
"捷克让半球。"
"丹麦。"他斩钉截铁地说。
"捷克小组赛三场全胜，你看丹麦？"我大惑。
"你懂个屁，都赌捷克，那庄家还不输光腔了？赌球这东西有时候就不能追热！"
"欧洲杯能有假吗？"
"什么他妈没假？反正我看丹麦。"
从医院出来，想想胖子的话也不无道理，他之所以老赢也来自于这套理论，那么，就听他一回？说不准就把昨天输的那十万给打回来了。

晚上我没出门，就在家里下球，但开赛之前还是犹豫了半天。
我确实看好捷克，但富贵险中求，何况庄家在捷克大热的情况下也只开了让半球的盘口。胖子几十倍的波胆都能中两回，姑且听他一言。
于是下了五万，我的单注信用额度最多只能下五万。
想了想，又在大小球上下了一万六的"小"（90分钟内进球数小于2.5个进球数）。
赌博的人都迷信，我也一样，好歹图个六六大顺的吉利。

一开场我就目不转睛地盯着屏幕，手心又开始出汗。
每个人紧张时的状态都不一样，有的人想尿尿，有的人腿发抖，有的人嘴哆嗦……而我只要一紧张就手心冒汗，那天晚上抱着月儿时也是这种情况。
其实单从紧张程度来看，如今在我的生命中，终于有女人可以跟赌博抗衡了。

我摇了摇头，不情愿地把她从脑海中摇了出去。我不想想她，也不敢想她，如果我输得毛干爪净，怎么会有去爱一个人的权利？

上半场0比0，捷克队的主力队员似乎把前三次的牛×状态给丢了，自始至终都没有漂亮的进攻，丹麦队以守为主，上半场非常平淡。

受了胖子反向思维的影响，我真觉得丹麦队只要努上那么一把子力，进球也是分分钟的事儿，所以中场休息时，我在键盘上又敲下了一个五万！

下半场，捷克队忽然发威，居然像疯子一样连进了三个球！丹麦队在输得稀里哗啦的同时毫不留情地把我拖下了万丈深渊……

我思绪停顿，坐着一动没动，加上上次结的账短短四天我已经输了三十万，现在这二十多万的赌账就是把自己卖了也还不上了。

第二天我说不舒服连床都没起，江玲玲摸摸我的额头问我要不要去医院看看，我说就是热着了吃个藿香正气就好，你别管了。

她给我下了碗面，晚上扭着小腰就去上班了。

胖子打电话问我那场下了吗？

我说下了。

"那你下得不多吧？"

"嗯。"

"哥们儿还真走眼了。得亏我在医院没下，要不昨天我肯定重锤丹麦。"

"阿姨怎么样了？"我转移了话题。

"还那样儿，配合治疗呗。"

"我这两天过不去了，中暑了，跟家躺着呢。"

"没事，你跟家吧，回头再说。"

挂了电话，我躺着发呆。说实话我内心没怪过胖子，赌博这种事儿怪不得别人，没人在背后拿枪逼着你下注。

我账户上的信用总额度只有三十万，这还仰仗当时胖子的金口和周奕的信任，到结账时间还有几天，欧洲杯也还有三场比赛呢，我账上虽然所剩无几，但我还没有完全失去希望，只要扳回十几万，剩下就算输点儿我也能找哥儿几个凑凑。

两天之后是半决赛，葡萄牙对荷兰。盘口是平手。

我在葡萄牙队上下了四万，又下了五千1比0的波胆，我留了三万多，想万一这场输了，明天还能剩点儿下捷克。明天盘口捷克让半球，对于四场皆赢的捷克，没有任何理由会输给希腊。

这一场终于赢了，除去庄家扣的水只赢了三万六，可惜比分没猜对，波胆的钱算是白扔了。

第二天晚上的希腊对捷克，我把所有的钱分上下场全押在了捷克队上，老天保佑，如果这场赢了，赶在结账之前的冠军赛我还完全有希望打回来。

那天晚上，我已经完全熬成了一个红眼赌徒，对于金钱的欲望和渴求淹没了所有的理智、信仰，甚至一个正常人应有的判断。

希腊1比0胜捷克。

整整三十万，随着手指头的戳动，一分都没有剩下。

第十六章　走

　　比赛打完已经四点多了，江玲玲像个孩子一样熟睡着，我站在床前静静地看着她，思绪混沌不堪。

　　走出家门，我漫无目的地游荡在大街上，北京夏日的凌晨燥热无风，路边尚有两家没有收摊的大排档，空气里混合着花生、毛豆和羊肉串的膻味儿。

　　输钱的过程如同一场别人的电影，单是作为观者就已经让年轻的我心惊肉跳。

　　这么多钱我用什么还？

　　江玲玲只是个服务员，即便是每天看仨包间喝酒喝到吐最多也不过一千多块钱的收入，买个名牌包就上万，我们又刚买了车没多久，手里是没有什么积蓄了；我又不可能朝家里要钱，父母要是知道我赌博指定一板砖拍死我；胖子虽说有钱，可在人家母亲病危的时候我也张不开这个嘴。

　　在马路牙子上坐下，我下意识地去掏兜里的香烟，翻了半天才发现没带。而另外一个口袋里，是关了的手机和家门钥匙。

　　有早起遛弯的老人经过我身旁，他们连看都没看过我一眼，在这个世界上我其实是一个可有可无的人。

　　就这么坐着，坐到天光大亮，朝阳斜刺在我的身上。我眯着眼看了一会儿远处的太阳，心想后羿射日的时候为什么要留一个呢？

　　难道他不知道仅有的这一个也会把人心烧焦了吗？

　　回到家，江玲玲迷迷糊糊地抬起头来看了我一眼，问："买早点去了？看球看到几点呀？我这一搭手旁边没人……"我看着她一动不动，她迷惑地"嗯"了一声，问："怎么了你？"

　　我没回答，几秒钟后她忽然感觉到了什么一样一下子从床上坐起来，"你没事儿吧秦轩？怎么了？出什么事儿了？"看我还是不说话，她伸手抓住我的胳膊摇着，"秦轩……秦轩，老公，怎么了老公？你倒是给句话呀！别让我这么干着急行不行？"

江玲玲是轻易不叫"老公"这个词儿的。

"全输光了。"我说。

"啊？什么？哎哟我靠……你他妈吓死我了，还当出什么大事儿呢……那些天赢的串儿全输没了吧？谁让你吃饱了撑的……输就输了吧，反正也是之前赢的。"

"不止那个。"

"啊？你……你输了多少？"

"三十。"

"多少？"

"三十万。"

"什么？你他妈要疯啊你！三十万！你你你……"她把手边的枕头扔到我身上，我也不躲，只是那么直直地站着。

她愣了一会儿拿过计算器按着数字，"我这儿有四万三，不，四万五，你那儿一共有多少，有七八万？"

"没了，上礼拜还输了八万多。"

她张嘴看着我，一双杏眼因为惊讶和突来的打击变得迷茫，忽然她抬手把计算器向我扔来，我本能地闪了一下身子，计算器飞过肩膀拍在了墙上。

她开始哭泣，手捂着脸，肩头耸动，暗红色的长发有几绺和着泪水湿嗒嗒粘在腮边，哭了半天，她问我："现在怎么办？"

"不知道。"

"你他妈输这么多你不知道？"

"我跟周哥商量商量看能不能过段时间再结账。再想想办法。"

"想什么办法呀？啊？我这儿总共四万多块钱，你他妈一分都没有，还去哪儿想办法？对，对……胖子……胖子那儿能借么？"

"胖子他妈都癌症晚期了，这个节骨眼儿不合适。"

"那怎么办？要是还不上庄家能怎么样？"

我默默地摇摇头，坐下来找了根烟点上。

"秦轩呀秦轩，我早就说了这样下去会出事儿的……你现在捅这么大一窟窿，谁能给你填得上？……"江玲玲边哭边说，我看着她翕动的嘴唇，却奇怪自己听不见她的声音。

"要不你走吧老公，出去躲一阵儿。钱又给不上，能有什么办法？"江玲玲抬起脸来看我，像是做了一个重大的决定。

走？这个字之前只是从脑海中一闪而过，如今却真真实实地横在了我的面前。我像被针扎一样打了个冷战，思维被疯狂带动，我重重地、重重地呼出了一口气。

愿赌服输，如果我真跑了还算个爷们儿吗？

我他妈的还要脸吗？

可我真的没钱，我拿什么来给人家？

我就去他妈的吧！走就走！

我一骨碌从床上爬起来去找行李包，一边忙活一边对江玲玲说："周奕他们要是来找你你也甭怕。又不是你欠他们钱，你就说不知道。"

"本来也不是我欠他们钱啊，我凭什么怕？"江玲玲眼泪虽然还没干，说这话时却一身匪气，她本身就是个吃软不吃硬的主儿，除了在我面前掉掉眼泪，在外头却永远是"大姐大"的范儿，又在夜场混了这么多年，世面也见过不少，相信到时候能应付得了。

"我现在就把电话关机了，胖子那儿回头给打个招呼，别告诉他我输多少，也别告诉他我在哪儿，别烦人家。"

"你爸妈找你呢？"

"他们一般不找我，我会给他们打电话的。"

"周哥会不会找到你们家？"

"八成不会，如果真到了那一步再说吧。"

"那你去哪儿？"

"我一会儿给张磊打一电话，看看能不能去他那儿待一段日子。等回头我换了号再告诉你，或者你打他电话也成。"张磊和我一个院儿的，以前天天在一起玩，后来我玩牌玩得大他也就不怎么跟着了，但接长不短地一直有来往，关系还算是挺瓷的。

"现在还是早上，你要不要睡会儿再走？"

我抬头看看墙上的表，还不到七点。于是脱了衣服躺下，"睡仨小时吧，输到限额了，规矩是今天结账，他们肯定会打电话找我，反正我中午之前得走。"

闭上眼睛，我把江玲玲搂进怀里，"对不起，宝贝儿对不起。"

"唉，也不知道要躲到什么时候？你说你这货，吃饱了撑的学人家下球……你说你是不是脑子进水了？"

"咱不说了好吗？"

"是啊，现在说什么也没用了……就是……心里烦，不知道你要躲到什么时候……"她叹口气，语气出奇的温柔。

"不知道，走一步看一步吧，天无绝人之路。"我搂紧她，昏昏睡去。

中午，江玲玲叫醒我，把煮好的面端给我，又拎过来一个行李包，"都在里面了，换洗衣服啊牙刷毛巾什么的……我放了一万块钱在夹层里，你记得收好。"

我点点头轻抚了一下她的头发，"别哭，"我说，"总会过去的。"

勉强吃了几口东西，我拎着简单的行李走出家门，像一个无家可归的孩子。

其实，一切都是我活该。

猫进洞之前都会用胡须量一下洞口以确定是否还能出来，我却不管不顾像个疯子一样自寻死路。

只是，世上所有的赌徒，有谁在狂赌的时候考虑过给自己留后路呢？

我不知道以后的日子会怎么样，也不知道什么时候才能再回到正常的生活，在曾经一片光明的人生道路上，我被一只无形的大手挟持着，已经无法主宰自己的命运。

第十七章　患难之交

　　江玲玲把我送到大杂院的时候张磊还没起床。很多城市都会有这样一群本地青年，天天无所事事地混着日子，不着急找工作，不着急赚钱，他们总会有各种各样的方法弄点零花，反正有房住有饭吃，不养家不结婚，吃饱了还能去找点乐子。

　　人说三十而立，我们尚有大把青春，不到三十又有什么可着急的呢？

　　张磊他爸在豆各庄有一套小房子空着，因为地儿太偏没租出去，现在正好派上用场。

　　房子里只有些简单家具，我们去附近农贸市场扯了两块花布当窗帘，又买了些必备用品，江玲玲简单打扫了一下，总算是安顿下来了。

　　晚上就近吃了点东西，江玲玲去上班，张磊打电话约了几个人过来聊天儿。

　　其实都是宣武的街坊，有两个还是我小学同学，只是这两年没在宣武门混大家没怎么见面而已，稍一寒暄就找到了感觉。

　　闲聊了一会儿没什么事，桌子也就支上了，几个大老爷们儿光了膀子诈金花，五块十块地起着哄，消磨着漫长的时间。

　　这是多么久违的洒脱，骂骂咧咧地笑着、闹着，不用假装成熟，不用假装有钱，不用假装有素质……从平民区里走出来的我，其实一直就没有离开过。

　　江玲玲每天都来，第三天来的时候说周奕找过胖子和她问我的行踪，"但我说不知道。"

　　我点点头没吭声。我承认我怂，但我真的没办法。

　　在这个小小的一室一厅里，每天都有好几个闲得发慌的街坊过来打牌、聊天、喝酒，屋里满地烟头，啤酒空瓶摆了一墙根儿，在缭绕的烟雾里，我把一切抛在脑后，没心没肺、没日没夜。

但在黑暗的夜里，我会忽然静静想起一个人，想起那一抹清新美好的柠檬香味儿。

只是，所有的希望都已弃我而去，当每晚月亮如约爬上树梢头，你，在哪儿呢？

浑浑噩噩地住了半个月，我问江玲玲周奕有没有再找我，她说没有。

没有？

居然没有？

"那胖子呢？"

"也没打电话。"忽然之间，我像是被人遗忘了，内心的紧张和困惑弥漫开来，我从来都不知道庄家怎么追账，只知道庄家不可能不追账。但现在风平浪静，似乎我从来就没有赌输过。

"不行，我得去一趟我奶奶家看看，不可能这事儿就这么轻易过去了。"我父母早些年就搬离了胡同去，我倒真是怕他们会找到我奶奶家。

把江玲玲送回家，我刚把车开至胡同口，一个熟悉的身影冲入眼帘，李明亮圆滚滚的身子几乎挡住了车的视线。

"胖子！"我想都没想就摇下了车窗，大声叫道。

看到他我心里才意识到自己居然是如此挂念着老朋友。

胖子穿件白T恤，像极了一只立在街口的熊猫垃圾桶，他回头一看是我，露出熟悉的招牌笑脸，我赶紧从车上下来。

"你丫挺的这段日子去哪儿了？也他妈的不露面！电话也停机了，你是要疯啊你？"他把胖手一攥，照我胸口就是一拳。

"嘿，也是没辙……但凡有一点办法……周奕找你了吧？"

"找了，一天找八回。"

"真对不住，连累你了。你妈……"

"你妈！"胖子笑着又给了我一拳。

"不是不是不是……没骂人的意思，我是说……阿姨的病怎么样了？"

"能怎么样？拖着呢，倒是没见好也没见坏，还那样儿。"胖子摇了摇头，一脸无奈。

"你跟这儿干吗呢?"

"我二姨给我妈做的中午饭我来拿一趟。"

"哦,那你先忙吧。回头再说,我把换的电话号码给你。"

"好……你不是躲着呢吗?回来干吗来了?"

"去看看我奶奶,不放心啊,别他妈的找不着我再来折腾我们家。"我边说边拿过胖子的手机按了自己的新电话号码。

"呵呵,挺有孝心。行,那回头再说。"

"好好……"我应着,虽然知道几十万不是小数,胖子就算不帮我也是本分,但仅存的希望一旦破灭,心里还是默默叹了口气。

"哎我说……"胖子叫住转身开车门的我,"你丫别跑了,也别躲了,没事儿了。"

"啊?什么意思?"我惊诧地问道。

"我替你给了。"

"啊?给什么?"

"你说什么呀,当然是……"他依然笑嘻嘻的,手上做了一个捻钱的动作。

"三十?"

"废话,当然是三十,少结一分庄家也不干啊。"

看我迷惑地看着他,他又咧嘴一笑,眼镜片在阳光下晃动着七彩的光芒,"得,我送完饭给你打电话,回头再说。"

"不是,那什么……"有道是大恩不言谢,我虽然努力组织着语言,却不知怎么张口。

"没事儿,啊,别往心里去。谁还没有点儿背的时候。兄弟嘛,我是黑桃,你是红心啊……"

"可……我也没钱还你呀。"

"咱俩真不至于……你要是有钱还能跑吗?再说丹麦那场也怨我,就当是我输了吧。反正羊毛出在羊身上,庄家从我这儿就没捞着什么便宜,给完你那钱我下了几场,都赢回来了,还给他们楔得够呛。把心搁肚子里,我没找你要钱的意思。"

"哥们儿……"

"就是嘛,我是你哥们儿。这节骨眼儿除了我还谁能帮你一把?得了,你去你奶奶那儿吧,回头打电话。"

"别回头了,我现在跟你一块儿去医院。"

一路无话，车上的空气稠得快要凝固了，我和胖子虽然是发小，但也没到交心交命的份儿上，现在他却在根本不需要我回报的情况下悄无声息地拉了我一把，这种情谊，任谁都会动容。

　　人生第一次，我体会了患难之交的情义。

　　可是，从今以后，我是他平起平坐的朋友呢还是像欧阳野一样鞍前马后的马仔呢？

　　一场三十万的赌博，真的会如蝴蝶效应般影响到我的友谊和人生吗？

第十八章　执迷不悟

怀揣着一颗感恩的心，我尽可能地陪在胖子身边。医院是每天必去的，胖子他妈的病情虽然没见大好，但比刚住院时稳定了许多，也不用人24小时陪床了。

胖子又开始去东方玩牌了，他叫我两回都被我表情痛苦地回绝了，一是没脸见周奕，二也确实是没钱再玩了，还有一个难言之隐，我失踪了半个多月，别人爱怎么想我无所谓，但是月倾城呢？她去香港之前我们尚有暧昧，可一转身我连电话都改号了，我甚至连去想她的勇气都丧失殆尽。

回来之后，宁夏数落了我半天，说你也太不拿我们当哥们儿了，说消失就消失了，多大点事儿？砸锅卖铁也得给你丫凑上，再不济打个电话也是好的……

欧阳野说你丫真行，大手笔啊，真有钱……

我忽然明白替我给钱的事儿胖子肯定没跟他们提过，就算别人知道也应该是从周奕那儿听说的。

于是心里对胖子的感激又多了一层，等到他再叫我去东方，我也就不好推辞了。

到了东方，胖子开了间房让我帮他看盘口，自己带着欧阳野和尤静溜溜达达去了棋牌室。

一会儿宁夏也来了，我把胖子替我还钱的事儿跟他说了，他低头半晌，说人和人真就不一样，欧阳这段日子连问都没问过你……我说没所谓的，要不是胖子的关系咱们也跟他不是一路人，别计较了。

又聊了半晌，他也去楼下玩牌，我在屋里盯着电脑发了会儿呆，然后打电话给张磊问他干吗呢？

他说跟人没事儿逗咳嗽呢。

我说来东方找我？我这闲得无聊。

他说得，陪你待会儿去。

工夫不大他就来了，我给胖子打电话告诉说跟张磊出去打会儿台球，他说行，你帮我把球下了。

把他账号打开我才发现，胖子的信用额度居然从半个多月前的三十万涨到现在的一百万！应该是帮我还钱之后信用度提高了。

打球的时候我问张磊："你说怎么能挣点快钱呢？"

"其实轩哥，我也不是说你，你赌球好像真不行，但玩个牌打个麻将可是高手啊，你说你什么时候跟这上头输过？"

"可玩牌这仨瓜俩枣的什么时候才能赢够三十万啊？"

"你还别说，我认识一孩子，东城的，看着挺有钱，开一丰田佳美，就爱玩诈金花，他老跟咱胡同二春那帮人玩儿，我在旁边看过几回，反正我看着丫场场输，丫那脑子跟进了水似的玩得倍儿臭，还他妈输了也不走，人都不带他玩了他还恨不得跟人借钱玩，瘾倍儿大，谁叫都去，就那么一玩意儿。要不，我帮你约？"

"多大岁数？"

"二十六七，比咱们大不了多少，傻了吧唧的，话都说不太利落，兴许是个富二代。"

"你能约上么？"

"能啊，这有什么不能的？上次我跟后头看牌，还帮他买了回烟呢，回家的时候走胡同，他还开车捎我到家门口。聊来着，留了个电话，还让我有局叫他呢。"

"行，约他。咱仨玩，到时就跟东方开间房，本儿我给你。到时候万一有大牌咱们稍微配合一下就行。"我沉思了一下，说道。

"得嘞，明儿就约。"

第二天我跟江玲玲要了一万多块钱，她问我干什么，我说先把三十万之前借胖子那一万还人家，她点点头，反正来龙去脉她都知道，这次还是挺感激胖子的。

"不过，"她最后说，"要不是胖子你还不会赌球呢！"

"得了，小姑奶奶，您早都给我下定义了，我就是一赌徒，胖子教不教我早晚都会有这一劫。"

"那你以后能不赌么？"

"人在江湖，身不由己啊。"

"秦轩你他妈的怎么就不能找个工作踏实点呢？"

"现在也不是时候啊宝贝，胖子帮我那么大忙，老太太又癌症晚期，我怎么也得帮人家把这段时间撑过去，要不我成什么了？"

"那不是欧阳野天天跟着呢吗？"

"胖子又没替欧阳野给人三十万。你这么聪明还用我说这理儿吗？"

她抬起头来静静地看了我两秒钟，直看得我后脖梗子发凉，生怕她看透了我用钱的意图。

晚上我在东方开了间房，张磊果然带人来了，一见那人我心里就有了底气。他看上去比实际年龄偏大，中等个头，干干瘦瘦，戴着一副黑框眼镜，中分的头发似乎一礼拜都没洗了，软趴趴油乎乎地粘在脑门儿上，看上去要多二有多二。

相互介绍了一下，王立强——挺俗一名字。

趁他去洗手间，我塞给张磊五千块钱。然后打电话叫服务员去大堂小超市买三副扑克牌来，这也有讲究，怕人觉得牌里有假起疑心。

我虽赢钱心切，却不会出老千，自信对付个把儿平常人应该没太大问题，况且真有牌的时候张磊也会适时配合一下，二打一，赢面总是很大的。

没打两把我就知道自己多虑了，单凭王立强智商根本不需要配合，他不管手里牌好牌坏，把把都跟我俩血战到底，而且前头闷得还特狠，我这儿明明已经看牌抓了一手金花，他那儿却还像疯子一样狂闷，最后还闷开，就这种打法不输死才怪。

一百底，三百封顶，不到9点开始玩的，玩到1点来钟，王立强已经把兜里的小两万都掏干净了。

我站起身来，"哥们儿，结束吧？明儿再战？"

"别介呀，这刚打出感觉来。"王立强一脸的不乐意，玩牌的兴奋和紧张让他鼻子上冒了一层细汗。

"您这不都打立了吗？别玩了，今儿你这点儿也背。明儿再约呗。"

"别别别……那什么，接着玩儿，我再输就给你打借条儿。"

"那可不成，咱们这个，头一回见面，打借条儿也不合适呀。"

"哎呀哥们儿你看，我还能跑了吗？那，给你！"说着他把自己身份证从怀里掏了出来，拍在桌上。

我扫了一眼，王立强，1978年4月3日出生，确实是东城的。

"别闹了，王哥，这又不当钱使。"我笑着说。

"就是，明天再约吧，干吗非得跟今儿死磕呀？"张磊也说。

"这么着，"王立强把扔在床上的车钥匙拿过来掂在手里，"这总能当钱了吧？"

"我去……王哥您这不开玩笑吗？"押车这招儿也想得出来，他真是我从出生以来见过的最应该称为"赌徒"的人。

"这玩意儿怎么算？"张磊也当玩笑打趣问。

"刚买回来不到仨月，总能当二十万使吧？"

"不是，王哥咱别闹，您说的是真的吗？"我问。

"真的真的，身份证你先拿着，就这么说了。开始吧开始吧。"王立强催促道。

"那牌也不够了。就这一副了。"张磊说。

"这么着，这点儿大堂那家也关了，你开车带王哥出去买一趟，再带条烟回来。哦，再来点吃的。"我说。

待他们出门后我给江玲玲打了个电话，撒谎说今天跟胖子在医院陪床，她虽然有点不情愿但也不好再说什么。

"对面就有，连开车都不用。"张磊进房间后把十来副扑克牌和香烟、面包、红牛、可乐、方便面一股脑往床上一扔。

"我靠，这么多？你们还真要死磕啊？"我吓了一跳。

"二十万，且打呢。"王立强兴奋地搓着手，那模样倒像是捡到什么大便宜一样。

他上洗手间的时候我悄悄问张磊，赢了的话这钱怎么分，张磊特仗义地说："紧着你轩哥，我都行，别让我白来就成，给点买菜的钱就知足。"

这一回当真是赌了个天昏地暗，中间有段时间王立强的确是兴了一阵子，抓了不少好牌，连续的收锅收锅再收锅，但架不住我们一看牌不好就撤，所以一直是输着也没翻本儿，眼看着他越输越多，打到第二天晚上，我和张磊眼睛都睁不开了,而王立强几乎完全处于一种半梦游的状态下,最后居然在我发牌的时候倚着枕头打起了呼噜。

我摇醒他,"真别玩儿了行吗,再玩就得死在这儿了。"

他迷迷糊糊地看着我,拿过来那张记钱的纸,问我:"是十七万吗?"

我点点头。

他闭上眼睛又眯了一会儿,待我再摇醒他,他把车钥匙放在我手里,"行,归你了。"

"别介啊,我要车也没用,我自己有得开。这么着,车,我们开回去,您回头把钱送来再把车给您。"

"好,我……回头送。"他站起身来转了转脖子,拿着包往门外走。

"哎,"我叫住他,从写字台上拿过一张白纸,"打个条儿吧。"

他晕乎乎地看我一眼,用手掐了掐额头,飞快地把借条写好并签上名字。

我往他手里塞了一百块钱,"打车用。"

看他关上门,我和张磊倒头昏昏睡去。

第十九章　琐碎时光

上午醒来，我把赢来的两万现金递给张磊五千，加上前天晚上我给的五千，也就算现金对半儿劈了。

"等钱都给了我再给你拿点儿，到时再说。"我心里想着十七万到手时给张磊再拿个五万块钱应该也就可以了。

等张磊把那辆赢来的佳美开走，我抓起早就没了电的手机迅速往家赶，心想都两天了，这回指不定什么狂风暴雨呢。

江玲玲从睡梦中惊醒，然后疯了一样扑过来一顿狂抓，"你他妈的死去哪了秦轩？你他妈的不知道打个电话吗？啊?!"

我一把把她搂在怀里，"别闹亲爱的，乖，告诉你，胖子的钱能还上一半了。"

我坐下来把这一天两夜的事一五一十地说了，满以为她会高兴，没想到她紧咬着牙，抬手就冲我脑袋上掴了一巴掌，"赌赌赌，又他妈赌，你刚输了那么多，怎么不长记性呢？"

"你有病啊？"我"呼"的一下子站起来，"我这不没输吗？"

"放屁！你要是再输了呢？难道还等着胖子去帮你还账吗？"

"我没输，我赢了，好吗？"

"赌博总有输赢，你怎么知道会赢？"

"我有把握。"

"你出千？"

"我是那种人吗？再说我想出千也他妈得会啊！"

"秦轩，"她摇着头，"我真服了你了，你一次又一次地狂赌，还以为赌球的事儿能让你收敛一点，结果你两天不回家，还撒谎说在医院跟胖子陪床！你说你什么时候学会说瞎话了你？就知道赌赌赌！"

"我不也是为了把胖子的钱还上，心里好踏踏实实的吗？"

"你这么赌出事儿怎么办？怎么踏实？"

"得，我知道，你生气主要是因为我没打电话，你想想打了二十多个小时都累疯了，脑子都快不转了，再说跟你打电话当时你还不得跟我急？我真的都快累疯了……原谅我吧好吗？这回是我不对，我不应该骗你。"

"你不能老这样好吗秦轩，一天晃来晃去的，这么个赌法，什么时候是头啊？"

"我知道我知道，等把胖子钱还上我一定好好的。"

"等还上了你能去找个工作吗？"

"那你能不去夜总会上夜班了吗？"

"秦轩！我跟你说正经事儿呢，你甭跟我这儿打岔！"

我自知理亏，也就不再掰饬，脱了衣服把她搂在怀里，抚摸着她的头发，"睡吧好吗宝贝儿？我知道你没睡好。"

江玲玲不再吱声，但我知道她没睡着，她只是懒懒地倦在我怀里，像没了脑子一样发着呆。

我忽然觉得，她也挺可怜。

心里想着等这一关过了，一定好好对待她。

下午我直接去医院找胖子，"欧阳野呢？"我问他。

"一会儿来。"胖子从桌上拿起香烟，"出去抽一根？"

我跟着出去，把这两天的事儿说了，他沉吟了片刻，抬头问我："这事儿没问题吧？他能把钱送来？"

"车跟我这儿呢。他不可能不要车了，新佳美，办完手续得小四十万吧？"

"车是他名儿？"

"是啊，行驶本儿我都看了。身份证也跟我这儿呢。"

"噢。轩儿，咱俩也不是一年两年了，那三十，你真不用急着还我，我也不用，别逼着自己跟自己过不去。"

我感激地拍拍他肩膀，没有接话。

远远看见欧阳野走过来，胖子把我赢钱的事儿一说，他把眼睛瞪得跟铃铛一样大，"我靠，你丫碰上的是一什么面瓜呀？"

我吐出一口烟，把王立强的形象添油加醋那么一比画，俩人都笑弯了腰，说林子大了什么鸟都有，赌场如人生，什么奇葩都能碰上。

嘻嘻哈哈那么一乐，才发现我们好久没这么笑了，于是给宁夏打了个电话，叫他一块儿吃饭。

晚上约到了一家家常菜小馆儿，这家私人小饭馆在东三环边上一栋三十年的老楼里，就一室一厅，里外屋加起来一共六七张桌子，据说这饭馆是79年改革开放第一批拿下营业执照的，二十多年如一日，一个老板一个厨子一个老板娘一个服务员，永远就那么二十来道菜，也不扩张也不换地儿也不装修也不加菜，一股子爱来不来、爱吃不吃的牛×劲儿。

环境虽次，但味道好价格又便宜。听说这儿也要拆了，楼上陆陆续续都搬走了，就他们家还跟那儿杵着，每天依然顾客盈门，去晚了都得排半天队，门口经常停着食客开来的好车，奔驰宝马一长溜儿。

宁夏是跟金玉年华的红姐一块儿来的，那娘们儿穿了一条裹得像粽子一样的短裙，除了腰粗点儿身材还算不错，只是脸上脂粉浓重，涂了珠光的红唇嘟得像条香肠，不时跟宁夏撒个小娇。

有女人一掺和，老爷们儿之间的话题就少了许多，胖子斜着眼道："早知道你丫带人来，我就把尤静也叫来。"

"尤静她妹妹也来北京了，跟着我呢，知道吗李哥？"红姐问胖子。

"大姐，别叫李哥行吗？我真有你大那麻烦了。好像她说过……不过我没见着。这段日子忒忙……怎么样，有她漂亮吗？"

"两人不是一个味道，岁数小啊，好像还不到十八呢。"

"姐儿俩一块儿坐台？"我闷头问道。

"这有什么的？出来赚钱，人家不偷不抢的，比那些立牌坊的婊子强多了。"红姐司空见惯地回答，倒弄得我们几个跟没见过世面一样。

"她妹也出台吗？"欧阳野问。

"干吗？你要啊？我给你安排？"红姐一双媚眼看过去，冲欧阳野脸上吐了一口烟。

"这事儿得胖子来啊，你还不把姐俩儿全收编喽？"宁夏斜眼瞅着胖子坏坏地调侃道。

"哥们儿忙着呢，暂时没闲工夫，不过真要是漂亮也是可以考虑的。"胖子乐呵呵地吃了一口菜，小眼神儿瞬间淫荡起来，"回头我去瞅一眼。"

"我看你对尤静不错呢。不怕人生气？"红姐问。

"嘻，这不开玩笑呢么，这事你让我干我也干不出来……尤静呢，人不错，但我拿人家当真人家也没拿我当真呀。都是出来为赚钱的，从来也没问我少要过一分……听说她老家还一男朋友，是真的吗？"

"这个……我就不太清楚了，反正你心里就有点数，别到时候伤心。"红姐这话也正是我想告诉胖子的。

胖子没再吭声，若有所思地闷头吃东西，红姐问晚上去不去捧个场？胖子说算了，我一会儿还回医院呢。然后转头问宁夏："人家上班，你丫晚上干吗？"宁夏说没什么事，跟你们混呗。

临走时红姐在宁夏脸上重重一吻，开车走了。

我们站在路边，商量着找地儿聊会儿天，宁夏说那还不如去金玉年华呢，胖子说你丫滚蛋，刚跟红姐说完不去了，再说到了那儿得10点了，再唱会儿歌喝点儿酒得几点了？明儿我妈化疗。

"今天不下球啦？"宁夏问。

"不下啦，咱四个好长时间没正儿八经聚一块啦，找地儿聊会儿。"胖子说着钻进车里，"后海吧，先去了再说。"

我们在后海一家酒吧户外坐下，表情迷茫地听着里面歇斯底里的歌声，一时间都沉默着。

其实这段时间以来，每个人的生活似乎都发生了变化，在我们年轻的生命中，都多了几许惆怅和彷徨。

在这个本命年里，命运用一只无形的大手肆无忌惮地捉弄着我们，我们却不明白，凡事有因才会有果。

是非报应，因果循环，所有的一切，不过只是开始。

第二十章　谁是谁非

日子飞快地过去了将近一个月,张磊却始终没能联系上王立强,他家的地址我们也去过,开门的是一对年轻夫妇,说房子都租了两年了,不知道房东在哪儿住。

反正他写了借条,车也在我这儿,兴许他正在凑钱呢。

胖子他妈这两天病情有点恶化,人瘦得皮包骨,恨不能风一吹就飘起来,这让胖子的脸色变得前所未有的阴郁。

白天我陪着他,晚上多半去宣武门跟张磊那帮人打打台球,玩会儿小麻将什么的,到点儿了就去接江玲玲。

我几乎已经忘记了那个女孩,那个发丝上散发着柠檬香味儿的天生尤物,除了在很多很多不寐的夜里。

我想那个举着弓箭的叫丘比特的小人儿一定是抛弃了我,甚至把我拉进了黑名单,他曾经那么近距离地想把手里的箭射穿我和月倾城的心,但仅仅就是一瞬间,这孙子就改变了主意。

有一次我送胖子去东方在门口碰到了英子,她大大咧咧地跟我聊了一会儿天,我貌似不经意地问起月儿的近况,她说有几天没来了,正折腾房子呢,想把凤凰城卖了买三环边儿上一个新开的楼盘。

见我不说话,英子拿胳膊杵了我一下,"咋了?单单问月儿,看上我姐们儿了?"

"哪有?"我呵呵一笑,找个借口溜了。

开车去宣武门的路上，我终于拿起手机摁下了月儿的号码，却怎么也按不下拨出键，我真的不知道到底要跟她说什么，也许，我只是想听听那个让我挂念的声音吧。

就这么犹豫了一路，手机拿起了又放下，终是没有打出去。

见了张磊又问起王立强的事儿，张磊一脸无辜，说轩哥咱俩可天天在一块儿呢，丫天天不开机，我也没辙啊。

又过了两天，中午刚起床，王立强打来电话，说他手头上凑了七万，能不能就把这事儿了了？

我说那哪儿成还差十万呢。

他说我就这些了，你就将就吃点亏吧，都留条活路。

我沉吟一下，说那你说个地儿吧，我下午去拿钱。

我从家里出来直接去找张磊，胡同里正巧几个哥们儿都在，我平常人缘不错，于是大家就呼呼啦啦地跟着去了。

上车时听见一个人远远叫我："哟，轩哥……好久不见，哪儿去呀？"

抬头一看，是大朋，也是发小儿，比我小几岁，关系一直不错，他前两年交女朋友以后就搬到了亚运村住，至少有半年没怎么联系了。

我于是就把事儿简单说了两句，他说："你等会儿啊，我回家拿点儿东西，跟你们一块去。"

八个人两辆车，说话就到了约定的地点。

老远一看，果然看见王立强手里拿着个塑料袋在路边儿上杵着，旁边还站一个男人，约莫也就三十来岁，瘦长脸，戴个墨镜，不认识。

我告诉后面车里的人先把车停远点，如果万一看见动手再过来。我和张磊下了车，冲王立强点点头，他把袋子递给我，我掀开里头的报纸看了一眼，正是七捆没拆封条的人民币。

我把袋子递给身后的张磊，问："那十个怎么办？"

"咱不是说好了吗轩哥？我拿七个来这事儿就了了……"

"没你大，千万别叫我哥……电话里我是说下午来拿钱，可没答应你这事儿就了了。你借条上可清清楚楚写着十七万呢。"

"哎，不是，这可不行。今儿这七万是我后头这大哥出的，"他指指跟着的那人，"车我都押给人家了。你要是不把车给我，那这七万你不能拿走。"说着他去夺张磊手里的袋子。

车上另外俩人一看要动手就下了车，远处另一辆车的哥们儿紧跟着也全一路小跑着过来了。我伸手拦住他们，跟王立强说："欠债还钱，天经地义，借条上写得一清二楚是十七万，你就给一零头，那这车给不了你。至于你从哪儿弄来的钱我不管，反正一个子儿都不能少。"

王立强瞥一眼我们，唯唯诺诺的不敢再出声，后头那人更是一点动静都没有，眼睁睁看着我们扬长而去。

从后视镜里，我看见王立强跟戴墨镜那人急切地说了句什么，然后打起了电话。我心里冷笑一声，当赌徒当然是要付出代价的，不管你是专业的还是业余的，还赌债的时候都他妈一样。

车刚转了一个红绿灯，另一辆车上的大朋就打来了电话，说轩哥你赶紧回来一趟，我们被警察摁了，刚丫那孙子报警了。

后来才知道，警车正巧在附近，大朋他们车停得远，还没走到车前就被警察叫住了。

我心里也没害怕，总觉得是占理儿的事儿，最多算经济纠纷嘛，借条可还在我手里呢。等回去果然见他们都跟路边上站着，见我们来了其中一个警察问："怎么回事儿啊？人家报你们抢劫。"

"抢劫？哪有啊，他欠我钱，这还钱来了。"我说着从兜里把王立强写的借条拿了出来。

警察扫了我一眼，"你叫秦轩？"

"对。"

这时候王立强忽然在旁边有底气地大叫，"不对，他就抢我来着，把钱从我手里夺过去的！"我瞪了他一眼，心说什么东西，刚才怂包蛋，现在还来劲了。

"你是欠人钱吗？"警察问王立强。

"他下套骗我钱，把我车扣了，本来说给我车，结果现在不还我车还把钱给抢了……"

"你他妈嘴里有没有把门的就胡说八道？我骗你什么钱了？"我冲他嚷起来。

"怎么没有？你，还有你！"王立强指着我和张磊大叫起来。

"你丫血口喷人！"张磊也急了。

"行了行了，回所里再说。你，你，"那警察指了指大朋和另外一个哥们儿，"你俩开车后头跟着，其他人都上警车。"

警车上的气氛略显紧张，我还是觉得没什么大事儿，去派出所说清楚就是了，杀人偿命，欠债还钱，再说借条儿上也没写是赌债。

抬头看看那几个哥们儿，有岁数小的心虚地望着我，我冲他们笑笑，心说别进去之后把赌博的事儿说了就行。

进了派出所，警察把我们带进一个房间，有两个协警在门口看着。"秦轩，你过来。"带我回来的那警察把我叫进另一个房间。

除了借钱的来历，今天的情况我都照实说了。

"他就是做生意从我这儿借的钱，打了个条儿，把车押我这儿了。"我正说着，另一警察进来跟审我这个耳语一番，这警察看我一眼，说："你今儿这事儿可不小哇知道吗，后备厢那高尔夫球杆和板儿砖是干吗的？"

"哪个后备厢？"我惊诧道。

"大宇那车是谁的？"

"我的。"

"后备厢放两块板儿砖干吗使？"

"板砖儿？高尔夫球杆儿？"我心里一怔，忽然想起大朋猫腰说回家拿点东西，但转念一想，这也不算什么凶器呀，不过高尔夫球杆这种高档货大朋这孙子从哪儿弄的？

"板儿砖弄回去砌花池子的，我奶奶说想在院里砌个池子养花……高尔夫球杆是朋友打球那天落我车上的……"

"编吧你就，十七万，你这是数额巨大知道吗？"

"真的，没说瞎话。"

警察又问了半天，我一口咬定就是王立强做生意从我这儿借的钱，但警察说不论什么原因都不能从别人手里把钱抢过来。

"我真没抢，他递给我的。"

"行了，你们一块儿的可是八个人呢，你就祈祷另外七个别跟你说的不一样就行。"警察让协警把我带到别的空房间，屋里除了桌椅，什么都没有。

我给江玲玲发了几条短信，大概告诉了她所发生的事情，同时也让她放心，钱确实不是硬抢的，板儿砖和高尔夫球杆也不算什么凶器，而且也没打架。

我知道赌博本来就是违法的，但是应该也不是什么大罪过，就算王立强死咬住这一点最多罚点款拘留几天也就能回家了。

晚饭时分警察拿过来一个盘子，里面有两个馒头几块酱豆腐，我要了杯白开水胡乱吃了几口。

时间真是难熬，木头椅子也硬，又不敢玩手机，怕回头没电了再跟外头联系不上，胡思乱想着不由心里骂起来，这哪儿跟哪儿啊就进局子了？也不知道张磊大朋他们怎么样，本来特简单一事儿结果把大家伙儿都弄进来了，出去怎么也得请他们搓顿好的压压惊。

小屋里没有阳光，我把两张椅子并在一起躺了下来，好不容易挨到第二天早上也没人搭理我。我问了协警，他们看我一眼，连嘴唇都懒得动一下。

手机的电池终于耗光了，我度秒如年地在心里估摸着时间。等简单的伙食再送来时我忽然觉得后脖梗子发冷，不由倒吸了一口凉气，心说这都多长时间了怎么没放的意思啊？

"秦轩！"警察在门口叫我，我迷迷糊糊地"嗯"了一声，嘴里苦得要命，两天没刷牙了，一张嘴都能把自己熏一跟头。

我走到警察跟前，他指着一张纸说："签个字。"

我心说终于可以走了，却听警察说："转到看守所了啊。"

我心里"咯噔"一下，刚想问为什么，耳听着他又说了一句："甭问了，法律程序，我们都是按规定办事。"

待我签完字，他从身后摸出手铐"咔"一声铐住了我的手腕，我晕乎乎地跟在后面走出派出所大门，正午的阳光差点儿刺瞎了我困惑的双眼。

第二十一章　看守所的日子

从派出所到看守所不过二十来分钟路程，我却像经历了一个世纪。那颗紧张不安的心疯狂地冲撞着我的胸膛，让我本就疲惫的身体无一刻安宁。

怎么会呢？除了赌博我也没做什么违法的事儿啊？钱是接过来的，只不过没把车给王立强，那也是因为他没给够钱啊！

难道本命年就真的那么背吗？

看守所里是特大一个院子，我按照指示先在一个房间把随身物品都寄存了，鞋带抽了，衣服上的拉锁和扣子也剪了，然后跟着走过院子，进了一道大门，在一个上锁的门前站好，警察说："脱衣服。"

夏末的衣裳本来也没有几件，脱光之后警察前前后后扫了我几眼，然后打开了第二道门。

门里是一条寂静的走廊，一眼望去两边是一个一个紧挨的房门，每个房门上方都有一个二三十公分见方的小窗口。

他打开其中一个"号房"，这房间看起来有个三十多平米，长方形，靠墙左边儿沏了一溜儿大炕，贴着最里头的区域有一个抽水马桶和洁具，屋里目测差不多有二十个人，都规规矩矩地盘腿坐着，默默地看着我被管教带进来。

身后的房门锁上了，我孤零零地站着，就这样进入了另一个世界，一个失去了自由的陌生世界。

我进门后不知所措地站了有一分钟，坐在门口的一个年约四十多岁的光头男人斜眼问我："头回进来？"

后来才明白此人是号里的"头板儿"，一般是岁数大点儿的北京人或者内部有点关系的，通常会协助管教管理同号。

我弯腰点点头，"是，大哥，我这头回进来也不知道规矩。"

"哟，北京人啊？"那个满脸横肉的男人从铺上直了直身子，撇嘴一笑，一口黄牙甚是醒目，"行，蹲那儿吧。"

我在原地蹲下来，他问了我几句诸如多大了叫什么犯什么事儿了之类的话，我一一答了。

"住哪儿啊？"

"宣武门。"

"噢，老北京啊，那不远，我西四。起来吧，"他把旁边人攮了腾出地儿来让我坐下，"聊聊你的事儿吧，详细点儿。"然后他从裤兜里掏出一盒"都宝"，抽出一根递给我。

后来我才知道，这算是里头的最高待遇了，看守所里是不让抽烟的，但管教会时不常地给头板儿一盒，一来是让他协助管理同号，二来也是希望他能从同号嘴里套出点儿什么有价值的东西。而一般三四个人才能得到一根头板儿给的烟，大家不舍得抽，通常是把烟丝拿出来，用报纸尽可能卷成细细的数根慢慢享用，这称之为"卷大炮"。

看守所里北京人本来就不多，这应该是头板儿没有为难我最重要的原因。

我把事情的来龙去脉说了，他抽了口烟说："你这个，算抢夺吧？我说得对吧？"

"我是真没抢……"

"你说没抢没用，法律就是法律。以后多看看书学学法……"

"对对，您说得对您说得对。"我点头应着，心里越发忐忑不安。

我在看守所里每天过着规律的生活，除了一星期一次的放风可以出去看看太阳和蓝天，呼吸一下新鲜空气，剩下的所有时间，吃喝拉撒，全部是在这个不足三十平米的号房里。好在仰仗着头板儿的照顾，日子还算过得去。

只是，对未来未知的恐惧如洪水般侵蚀了内心，多少个无眠而闷热的夜里，在硬硬的大通铺上，在此起彼伏的呼噜声中，在汗臭味弥漫的空间里，我瑟瑟发抖，如同一只待宰的羔羊。

我已经无力去想其他人，无力去顾及被我波及到的哥们儿和家人，甚至江玲玲、月倾城、胖子、宁夏……

我只想知道，我什么时候出去？

是否还能出去。

第一次放风，我看见了王立强和张磊。

看守所是不允许家人探视的，但可以托管教送进来衣服、洗漱用品。号里平时还会有一点休闲时间，虽然很短，但却是一天中所有人最快乐的时光。

头板儿犯的事儿是聚众斗殴，我进去十来天的时候他已经判了，但依然还待在这里服刑，暂时没挪地方。我跟他经常在一块儿玩双升，还偷偷玩了几次诈金花，赌的是饭票。

有时候我会捏着手里的扑克牌发呆，四种花色：黑红梅方。

我在号里被传染上了脚气，头皮上发了好几个脓包，身上的皮肤像砂纸一样粗糙，我在夜里时常惊醒，面对着长明的灯光咬紧了牙关。

难道一切都做错了吗？

我的二十四岁生日就这么过去了，没有蛋糕没有祝福没有酒精没有欢乐，有的只是无尽的长夜和遥遥的等待。

时间像是被油腻的筛子过滤了，而这个筛子，肯定被什么东西挡住了眼儿，这么的漫长，这么的令人抓狂。

第三次放风的时候我找了半天也没看到张磊。

头板儿说他也就是个赌博，拘留十五天就出去了，我急切地问："我呢？"在漫长的等待中，我甚至把这个满脸横肉的男人当成了仲裁者，似乎只要他点下头我就可以重获自由。

他告诉我如果没大事儿一般十五天就放了，如果一个月还没动静，那就等着检察院的批捕程序吧。

"最多三十七天，上头一定会下来决定的，你进来快一个月了吧？实在不行想想办法给家里捎个信儿吧。"他脸上竟流露出惋惜的表情，"你说你才二十来岁，本命年吧？唉，本命年邪性啊……"

我用牙齿在手背上咬出了一溜儿牙印，心里充满了无奈的悲伤，每一天我都在盼望着管教叫我的名字，盼望着有人对我说："秦轩，你可以走了。"

可是，没有。

我在无数个夜里双手合十，忽然希望时间再慢一点再慢一点，祈求老天爷能在这个时候拉我一把，祈祷着家人和朋友在外面能为我奔走，好让一切都有转机。

只要恢复自由，我什么都愿意。

已经第三十二天了。

依然没有任何讯息。

整个世界已经抛弃了我，所有的一切，都是我咎由自取。

头板儿看着我，递过来一个推子，"铰铰头吧。"他说。

如果被正式批捕是要把头发推成寸头的，我的眼神黯淡下来，默默地洗了头，看着头发渣一层层掉在地上，忽然想哭。

挺直了腰，我强忍住眼泪，看来这一劫是真的躲不过去了。

也许，这就是命吧。

第二十二章　自由

我站在看守所的大门外,怀里抱着自己的东西。直到江玲玲把我拽上车,我依旧像是徘徊在别人的梦里,回不过神来。

命运就是这么爱捉弄人,本以为没什么大事儿,却在拘留所里待满了三十七天;本已经剃了头做好了被批捕的准备,却在最后一天逃出生天;本以为江玲玲会大哭大闹,她却一个字都没有提。

她在我身边默默地开着车,间或接个电话,回答一句:"接上了,放心吧。"

我在家躺了一天,江玲玲请假陪了一天,胖子、宁夏、欧阳野第二天都来了,生拽着我出去吃饭。

出门一看,宁夏居然开了一辆宝马,倒是胖子,还是开着他那辆破捷达。

我懒得问,更怕这一切都是美梦,似乎只要一张嘴就会结束。

酒桌上我掐了自己一把又一把,还让胖子拧我两下,胖子倒不客气,结结实实地下了狠手,我疼得叫起来,心里却高兴地知道自己真的是自由了。

第三天我回了趟父母家,被我爸踹了两脚又被我妈哭着数落了几个小时,我口头一再保证会找个工作不再赌博。

江玲玲跟我一块儿去的,家里人也不再反对我们交往,因为这次正是江玲玲的来回奔走才让我免遭牢狱之灾。

我二姐说你来所里上班吧,踏实点儿,我说我刚回来,能先让我适应适应歇几天吗?

家里人告诉我胡同里那几个和我一块儿去的哥们儿,除了张磊,剩下的人当天就都放了,张磊前几天跑来找过我父母,说是可以想办法托到人,并张嘴要走了一万块钱。

我给张磊打电话，他关机了。
找到他家，远远看见屋里灯亮着。
"张磊！"我拍拍门。
灯马上熄了。
"张磊！你丫开门！"
我踹了几脚门，他女朋友把门打开一条缝儿，露出半拉脸来对我说："呦，轩哥，张磊他不在。"
"嘛去了？"
"去外地了。"
"你穿衣服了吗？"
"啊？穿……穿了呀……你想干吗？"
我没搭理她，双手猛地推开门，摁亮灯再看，张磊抱一床毛巾被蹲在柜子旁边，直勾勾地看着我。
我愤怒地瞪着他，他站起身慢慢蹭过来，赔着笑脸说："轩哥您出来了？"
"你这是唱的哪一出啊？"我没回答，在小沙发上坐下，点了支烟问他。
"我这……我就没听出来是您。这不是，明儿也想着去看看您呢吗？"
"少来这套，谁也别拿谁当傻×，直说吧，你冲我们家要那一万块钱怎么回事儿？你托人，托的谁呀？"
"啊？嗐，这不是……那什么……"
"编……没想好呢吧？"
"不是轩哥，我……我那什么……这事儿吧，是我不对……主要我没寻思……"
"没寻思我能出来是吧？呵呵，看该批捕了断定了我肯定是出不来了是吗？就一万块钱，咱哥们儿有二十年了吧，就值一万块钱吗？"
"唉轩哥，我这……怪我一时糊涂，可话说回来，我这一进去就待了俩礼拜，好不容易出来了媳妇这不又查出来怀孕俩月了，又得去医院……我这手上也没什么钱……再则说了，要不是跟轩哥你，我能出这么大事儿吗？"
"张磊，你拍拍良心说话，王立强这人可是你找的，赢钱的时候高兴得不得了，出了事儿怎么就扛不住了……"
"轩哥你可别这么说，赢了小二十万你告诉我你本来打算给我多少？"

"你当初自己说不白来就成,给你个买菜的钱,再说我已经给过你一万了!我要是拿到钱再给你五万算亏你吗?"

"轩哥……这看你话说的,我真没想……"

"行了行了,甭说了……现在说这些也没意义,反正那钱咱谁也没落着……你呢,在里头待了俩礼拜觉得冤,我也不想再说什么……这一万你拿着花吧。我不是来要钱的,但是,以后咱们就到此为止了。记住喽,你骗我可以,骗我家里人不成。"说完我推开房门大步走出去,连头都没有回。

夏末,虫鸣声声。

大杂院里头已经安静了下来,倒是门口有人支了张桌子在打扑克牌,昏黄的路灯下,他们抬起头来看着我,有人惊诧道:"呦,轩儿出来啦!"

我点点头,算是打了招呼,径直走向自己的车。

头顶,繁星点点。

自由的空气,是如此舒爽和香甜。

第二天,我约了那天几个哥们儿出来吃了顿饭,独独没叫张磊,席间有人说起这事儿感慨了半天,只是,没听到他们感慨完我就已经醉得不省人事了。

很多时候,金钱是一块照妖镜,它能让人原形毕露,也能让你知道心和心到底有多远。

第二十三章　你还爱我吗

江玲玲又要出去跟人吃饭，她这几天总有饭局。

"跟谁吃饭？"我瞥了一眼正在涂口红的她，貌似不经意地问。

"刘哥。"

"天天吃啊？"

她转过头来，上下打量了我几眼，轻蔑地一笑，"你也挺逗的，这次要不是刘哥帮着我一起跑前跑后找律师托人，你说不定都已经判了好吗？"她转过头对着镜子又涂上了一层口红，"吃醋啊？你什么时候关心起我来了？我以前跟人出去吃饭也没见你问过一句啊！"

"那是因为以前跟你吃饭的我都认识！"我从床上坐起来，声音提高了八度。

"你少来这套秦轩，要不是为了你我能求到刘哥吗？各自心里有数得了，也不看看自己，诈个金花都能进去，我都嫌丢人！"

"嫌我丢人？我他妈求你跟我在一起了？"

"×你大爷王八蛋，狗咬吕洞宾，不识好人心，我他妈为了你跑前跑后，你非但不感激还横起来了！"

"江玲玲！我谢谢你跑前跑后，但如果我真是罪不能恕，警察也不会放我出来危害社会好吗？"

"放你妈的屁！我就应该让你烂在看守所里！混蛋！你滚，你他妈给我滚出去！"江玲玲边骂边把口红向我掷来，不偏不倚正砸在我的鼻梁上。

"你妈×江玲玲，好，你他妈千万别求我回来！"我一跃而起，胡乱套了件衣服在身上，抓起电话就往外冲。

"秦轩！"她忽然飞快地跑过来顶住房门。

"干吗？"我瞪着她大吼道，压抑的怒火被眼前这个女人肆无忌惮的辱骂推满到整个胸腔，我甚至要用尽全身的力气才能控制住自己不伸出拳头把她打倒在地。

从来从来，我没对她发过这么大火，她愣了，双唇哆嗦，泪水婆娑。

"秦轩，你为什么就不能好好对我？为什么？"江玲玲整个妆都花了，眼睫毛黑乎乎地粘在上下眼皮上，她把头抵在我的胸前，我就这么直直站着，任她把我胸前的衣服哭个精湿。

许久，我捧起她的脸，用手抹去她脸上的泪水，"不哭玲玲不哭，我在里头的日子真的不好过，我这憋着火呢……我知道你对我好，也知道你为我的事儿一直在跑，要不是你我可能也出不来……真的谢谢你……这几天心情实在太差，对不起。但如果因为这件事儿把我自己媳妇再饶进去，那我宁愿在里头不出来。"

她紧紧抱着我，"是我不好，我嘴太脏了……可是……可是……"

"好了咱不说了，老公心里都懂……"我拍拍她的屁股，"乖，去洗把脸，睫毛膏都洇了，我家大美人可不是这种形象的。"

"那你不走了？"

"嗯。"

看着她去浴室洗脸，我疲惫地回到卧室。刚在床上坐下就觉得有东西在振动，我把江玲玲包里的手机拿出来，发现铃声是关了的，屏幕显示"刘哥"，我犹豫了几秒钟，摁下了接听键。

"宝贝儿，大美人儿？出来没有啊？我都快到了。"电话那头传来一个男人的声音。

"大美人"是我手机里对江玲玲的称呼，也是四年前江玲玲自作主张存的通讯录。

一直以来，这个昵称都只属于我一个人。

我把手机扔给呆立在门口的江玲玲，夺门而出。

漫无目的地走了得有一里地，我看了一遍又一遍手机，她居然没有打来电话。

也好，让我们都彼此安静一下吧。

我掏了掏口袋，发现身上只带了六十多块钱，就在街边小卖部买了盒烟边走边抽，抽到胃里又饿又疼，于是钻进一家沙县小吃点了个盖饭。

胖子来电话问我干吗呢，我把刚才发生的事儿说了一遍，他问我怎么打算，我说你来我们家接我吧，我回去拿几件衣服。

家里没人，我在沙发上闷闷地坐了一会儿，然后找了个塑料袋，把日用品和几件衣服团了团扔进去，刚做完这些，欧阳野就打电话来说你下楼吧，我们到了。

那天晚上我酩酊大醉，在金玉年华的洗手间里吐得几近晕厥，我记不起那天说过的话，也记不起怎么被胖子和欧阳野抬回了他家，我只记得江玲玲和月倾城的俏脸一遍又一遍地轮番出现在我的梦里，月倾城对我笑，江玲玲对我哭。

她的笑容让我沉醉，她的泪水让我心疼。

她和她，我爱谁？

月倾城，好久好久没想过那个女孩子了，不是不想，而是不敢想。

我和她，中间隔着的，何止一个江玲玲。

醒了，渴。

我支撑着坐起来，看了看墙上的时钟：6点50。我伸手把写字台上的一瓶矿泉水拧开喝了一大口，再欲倒头去睡，只穿了一条三角内裤的胖子忽然举着手机撞开了我的房门，"穿衣裳赶紧走！"他一边冲我嚷嚷着一边跑回自己房间，"我妈不行了！"

第二十四章　胖子的本命年

去宣武医院的路上，我分别给欧阳野和宁夏打了电话，宁夏又没接，欧阳野说一会儿就到。

胖子不住地催促："快点儿快点儿再开快点儿，秦轩你丫倒是开快点儿啊！我妈不行了！那是我妈啊……"

当胖子连滚带爬地扑到病床前时，老太太已经气若游丝，我从病房里退出来，好给他们最后一段独处的时光。

听着胖子的哭声骤起，欧阳野慌里慌张地从走廊那头跑了过来，我冲他摇了摇头，推开病房门，看见胖子正攥着他妈的手如婴儿般嘤嘤哭泣，肩膀一抽一抽的。

我从来没有这么近地嗅到过死亡，也从来没有见过胖子如此的悲痛，这个万事不愁的大男孩，从来从来脸上都爱挂着微笑。

真希望这是第一次看见他彻骨的悲伤，也是最后一次。

我日夜陪着胖子，欧阳野有次提了一句："我也搬过来住几天吧？好帮帮忙什么的？"

胖子说不用，"你把捷达开走吧，天天过来就行。"

"那你呢？"欧阳野问。

"甭管了，我有得开。"

等欧阳野走了，胖子从他那屋拎出来一个大塑料袋子扔到我床上，"这是三十万，你明天去买辆蒙迪欧。"

"你本人不去我能帮你办手续吗？"

"写你名下就行。"

"啊？那怎么行？"

"甭废话了，我没那么多闲工夫。睡了，明天赶紧买完车看什么时候能提，早点回来还得去挑骨灰盒。"

在福特4S店，我挑了辆墨绿色的现车。交完钱办好手续，店员巴巴地跟在我身后介绍性能什么的，我抬起手来制止了他，问："什么时候提车？"

"明天上完保险就能提，我给您打电话。"

胖子他妈的遗体是我们四个人一起抬上的灵车，也是我们四个人一起看着火化的，人从这头进去，那头出来的是一捧白灰。

他爸来的时候人已经烧完了，胖子远远看了他一眼也没搭理，等仪式完了胖子把骨灰盒抱在怀里，他爸人都走了。

回去的路上，我们都很沉默。

欧阳野突然把车停在路边，打开车门"哇哇"吐了起来，早上的油条炒肝儿经过胃液的发酵，随着秋日的微风飘进车里，令人作呕。

那天晚上胖子没有回家，在东方开了间房，然后疯了一样地在电脑上下着球赛的赌注，我们谁说也拦不住，生生地看着他把一百五十万的信用额度直接戳满。

我和宁夏欧阳野在旁边看得手脚冰凉，而他下完球以后却连眼皮都不抬，一头倒在床上呼呼大睡。

我们也想在旁边床凑合一宿，但胖子的呼噜声惊天地泣鬼神，又不忍心把他一人儿扔下，于是我去大堂在同楼层又开了一间房。

宁夏看着房间里的两张床，说得了我回去吧，这也没法睡，明天早上醒了再打电话吧。

他一走，欧阳野就跟我嘀咕说宁夏最近真他妈神秘，跟红姐好了就好了呗，怎么瞒着掖着的也不跟咱们说。

"宁夏的脾气你还是不了解，他可能认为这女人不值一提，所以就没说。保不齐哪天遇到真爱了肯定会告诉我们的。"

"是吗？噢，那我就不懂了……他现在开那宝马就是红姐给他买的。"欧阳野见我不以为然，继续八卦道。

"哦，我说呢……怎么突然开上宝马了。"

"那红姐呀是东北人，也不知道多大岁数，这不睡了没几回就给宁夏买了辆车，宁夏吧，对人还一直爱搭不理的，有一次还把红姐揍了一顿，好像是因为那女的给他联系了一家什么影视文化公司去做签约模特。"

"不挺好的吗？宁夏那脸那个头，不当明星模特什么的都白瞎了。可是他揍人家干吗？"

"可说呢，要不怎么说这孙子跟普通人想法不一样呢，他嫌红姐管他，说小爷爱干吗干吗。"

"是吗？后来呢？"

"后来呀……这不还在一块儿呢吗？"

"这事儿一个愿打一个愿挨，你管人家呢。你们这段时间赌球赢了吗？"

"宁夏说是跟着胖子赢了点儿。"

"你呢？"

"我没怎么下。"欧阳野说，我知道胖子一直都接长不短地给欧阳野一些零花，其实比他上班要滋润多了。

"胖子从小跟着他妈，这下子闪得够呛。"我叹了口气。

"好歹不是忽然走的，这不也拖了两个来月了。反正这时候咱们得多陪陪他是吧？而且听说尤静前几天回东北结婚去了……"

"啊？怪不得我回来这段日子没见那丫头跟着胖子，我都一直没腾出工夫来问呢。这都攒一块儿了……真够胖子受的……尤静也是，合着出来当小姐就是为了攒嫁妆啊？我看胖子还挺喜欢她的，又买这个又送那个的。"

"是啊，但喜欢也没用，人家打开始就是奔着赚钱来的，临走还把她妹妹托付给了胖子了，也在金玉年华，说让咱们照顾着点儿。"

"哦，你们见她妹妹了吗？是亲的吗？"

"对，亲妹妹，还没见着呢，这不净忙活老太太的事儿了嘛。"

"哦……你呢？最近和言言怎么样？"

"还行吧，就那样，一有了那关系吧反而没意思了。我这不也一直请假没上班嘛，跟着胖子伺候老太太，单位也不太乐意，胖子那意思就别干了，帮他忙活忙活，我一忙活陪言言的时间就少了，这几天有点生我气。"

我"嗯"了一声没再往下聊,他也没再说话,忽然静下来的夜里,我们能听见彼此的呼吸声。

我转过身去,心想不知道今天晚上的球赛胖子是输是赢,我们这屋里也没电脑,就这么想着想着就睡着了。

第二十五章　同人不同命

早上我和欧阳野同时被手机铃声吵醒。

我正迷迷糊糊地摸索着找手机，就见欧阳野一个激灵从床上坐了起来，一边找衣服一边问："我×，几点了？"

"喂，你们丫哪儿呢？哪去了？我他妈赢了！连波胆带串儿赢了两百多万！"

"啊？"我的神志被刺激得清醒过来，"真牛×！你太牛×了！你就跟屋等着，我和欧阳马上过来！我们就在隔壁呢！"我一骨碌爬起来，这时候欧阳野已经穿好了衣服，一边问我什么情况一边冲进卫生间。

我说了一句："丫赢了两百多！"

"万吗？"

"肯定是啊！"

"我×！"欧阳野大吼一声，把牙刷一扔冲出房间，都没顾得上来等我。

胖子那天晚上确实赢了两百三十二万，十几场赛事中，有几场输了，但主要是5串1和波胆下中了，这也太神奇了。

我和欧阳野正直勾勾地盯着电脑上的数字发愣，忽然听见身后"扑通"一声，回头一看胖子含着眼泪跪在床边双手合十，说："妈，我知道您在天之灵保佑着儿子呢，妈，儿子知道。"

我和欧阳野同时叹了口气，直到他擦完泪水才过去拽他起来，"走吧，吃点东西去。"

中午4S店来电话让我去提车，胖子说你们提完车找周奕去把账结了，过一百万当天就可以结账。2004年还没有U盾，转账也没现在这么方便，大多时候都还是现金过账。

提车的时候，欧阳野看了一眼手续，问我："你的名?"

"啊，是，"我说，"胖子让用我的名。他说单位不知道他赌博的事儿，也不能让单位知道。"

"那你算落下了。"

"哪儿呀，就是借我一名儿用，又不是我的。"

"哦，"欧阳野撇嘴微微一笑，话锋一转，"你说胖子还上那破班儿干吗？朝九晚五的，还开那破捷达。"

"不知道，这班儿也是他妈当年给找的正式工作，胖子自己心里有数，咱就甭操心了。"

"那这车以后给你开？"

"不知道呢，听胖子的。"

欧阳野给周奕打电话，周奕说没想到胖子一晚上能赢这么多，庄也不是他一个人的，他在里头只占小股份，今天刚跟上边联系了，说得明天才能结账。

跟胖子一说，胖子说别介呀，这账不结我今儿晚上再怎么下球呀？今儿这感觉倍足，铁赢！

于是又给周奕打电话，来来回回说半天，周奕说："行，你们晚点过来吧，大庄家说给准备一下。"

这是我第一次看见这么多的现金，因为太沉，我和欧阳野两人一起去他家拿的，上次我输三十万之后还没见过周奕，所以上楼的时候忐忑了半天，好在人家什么也没提。

一路无话，新车挺好开，欧阳野抽了一路的烟，从来没见他这么安静过。我知道他现在有情绪，胖子前不久刚帮我还了三十万，现在又把二十多万的新车写在我名下，不管车是不是我的，但对于平时鞍前马后的他，心里不平衡也能理解。

我只是不太喜欢这个人，心眼儿虽灵，却总透着一股算计的劲儿，如果不是中间有胖子，我跟他肯定没什么瓜葛。

更让我内心五味杂陈的其实是车上的巨款，同样都是赌，同样都是本命年，自己输得跟王八蛋似的，胖子却信手拈来，真是同人不同命。

按照胖子的吩咐，我们把两百二十万帮他存到银行，拎了十二万现金回到他家。

胖子把十万劈了一半放床头抽屉里，另一半扔在包里，然后把那两万分别递给我和欧阳野。

欧阳野笑笑地接过来的同时不由弯了一下腰，而我没伸手。

"别闹。"我说。

"你拿着吧，一直没玩牌，你这手里也没现金了吧？"他硬塞在我手里，不容我再说什么。

这是第一次，我从朋友手中接过来零花钱，觉得这钱滚烫得要命，脸上也火烧火燎起来。

接下来的几天胖子有如神助，在第五天又赢了一个一百多万之后，周奕当着我和欧阳野的面儿给胖子打电话，说你小子歇几天吧，这庄也不是我一人儿的，我就占个小股，大庄家不乐意了，你这几天都赢了六百多万了，你丫知不知道都快把庄楔立了？人家说了，从今儿起不受你这户了！你呀踏踏实实拿这钱玩一段日子，等你老太太那边儿过完七七再说。

放下电话，周奕问我俩："你们都本命年吧？"

"对，"欧阳野说，"我们几个都差不多。"

"好嘛，这玩意儿不信邪真不行，你看小轩前段日子出这大事儿。输钱不说，诈砸个金花还能进去一个来月！"

"可胖子也本命年啊，他点儿多正啊！这不你们都不受他球了！"

"他呀……呵呵，他那灾都让他们家老太太给挡了！"

"啊？有这么一说？"我和欧阳野同时惊诧道。

"可不。欧阳你也注意点儿，不过这本命年啊也说不准，保不齐也点儿兴着哪。"周奕看了我们一眼，意味深长地说。

回来的路上欧阳野颇为忐忑，说我看看日子初一十五得去烧烧香去。我说你别听丫周奕叨叨，有好些人本命年特顺呢。

"我倒觉得周奕说得有道理，你听人家那名儿'周易'，带着股能掐会算的仙气儿，胖子本命年的坏运肯定都被他老太太给挡了，不然指不定多背呢，再说老太太不是也走了嘛……这多大的事啊？亲妈都没了还不叫背？反正宁可信其有不可信其无，我必须烧烧香去。"

"你别赌就完了。再说了，周奕要真会算他怎么算不出来胖子从他那儿赢那么多？"

"他不就一小庄吗？说了也不算啊。去拜拜就比不拜强，这玩意儿都保不齐。"

"行，回头我跟你一起去烧香，去去晦气。"

回去跟胖子说了，胖子也没辙，问我们认不认识其他庄家，辗转打了好几通电话，好不容易找了个认识的，但就给了胖子十万的信用额度。

好歹也算聊胜于无吧。

但是赌博这东西都是越赌越大，胖子一下子从上百万掉到十万，一时间也觉得没意思，胡乱下了两场，说真没劲，服着丧呢也没法出去玩儿，现在连他妈球也没得下了。

欧阳野说正好仨人儿，咱玩会儿斗地主吧。

打了几把牌，明显看得出欧阳野在让着胖子，别忘了我看过他打牌，他算牌可是又精又准。

胖子心不在焉地玩了一会儿，把牌一扔，整个人瘫在椅子上拍着肚皮，然后拿出手机拨了个号码，问："你丫干吗呢？一块儿去打会儿台球吧？"

我和欧阳野听着他"嗯嗯啊啊不去了吧也行"什么的说了几声，待他把电话挂了，对我们说："走吧，去金玉年华，欧阳你把女朋友叫上，可说好了我们只是去坐会儿，不能唱歌不能喝酒更不能叫小姐。"

我说那就没必要去夜总会了吧，胖子说这不宁夏在呢吗？实在是没事可干啊！欧阳野说走走走，就一块去吧，只要不干吗就行。

第二十六章　尤佳

宁夏已经在包间里等我们了，红姐还特意给安排了两个男服务生。

百无聊赖地喝着饮料，我们聊了一会儿胖子这段时间的英雄事迹，言言在欧阳野身边跟个雕塑似的，一直在发愣。

红姐进来在宁夏身边坐下，也不敢嘻嘻哈哈地调笑，一时间包房里的气氛安静得让人尴尬。

我举着手机索性在沙发上躺下，寻思江玲玲这次倒真是狠下心来了，这么多天连一个电话都没打过。

"你把尤静的妹妹叫进来我见见，不是让我照顾一下嘛。"胖子对红姐说。

不大工夫，娉娉婷婷走进来一个女孩儿，她穿着一件白色的长袖连衣裙，不紧身甚至有些宽大，脚上居然配的是一双白色旅游鞋，上面绣着一只粉红色的卡通小猫。她几乎脂粉未施，眉目间果然像极了尤静，五官虽没有姐姐精致，但胜在稚气未脱，在见惯了庸脂俗粉的夜总会里很是难得。

她有些拘谨地站在桌子前面，冲我们深深地点了下头，然后咬着嘴唇微笑了一下，明亮的眸子扫了一圈儿，最后停留在了胖子身上。

"啊！"她咧嘴笑起来，"李哥？"

"你怎么知道？"胖子显然被她无敌的青春感染了，浅笑着问道。

"我姐给我看过你照片啊，她还给了我你电话号码呢。"说着，她从口袋里拿出手机快速地翻找了一下，扬起手来给胖子看。

胖子招手让她坐过来，这女孩像见了亲人般开心地紧挨着坐下，抓过面前的一杯果汁说："李哥，初次见面，以后您要多多照顾一下我哟！"

"你叫什么名字?"

"尤佳。"

"是真名吗?"

"对呀,我姐尤静也是真名儿。哦这你知道的,叫我佳佳就行。"她端过另一杯饮料塞在胖子手里,"李哥,我敬您一杯!"

两人都喝了一口,尤佳说:"咦,怎么不是酒呢?"

"今天不喝酒。"

"哦,那好。我姐给我讲了你好多事呢……"

"什么事儿?"

"反正都是说你好呗,说你特好。"

"特好你姐还回去跟人结婚?"

"她前年出来的时候都订完婚了,也给我姐夫说好了,说赚完钱就回去呀……不说这些了,李哥,我给您唱首歌吧。"

胖子摁住她准备招呼服务员的手,"今儿也不唱歌。"然后他从口袋里掏出一沓钱塞进尤佳手里,"我们哥儿几个待一会儿就撤,你先出去吧。"

尤佳瞥了一眼手中的钞票,脸上是掩饰不住欣喜,"那你什么时候再来呀?我能给你打电话吗?"

"你一会儿拨一下我的手机,我有你号码了有事儿再找你。"

"可是……"

"行了,出去吧。"胖子用手抬起她的胳膊,她不舍地站起来冲我们几个一笑,转身走了。

"挺漂亮的。"欧阳野说。

"没她姐好看。"胖子回了一句。

"别惦记了,人都结婚了。将就一下得了。"宁夏笑道。

"别他妈扯淡了!亲姐儿俩。再说了,我守孝呢。"

"是三年吗?"我支起身子,问胖子。

"去你大爷。"胖子笑着骂了一句,似乎心里挂念的任务已经完成,于是叫了服务员买单,然后绕过宁夏递了一沓钱给红姐,却被宁夏一手拦住说:"你丫有病。"

红姐在旁边讪讪地笑着说:"就是就是,都这么好的关系了。"

刚出包间门，就见尤佳在走廊上靠墙站着，微笑地看着胖子，胖子从她身边走过，什么也没有说。

还不到12点，我说咱们吃点饸饹面去吧，肚子里空得难受。

欧阳野说我先送言言回家，一会儿再找你们去。

坐进宁夏舒适的宝马车里，我说你丫可以呀，魅力无极限呀。

宁夏轻蔑地一笑，英俊的侧脸在路灯下时隐时现，"非他妈买车，我说不要都不行。"

"哎这红姐什么情况？多大岁数？"胖子问道。

"36，吉林的。"

"没结婚？"

"谁他妈知道？反正我也不关心。"

"我看是真喜欢你。不是说托关系给你找了家公司做艺人吗？"

"小爷不爱去。"

"哥们儿，其实这可是好事儿啊，你这脸这戳个儿不当演员模特什么的可太糟蹋粮食了。"我说。

"轩哥你也不差呀，要去你去。"

"我要有那本事可不就去了嘛，总比天天没事儿干强。"

"去他妈的吧，一看演艺公司那老总就跟那骚货有一腿，我才不去，不够丢人的。"

"不是，我问你啊，你是想跟人家结婚还是怎么的？"胖子问。

"结婚？有病，丫跟我一个属相，比我大一轮，我和她？她也配！"

"那你要人车？"

"哭着喊着送我怎么办？不要就是不给她面子，打都打不走。"

"反正你也不是多喜欢人家，该干吗干吗呗，也不是哥儿几个劝你，你真的适合当模特，不然你能干什么？高中都没上完。你想想，真挺好的，是不是个机遇？就你这条件，真火了还不是分分钟的事儿？我们也跟着风光风光啊。我李明亮是不行了，这体重这身高这模样……要不然，我他妈天天把红姐当神仙供着都行！"

"哈哈，瞧你丫说的，她这几天还天天催我去那公司呢，又怕我起急不敢生催……等过完这周末再说吧。"宁夏笑着回答。

"你去了也给轩儿找一活儿呗。省得他丫天天待着难受。"胖子说。

"轩哥可惜身高不够啊。轩哥有180？"

"177.5。"

"×，还他妈带小数点儿……"胖子笑起来，"咱轩儿身高虽然不够，但唱歌牛×啊，那小歌声，让多少无知的小姑娘为丫疯狂。"胖子笑得更厉害了。

他这一笑，似乎母亲离世的伤痛已经渐渐远去，车里的气氛顿时活跃了不少。

不知不觉也就到地儿了。

所谓的饸饹面实际就是一个路边摊儿，在宣武门十字路口的东北角，老板是两口子，摆了两三张桌子支了一口锅，面条是那种半自动机器压的粗面条，里面的牛肉筋头八脑，汤特入味儿。他们家在那儿支了好些年，南城应该有不少人还能记起那满口的余香。

欧阳野到的时候我们已经快吃完了，他叫了一碗面，又在别家叫了点羊肉串儿，胖子心情也开怀了许多，恢复了平日里话痨的活宝形象，似乎也只有在南城夜晚嘈杂的街边，我们四个才能找到无拘无束的感觉。

我和胖子的电话几乎是同时响起来的。

"你，是不回来了是吗？"江玲玲问我。

我不知道应该回答什么，只是叹了口气。

"问你话呢？你想怎么样？"

"我想安静几天。"

"老公……我想你了。"她说完这句沉默了一会儿，见我还是没有回应就挂断了电话。

我站在街边发了会儿呆，脑子里却满是江玲玲坐在别的男人怀里的情景，不禁咬了咬牙走回座位。

胖子接的是尤佳的电话，显然那姑娘下班了。

我们开玩笑问她打算拿下吗？

胖子说你们丫真变态，人家是尤静亲妹妹好吗？

刚说着电话又响，胖子接完转头对欧阳说："你去接那丫头吧，她说饿了，要吃点东西。"

那天晚上尤佳果然跟胖子回了家，我和宁夏欧阳野相视一笑，估计都在心里唾骂着这个刚才还在道貌岸然指责我们变态的衣冠禽兽。

我抽了支烟犹豫了一会儿，最后打车回了家。

第二十七章　缘属天定分乃人为

"老公……我想你了。"她说。

四年了，江玲玲几乎没说过什么柔情蜜意的话，她就是那种大大咧咧说一不二的范儿，"小辣椒"的外号也不是浪得虚名。

于是，她这一句"想你了"就显得那么弥足珍贵。

已经3点半了，家里没人。

我洗漱完坐在床上抽烟，斜眼看见条几上放着一个新皮包，那年月奢侈品在中国还没有现在这么横行和普遍，所有名牌包里最熟知的也就是个LV，我看着那个布满了LOGO的昂贵皮包，心念一动，拎过来打开了拉链。

包里孤零零躺着一个沉甸甸的大盒子，里面是一个我连名字都读不出来的女式手表，表蒙子里两圈儿钻，晃得人眼睛发花。

58500，发票上是这么写的。

我一手拿发票一手拿表在床上坐了半天，自己都搞不清楚自己到底想干吗，想发火又觉得没脾气，想质问她又觉得没底气，就像一拳打在棉花垛上，无论自己使多大劲儿都是徒劳。

我把家里的抽屉都翻了一遍也没再发现什么，抓过电话又呆坐起来，坐到最后实在有些困了，索性身子一歪，和衣而睡。

半梦半醒间听到房门响，紧接着是脱掉高跟鞋的声音，直到清楚地闻见一股浓重的酒气，我才眯着眼睛看到了连妆都没卸的江玲玲。

她嘟嘟哝哝地说了几句什么就一头躺下紧紧抱住我，把脑袋钻进我的怀里，我迷迷糊糊地拥着她继续睡去。

过了没一会儿她的手摸索着脱掉衣服,又用手去扯我的裤子,我的欲望被她喷着酒气的娇喘和温暖的身体撩拨起来,一边回应她的热吻,一边飞快地褪她的丁字裤,我听见她气喘吁吁地喃喃道:"老公,老公……你个王八蛋……是你吗?你肯回来了吗?"

　　也不知什么时候,梦乡里听见江玲玲的手机在响,感觉她在床上摸索了半天才接起电话。

　　"喂?"她迷糊着说。

　　"宝贝儿,醒了吗?都快两点了,饿不饿?我去接你出来吃饭。"

　　"不嘛,我困呢。"

　　"让你昨天来我这儿你偏要回家……那你再睡一会儿吧,醒了给我打电话,乖,想死你了你个小妖精。亲一个。"

　　"好了,困呢。"

　　"亲一个。"

　　"啵!"

　　真真切切地听完这段对话,我在床上继续躺了有十几秒钟,头脑渐渐清晰起来,一股怒火直冲向脑门儿。

　　我"哗"地掀开被子,江玲玲懵懵懂懂地半支起上身,扭头愣愣地看着气愤的我,好久好久才悠悠地吐出几个字:"你……什么时候……回来的?"

　　"你猜呢?"我面无表情地反问道。

　　"你昨天晚上就在家还是刚回来?"

　　"那你以为昨天夜里跟谁干了一炮?"

　　"什么?啊?我不知道呀,我……我断篇儿了……我……"她支支吾吾地努力在脑海中捋着思路,像个犯了错的孩子一样不知所措。

　　我靠着床头坐起来,看她呆愣愣地坐着,第一次面对我的质问哑口无言。

　　我摔摔打打地去卫生间冲了个澡,出来找了件干净衣服套上,然后坐在梳妆台前的椅子上。她仍然处于一种半游离状态,静静地看我一眼,又低下头把被子拉到胸前。

　　"聊聊吗?"我点上一支烟。

　　她不说话。

"你跟别人了？"我问。

她咬了下嘴唇，还是没有说话。

"玲玲，咱俩四年了。吵过很多架，我知道你不喜欢我好赌，你也知道我不喜欢你去钻石人间……我进去一个多月你为我跑前跑后的操心我谢谢你，但我也不希望因此你跟了别的男人……其实我知道自己配不上你，我现在连个工作也没有，还欠胖子那么多钱，就算他不问我要，人情却还是要还的。这段时间，我……挺有压力的……"

一旁的手机响起来，她看一眼挂了，刚挂又打过来，她索性关机往旁边一扔。

"是姓刘那人吗？"

她低着头依然不说话。

"玲玲，我现在真的顾不过来你，胖子跟尤静分了，妈又没了，一天到晚恨不能24小时让我陪着，而且……我可能这辈子也给你买不起小六万的表……"

"我没有……"她一惊，立刻反驳道。

我回身把LV的包拿过来放在床上，她瞟了一眼哭起来，"我真的跟刘哥还没那关系呢。真的……"她说，"人家是给我买了不少东西，但我真没跟他上床呢，我……我也不知道怎么解释你才相信……"

"相不相信都不重要，你收了人家的东西上床也是迟早的事儿，这点你心里应该比我还清楚。"

"不会的……"她小声说道，"哪个女人不喜欢漂亮东西，我就是……"

"你就是虚荣了一把……可是……我可能一辈子给你买不起这么贵的东西……四年了，怪我自己没本事。"

"我没那意思。"

"可我心里不得劲儿。咱俩中间从来都没有过别人，也几乎没为这种事儿闹过，这是头一回，最主要的是，我跟谁也竞争不了……不是你不好，真是我不争气……"

"可是，我不想分手……"她忽然趴过来抱住我，"我不想分手，老公，我从第一天看见你就喜欢你，我不要分开……"

"那你想怎么办？"

"我把东西给刘哥退回去……"

"退回去就行了？他不会找你麻烦吗？"

"其实他人挺好的，今年33，离婚了，做金融的，他确实是在追我，但真没强迫我做过什么，你看都这么久了我们也真没上床呢……"

我的手机响，谈话再一次被打断。

是胖子，他问我起了吗？又问我昨天回家没和江玲玲吵架吧？今天是周末，胖子没上班，自打我从拘留所出来他真是越来越粘人了，我们要是没在一块他一个钟头内能给我打仨电话。

我说没事儿，刚起来一会儿。他说晚上叫玲玲一块儿吃饭吧，也老长时间没见了。

说来也怪，胖子对江玲玲一直抱有一种友好甚至崇拜的态度，江玲玲愈是一身匪气的时候愈是胖子最欣赏的时候，别看他矮挫胖，却正经怀揣了一颗武侠的心，尤其听说这次是江玲玲为我跑前跑后接我出来的，更是让胖子刮目相看。

我看了一眼江玲玲对电话说："算了，她今天有饭局，改天再说吧，我一会儿去家里找你。"

我拿了包要走，江玲玲从床上赤身下来抱住我，问："你是不要我了么？"

我抚摸着她凌乱的头发，"咱都安静下来想想吧，最近发生的事儿太多了，挺累的，你也想想，也许……"

"我不想想……也不让你走，你走了就不回来了。"

"谁说的，这是我家呀！"

"真的吗？你还回来？"

"玲玲，"我扳开她的手，看着她的眼睛认真地说，"怎么选，你自己定，我现在这种情况跟那姓刘的竞争不起……我不逼你，我本来想继续在胖子家住几天等你想好……但你既然想让我回来，我就回来，但是从今天开始我不会再问你去哪儿，也不会再去接你下班，你什么时候想好了咱俩什么时候谈。"

她叹口气，从桌上拿了车钥匙塞到我手里，"你开车走吧，反正我上班老喝酒也开不了。"

敲开胖子家门，尤佳居然不在，我问他怎么了，他咧嘴一笑，说让欧阳野带着去中介租房子了，刚走。

"哟，什么情况？来真的啦？她姐那时候不是也没给租房吗？"

"嗐，她这不是没来多长时间吗？跟她一姐们儿住一块儿了，说是她姐们儿这几天找了个男朋友，不方便再一起住了。尤静不也让我照顾她嘛。"

"她姐说的照顾包括照顾到床上去吗？"我坏笑着问。

"我说了你还别不信，昨天真什么事儿也没发生，她就睡在你睡的那屋，我说了我守孝呢。"

"啊？哦。那要是守完了呢？"

"哈哈，那还真就说不准儿了，但这丫头太小了，18岁的生日还没过呢……你昨儿回去怎么样？玲姐没抽你吧？"

我犹豫一下把发生的事儿说了，胖子没发表意见，只是抬起手拍了拍我的肩膀。

我说呦你丫长个儿了，居然够得着我肩膀了？被他一记老拳捶在后背上，疼了半天。

中介的速度很快，当天就签了一家，我们几个帮着把家具家电添置齐全，尤佳行李少得可怜，就几件换洗的衣服，把箱子放下后胖子又带她去商场买了一堆衣服鞋子，我和欧阳野在车里等着，出来的时候尤佳已经换了新衣服，人立马就洋气漂亮了许多。

晚上吃完饭给她送到金玉年华，她依依不舍地问胖子："你们来吗？"

"不去，没意思。"

她不甘心地抓住车门不放，好半天见胖子没说话，只好松了手，"那行，李哥，我走了，你有空给我打电话。"

胖子看着车窗外的尤佳远去，对欧阳野说："走，去东方。"

"我就别去了。"我说。

"周奕你都见过了，没事儿，别人也不会说什么，再说你也不能永远不见这些人了吧？"

华灯初上，夜色正在蔓延，我忐忑不安，脑海里闪现出月儿美丽的脸。

我以为我已经把她藏好了，藏在深深的心底，可是，原来这么轻易的，她就可以在我心中被重新翻起，并且快速占据我的整个心。

第二十八章　重逢和别离

到东方的时候还没什么人，就张总和他一朋友到了，坐在不远处的沙发上喝着咖啡。

我们扬扬手打了招呼，也寻张沙发坐下，我的手心开始出汗，不由自主地抖着腿。

胖子一巴掌搨在我大腿上，"男抖财，女抖骚，怪不得你丫输钱！"

"去你大爷！"我边骂边拿开他的手，抬眼间，看见周奕、英子走了过来，他们身后是那个让我想见又怕见的身影。

"哟，来了？老太太的事儿都忙活利落了？"周奕冲胖子点头问道。

我们仨站起身跟他们打招呼，月儿的目光从我身上扫过，居然连停都没有停留一下。

"呀，小轩？"英子大惊小怪地说道，"你怎么变化这么大？我去，我都没认出来！"

"啊？"月儿一愣，目光在我身上打转，"真是你啊，我刚才都没认出来！你是胖了吧？"

"胖了十斤。"我不好意思地回答，在看守所虽然夜不安寝，但作息规律，一天三顿的小米粥，愣是把胃给养好了。

"其实……主要还是发型的原因。变寸头了……人家不是说寸头是检验帅哥的唯一标准吗？这样挺好，显得爷们儿！是不是月儿？"英子说着转头望向她。

"帅，帅。"月儿笑着附和道。

"打麻将吧？"英子问我。

"我就别玩了，你们没约够人吗？"

"嗐，啥时候约过，谁来了谁玩呗。"

"你们俩去玩会儿呗，正好四个人。"胖子冲我和欧阳野说，我也不好推辞，跟他们去包间玩麻将了。

那天我一直都在寻找着月儿的目光，哪怕是只相遇一小下，但她却自始至终都没有抬起头来看过我。

我只是想亲口跟她解释一下这段日子的经历，省得像个混蛋一样在跟她缠绵之后就消失得无影无踪。

我是在看守所待了一个多月，但我不是一个坏人。

就这么心不在焉点了一炮又一炮，点得心烦意乱的，后来看美亚来了便起身让了座位。

等到一锅打完，本想借她去洗手间的时候说句话，但英子在后边跟着。我坐立不安地待了一会儿，找个理由回家了。

家里没人。

天光已发白，我幻想着江玲玲醉猫一样闪进家门，幻想着她搂住我的腰说"老公我爱你"，但时间一点一点过去，她居然没有回来。

和江玲玲四年来的一点一滴涌上心头，她也许不温柔，也许爱喝酒，也许说脏话，但她却一直深爱着我，可我呢？是不是真的辜负了她？

屋里安静得可以听到自己的呼吸，我静静地躺着，思绪在空荡荡的空间里来回冲撞，分手，不舍得；不分手，似乎也已经走到了尽头。

走和留，一切都随她吧。

三天之后的一个下午，江玲玲打开了家门。

我默默地看着她收拾自己的行李，说："玲玲……"

她连头都没回，伸出一只手制止住我，"求你了，千万别说话，什么也别说……"

"玲玲……"

"别说话！真的别说话……在我没来得及后悔之前，让我走吧……"她还是没有回头，只是加快了手中收拾东西的速度。

我倚着窗户，看楼下的男人从她手中接过行李，她在上车之前抬头看向窗边，戴着墨镜的俏脸几乎看不出任何表情。

后来我没在家的时候她来过一次，走时把钥匙放在了一进门的窗台上。

再后来她又托别人把家里所有她的东西都拉走了，连瓶洗面奶也没剩下。

青春的岁月飞扬而迷乱，每个人一生中都谈过不止一次恋爱，最终我们却只能嫁娶一个人，也许太多的恋爱也只不过是为了消耗横冲乱撞的荷尔蒙而已。

玲玲，真的真的，对不起。

离开我，也许你会过得更好。

尤佳有了自己的小窝以后，每天都给胖子打电话，一来二去最后也就上了床，但胖子却没拿着当回事儿，有时依旧会带夜总会的小姐回家。

有一次我们去金玉年华，一出电梯就和尤佳打了个对脸，她眼睛一亮，冲过来一把挽住胖子的胳膊，娇嗔地拖着长腔，"老公——你来咋也不告诉我一声呢？"

胖子把胳膊从她怀里抽出来，"别他妈瞎叫，谁是你老公？"

尤佳定定地站在原地，委屈得嘴唇发抖，泪水汪了一眼，胖子心念一动想去拽她，还没碰到她胳膊就见她的眼泪成串成串掉下来，胖子轻轻把她揽在怀里，只有162公分的胖子搂着高高瘦瘦的尤佳，任她低头伏在他的肩膀上哭泣。

"从来都没有，"胖子后来对我们说，"从来都没有一个女孩为我哭过。"

从此尤佳再也没去过金玉年华，胖子也变得安分起来，俩人"宝贝儿心肝儿"地叫着，恩爱秀天天不重样儿。

欧阳野却不太待见尤佳，他不止一次偷偷跟我说肯定是尤静告诉她胖子是个大金主，俗话说"男追女隔座山，女追男隔层纱"，胖子恋爱经验匮乏，钓他上钩其实最简单不过，"看，这不几滴眼泪就把胖子搞定了。"欧阳野撇着嘴说，"你看姐姐明说了就是出来赚钱的，大不了是一个愿打一个愿挨，所以不存在骗不骗的问题，可这尤佳……小小年纪就这么有心计，这要是哄着胖子把车呀房呀都买了再狠心走人那可够胖子受的。"

我却不以为然，胖子虽然颜值不高，但性格好、为人大方真诚，谈恋爱嘛总得对眼儿，也许尤佳正好喜欢这一款呢？何况胖子感情上有个寄托也是好的。

但尤佳岁数小，又刚刚从农村出来，自然没见过什么世面，说话做事就难免幼稚些，有一次胖子给欧阳野钱正好被她撞见，她直接把脸一吊，用手挡着一劲儿问胖子："你干吗呀你干吗呀？"弄得大家都很尴尬。

这之后尤佳就认定了欧阳野是胖子的马仔，对我平时还算客气，但经常用高高在上的口气让欧阳野干这干那，就连买个什么卫生巾啊零食啊都随口吩咐，我刚和江玲玲分手本来心情就不好，又经常在旁边看得心烦，索性抱病在家，欧阳野每天给我打电话都不无意外在骂尤佳，张嘴闭嘴"小婊子"，我说你少说两句吧，你跟个小女孩计较那么多干吗？他说你倒是躲了，我他妈为了胖子工作都辞了，现在胖子给我拿个零花钱还得背着她，你说可气不可气？

我在家一连躺了几天，想想胖子现在也交女朋友了，我总得养活自己，于是给二姐打电话说想回律师事务所找点儿事儿干，二姐说你明天来上班吧。

律师事务所主要的业务是给有经济纠纷的客户提供法律指导，其实说白了就是收取代理费帮人打官司，也包括追债。我在公司里无非跑跑腿、打打杂、收集一下资料、拍乎拍乎当事人，我不是律师拿不了提成，一个月下来估计工资也就两千多块钱，还没我打一场麻将赢得多。

胖子来电话的次数明显少了，天天带着尤佳要么去玩牌要么去夜店，生活倒也充实，我们几天才约一面吃顿饭。

朝九晚五地混了半个月，家里乱得像猪窝，口袋里的钱也越来越少，我下班之后就回家打开电脑玩连连看，有时候一玩能玩一宿，第二天上班人都是懵的，有一天找了张沙发睡到下班，被二姐看见数落了一顿。

其实这个事务所根本就不需要我，二姐也只是好心收留我，让我混混日子罢了。

时间变得无聊又漫长。

有一回江玲玲夜里给我打电话，她醉醺醺哭着说秦轩我他妈想你你知道吗？我说你在哪儿我去找你，她骂骂咧咧地说你丫滚蛋，滚得越远越好。

第二天我给她打电话，她直接挂了。

我在夜里一遍又一遍地思念着月倾城，也一遍又一遍地把她从心里抹去，我也知道，她是我这一生都触摸不到的深情。

整个周末我都宅在家里，抽烟吃泡面喝白开水玩连连看，正玩得起劲儿电脑忽然坏了，那时候还没有微信，手机除了打电话发短信基本什么都干不了，拍个照片能看清楚是谁都算不错了。

我按下了月儿的号码，又一个个把数字删掉，重复了十几遍几后，我鼓起勇气给她发了条短信：打牌呀？

好久她才回过来：你谁呀？

是啊，我换过电话号码之后根本就没联系过她，她怎么可能知道是我呢？

我没勇敢再回过去，心下叹了口气，把手机狠狠扔到床上，双手抱头望着天花板发呆。

手机响了，是欧阳野，"轩儿，我们在红姐家呢，你丫快点过来，宁夏出事儿了！"

第二十九章　宁夏和红姐的本命年

红姐给宁夏推荐了朋友的一家影视传媒公司，他那天听我们分析之后果然去了，老总一来也是受人所托，二来看宁夏外在条件的确太好，就下决心捧他，一时间公司网站页面、大幅宣传海报上都是他的照片，宁夏也没辜负厚望，一连串接了好几个广告，他一边往红里窜，一边睡了同公司的两个小模特。

其实这对于宁夏而言稀松平常，只是在这个节骨眼上，却偏偏没有顾及到红姐，红姐听说后当时就炸了，在家里跟他吵得天翻地覆，说我供你吃供你化供你玩儿捧你上天，我什么都能容但你就不能在我眼皮子底下偷吃！你让我的脸往哪搁？你这不是玩我呢吗？宁夏说你丫滚蛋，小爷要红谁也拦不住，你以为你老相好是看你面子才捧的小爷，放你妈的屁，小爷要是没两下子谁捧也他妈没戏！

红姐说你是要疯啊你，还没红呢就想把我甩了？门儿都没有！老娘出来混的时候你还在家喝奶呢，跟我斗你他妈还嫩点儿，你别以为你的底细我没查过，要是王总知道你蹲了一年多大狱还会捧你？屁！谁会出钱出力捧个有案底的货！

凭宁夏那脾气揭短揭到这份儿上红姐这顿揍肯定是跑不了了，警察来的时候红姐的眼都被封了，衣裳也被扯了个七零八落。

宁夏在派出所待了一宿，电话在打架的时候摔坏了，谁也没联系上。

当天晚上红姐又心疼起来，思来想去地斗争了一宿，第二天又去派出所说不追究了，本来这事儿如果当事人不出具伤情鉴定死咬着不放，派出所也不会深究，于是教育了几句就放了。

没想到宁夏不仅不感激红姐大人有大量，反而先是跑到地库把那辆宝马的玻璃和车灯全砸了，又上楼把她家给砸了个稀里哗啦，说你丫有本事就把我弄进去，小爷不怕坐牢，反正这也不是头一回了，小爷就是不愿意让你这个老婊子管东管西，这天底下能管住小爷的女人还没生出来呢！

红姐虽然阅人无数但也是头一回碰上这么个滚刀肉,于是哭着给胖子打电话,说李哥你赶紧来一趟把这个货弄走吧。

我一进门就看见胖子和欧阳野围着宁夏,后者正指着红姐的鼻子问:"你报不报警?报不报?不报小爷可要走了。"

红姐青头紫脸,眼睛肿成了两条细缝儿,尤佳抱着哭泣的她正小声安慰着什么,我把宁夏拽到一边儿,"差不多得了,"我说,"人红姐平时也待你不薄,你看你把人家都祸害成什么样儿了?别这么浑,给自己留条后路。"

他看看我,说:"轩哥你不知道,这骚货以为给我找个工作我这辈子就卖给她了,大老爷们儿什么都行,就是不能被毁在女人手上。"

"行了行了,你看看这家里都成什么样了?人家本来也是为你好,你不领情就算了,没必要弄得鱼死网破的。你气也出了,差不多得了。"

胖子也过来打圆场,"就是嘛,两口子打架,打完完了,给红姐认个错,也别记仇。"

宁夏鼻子里"哼"了一声,踩着一地砸烂的东西走到红姐面前,我们生怕他又要动手赶忙过去拽他,宁夏摆摆手示意我们放心,对红姐说:"吃你的穿你的那是你愿意,我不欠你的。这打也打了,砸也砸了,你爱怎么着怎么着,那个破公司我还就不去了,你要报警小爷在家里候着,要是不报从今往后就再别惦记我!我就是这么个玩意儿,没女人降得住。怪就怪你自己走眼吧!"

说罢自顾自往门口走,我和欧阳野赶紧追出去,胖子在后头说了句你们在楼下等我。

下了楼宁夏头也不回地继续往外走,欧阳野喊:"你等会儿,胖子还没下来呢。"宁夏说你们别管我了,我想出去走走。说罢走出了小区大门,叫都叫不住。

我和欧阳野对视了一眼,也没再追,坐在花坛边儿上等胖子。

一支烟的工夫,胖子和尤佳从楼洞里走出来,尤佳沉着脸走在前头,胖子在后头赔着笑脸一溜儿小碎步紧跟着给尤佳解释着什么。

我心说这又是唱的哪一出。

到了车上我也没好意思问,从后视镜里看见尤佳脸色还是很难看,胖子沉默了半天,忽然没头没脑地说了句:"咱们去亦庄看车吧。"

到亦庄都快5点了，胖子在一家4S店里指着一辆红色MINI COOPER问尤佳："宝儿，你喜欢吗？"

我们都吃了一惊，欧阳野在旁边恨不能拉胖子一把，我心想这是犯了多大的错啊，要出这么多血来讨尤佳的欢心？

尤佳也愣了，兴奋地摇着胖子的手，"啊？什么意思？真的假的？这个，送我？是送我吗？"

"当然送你呀，你还两天就过生日了，喜欢吗？"不等尤佳回答，胖子转过头去问销售人员："多少钱？"

"您看的这款三十二万八，您看您要什么颜色，这车目前都没有现车，得预订。"

"你喜欢什么颜色宝儿？"胖子问尤佳。

"可我还没车本儿呢老公……啊没事儿没事儿那我明天就去学明天就去学……反正……哎呀我要有车了！"突如其来的喜悦让尤佳语无伦次起来。

"让你欧阳哥陪你去学本儿去，欧阳，这事儿交给你呗。"

欧阳野点点头，拽了我一把，说我和轩哥出去抽支烟。

"妈×有病！"欧阳野往地上狠狠啐了一口唾沫，"轩哥你说胖子丫是不是疯了？这才认识不到两个月就花好几十万买辆车，我他妈认识丫十来年了，现在鞍前马后地这么跑，怎么没见……靠，什么事儿呀！"

"你生什么气？人家钱是自己的，愿怎么花怎么花呗，胖子有胖子的理由……"

"什么理由？哎你说刚才怎么了，这×娘们儿一出来就满脸的不高兴，胖子也他妈的……唉，没法弄，真是浪催的，这一回头再让人给甩了看丫还乐不乐得出来。"

"那也是他乐意。"

"不是轩儿你也是站着说话不腰疼，福特那车可在你名下呢。"

"在我名下也不是我的，我也没开过呀，不是你开着呢吗？"我把烟头捻灭在地上，语气生硬，"欧阳，胖子有钱是人家自己的，跟咱没关系，再说了，你又没长尤佳那脸那胸，你又没跟胖子天天睡一块儿，也没天天听胖子打呼噜，你发的哪门子脾气？"

"我这不是替他心疼吗？"

"甭心疼，过你自己的。"

"靠，你这段时间倒是解脱了，你知道跟着这小丫头片子多憋屈吗？我他妈天天就跟个碎催似的，一天支使我八趟！我就×她妈！买个卫生巾都他妈让老子去！早知道这样不辞职了，这叫什么事儿啊！一看就不是什么好货色！姐姐上完了妹妹上，和着姐妹俩商量好一块儿骗钱来了，要不要脸……"

"行了行了，让别人听见不好，"我回头看看，见胖子和尤佳还在大厅里跟销售说话，"咱们进去吧，你也别那么大气性，胖子也不是不够哥们儿的人，看长远点儿。"

回到展厅，见他俩又恢复了以前的恩爱劲儿，尤佳眉飞色舞，又是嘟嘴又是撒娇，胖子笑呵呵地对我们说："订了台红色的，得三四个月才到，正好佳佳去学车也来得及。"

"不试车了？"我问。

"不试了，车这玩意儿都差不多，再说我家宝儿还不会开呢，试了也没用，就这个得了。"

"交完钱了？"欧阳野问。

"就交一订金，提车的时候交全款。"

回去的路上，尤佳像打了鸡血一样亢奋，开车的欧阳野则一直在运气，我忽然觉得他的样子挺好笑，哥们儿间再好也不能当老婆，如果尤佳真是一点都不喜欢胖子，就凭胖子天天震天响的呼噜一般人也受不了，至少现在他们在一起看着挺快乐的，何况提车还要三四个月呢，走一步看一步，说不定这车到时候还买不成呢。

吃完晚饭，胖子说咱们去打会儿台球吧，轩爷你叫几个宣武的孩子过来一块儿玩会儿，再看看宁夏接不接电话。

尤佳说我不想去，我找我老乡去聊会儿天去行吗？

"行啊宝儿，你聊完了告诉我好去接你去。"

欧阳野去送尤佳，我和胖子就在台球厅下了车。

我问他下午为什么尤佳那么生气，胖子呵呵一笑说："嗐，就为给了红姐五万块钱。"

"啊？为什么？"

"把人车和家砸成那样，给五万算少的了，这事儿也就算了了。"

"宁夏要是知道了肯定不干，还得找她要回来。"

"所以呀，你就当不知道，不然到时真再出点什么事儿更麻烦，他可是有前科的人……也别跟欧阳提，欧阳小心眼儿。"

"唉，哥们儿的事儿又让你擦屁股。"

"没事儿，从小玩起来的，咱都好好的就行。"

我拍了拍胖子的肩膀，刚要给宁夏打电话才想起来他的手机被摔坏了，于是给大朋打电话，让他去宁夏家把他叫出来。

"去之前你知道MINI那车没现车吗？"我问胖子。

"不确定，但估摸着差不多。"

"嗯……我就知道，那到时候有了还提车吗？"

"如果尤佳到时候还跟我在一块儿就买，但话说回来，就算她以后不愿意跟我好了也就当送她生日礼物了。"

"真喜欢她？"

"嗯，刚开始时没觉得，现在越来越喜欢。"

"别陷太深。"

"嗐，谁跟谁好都是命，以后成不成两说，但起码现在她拿我当老公看，这就行了，要求那么多干吗？"

我点点头，"一会儿别太晚，我昨儿没睡好，明天还上班呢。"

"你那班儿上得有意思吗？"

"没啥意思，但也得有事儿干啊。"

"别上了，你也不是上班那块料。"

"我去你大爷，你不也天天上着班呢吗？怎么我就不能上？"

"你不懂，我这班儿肯定不辞。这样，你找找合适的房，咱们开一台球厅得了，带棋牌室那种。"

正说着，宁夏和大朋来了，大朋还带了他一个同学，也在宣武门那片儿住，平时是晃晃悠悠的没什么正事儿干，上回跟王立强要账他也跟着去了，我们都叫他"六子"。

我们开了两张案子打台球，对下午发生的事儿都只字未提。

后来欧阳野也回来了，趁我被换下来的时候问我知不知道胖子给了红姐五万块钱的事儿，我问尤佳告诉你的？他说对呀，那丫头片子心情好得不得了，跟我聊了一路。我没多说什么，只是叮嘱他千万别让宁夏知道。

　　回到家已是半夜，我对着台灯发了半小时的呆，今天发生的事儿好像挺多的，但似乎又都跟我没什么关系。
　　我最想跟自己有关系的那个人，可能这辈子都不会搭理我了。

第三十章　又见倾城

第二天胖子打电话叫我去东方，我想也没想就答应了，心里充满着即将见到心上人的兴奋和喜悦。

许久都没有玩牌了，才一上手就觉得人生如此美好，江玲玲也许真是说得没错，我就是一个赌徒，只有在牌桌上才会找到自信和乐趣。

那天晚上大家分了三堆玩斗地主，又开了两桌麻将。

我和周奕美亚月儿一桌，尤佳和英子宁夏他们在另一桌，欧阳野大帅他们斗地主，胖子早就从周奕那儿拿回了赌球的账号，额度先是五十万，听说胖子输了几次以后拉回到一百五十万了。

月儿垂下眼睑的时候睫毛好长，扑闪扑闪的；月儿嘴唇红润饱满，即使没有涂过口红也是如此性感多情；月儿左边有一个耳洞，右边有两个耳洞；月儿手指修长，手背位于小拇指下方有个可爱的小窝；月儿的声音不是甜得发腻的那种，而是富有磁性，甚至有点性感；月儿……

整个晚上我都有点犯晕，有两次还大相公，差点诈胡。但即使这样，我还是胡了几把大炮，三锅打完数数码子，赢了足有四千多，看来再打个一次半次就能把下个季度的房租赢出来了。

月儿输了一千五百多，结束时她去洗手间，我在空无一人的走廊上叫住她，把刚才数好的一千六百块钱塞在她手里，待弄清楚我的意思，她轻轻一笑，这一笑，当真是我梦里百转千回的妩媚模样。

她说我才不要，愿赌服输，我使劲挡住她塞回钱来的手，本来想说点什么，但一时又不知道从何说起，张张嘴转身走了。

真想送她回家，可是我连车都没有。

有些思念、有些想法，既然没法儿实现，索性就压在心里吧。

周一上了一天的班，胖子打电话问我什么时候去找找合适的房子好开台球厅，又说你把你那班辞了吧，就别天天跟你二姐眼前添堵了，白拿工资还不干活儿。

我给大朋和六子打电话，让他们注意一下附近合适的门脸儿，又在电脑上找了几家房产中介把要求一一说了，留了联系方式。

刚从单位出来，宁夏打电话约我吃饭，我说不去了今天特累，宁夏说别介呀，明天我就走了。

赶到吃饭的地儿，胖子和欧阳野已然到了，我们四个要了几个小菜和啤酒。

宁夏说最近有点烦想出去走走，正好深圳的哥们儿叫他过去，欧阳野问叫你去干吗？宁夏翻着白眼儿淡淡地回答："玩儿！"

欧阳野被噎了一句也没作声，闷闷地喝了一大口酒。

胖子笑嘻嘻地说等宁夏你丫混好了一定得带我们一起玩儿。宁夏说得，等哥们儿立于不败之地的。

"是东方不败吧？"胖子嘎嘎笑起来。

"对呀，我他妈正准备自宫呢。"宁夏笑了，说哥儿几个走一个吧，说罢举起酒杯，"为了我们的未来！"

我们的未来？

如果那天有人告诉我，我们的未来是最终天各一方、生死相隔，那我们一定会指着这人的鼻子骂一句傻×，世界是那么的五彩斑斓，二十四岁的我们年少轻狂，尚有大把的青春可以挥霍，尚有无尽的岁月容纳对人生的憧憬和梦想。

转天我请了几天病假，和欧阳野把宁夏送到机场之后就去跑中介，连续看了几个门脸儿都觉得不太靠谱，刚打算去大朋找的地儿看看，尤佳来了电话催欧阳野接她去国贸逛街，免不了欧阳野咬着牙又发了一顿牢骚，我也懒得劝，打个车就回家了。

在家里百无聊赖地上了会儿网，傍晚胖子下完班打电话叫吃饭，我说明天再说吧懒得动了，起身煮了包方便面凑合吃了，然后拿着手机发呆。

在心里七上八下地斗争了足有两个钟头，我终于拨通了月倾城的电话。

对于我突如其来的问候，她的声音听起来似乎并不意外，我支支吾吾地问她是否有时间一起吃饭，她说正准备下点面条当宵夜呢，我说那出来吃吧，去宵云路的鹿港小镇，她倒也没推辞。

放下手机，我手忙手乱地穿衣服、刮胡子，又翻出古龙水喷了两下，这才一溜小跑着到马路上打车。

她还在半路上时我已经到了，看看餐厅里空桌位很多，于是就站在餐厅门口等她。

约莫有个十来分钟，一辆崭新的丰田RAV4停在我面前的路边上，车窗一降，月倾城探着身子叫我："小轩！"

我扫了两眼新车心念不由一沉，不是不希望她过得好，只是觉得她越是优秀就越是与我渐行渐远了。

简简单单地点了两个菜和甜品，千言万语也不知应该从何说起，于是不咸不淡地问她："买车了？"

"啊。"她应了一句，笑笑地看着我，似乎要看到我心里去。

"你开倒是合适，这不今年正流行的'公主车'吗？"

"啊。"

"好开吗？"

"好开，2.0的，百公里耗油差不多十二三个，四驱，全款买的，没有分期，停我家地下停车场，停车场是租的，一个月四百五，我还住在凤凰城，你上次去过，小两居，我还在单位上班呢，海淀的美甲店关了，现在就剩两个了，最近一直在北京没出远门儿，这两天都没打麻将，因为东方棋牌室正在装修，打牌的地方换到六楼了大家都不太习惯……"她换了一口气，"还想问什么？"

我被她的一顿抢白逗得笑起来，"好吧，"我说，"你的事儿没搞清楚的一会儿再说，现在来说说我。"然后我清了清嗓子，把赌球输钱换电话号码玩消失诈金花进看守所的事儿全盘说了，不管她看不看得起我，至少我应该在她面前保持一份真诚。

"不论你相不相信，我都必须告诉你，从来从来，我没有这么深地想念过一个人，我没有办法不想你……无时无刻……事实上，从见到你的第一天起，我就像着了魔一样迷上了你……但那时候我还有女朋友……不是说我现在没有女朋友就配得上你了，我也知道你不可能看上我，我现在什么都没有，但我必须把这一切告诉你，不然我早晚会憋死的！"

听我一股气表白完，她抿了抿嘴唇，半晌才说："Sorry，小轩，我现在……有男朋友了。"

虽在情理之中，但我心里还是"咯噔"了一下，我颓然地靠在座位上，觉得内心仅有的那一点点希望正在被命运捻得粉碎粉碎。

我们都不再说话，默默地把眼前那盘硕大的红豆冰沙一口一口吃到融化，期间她用小勺碰了我的勺子一下，清澈的眸子看着我，四目相对，我心里只有一个念头——那就是绕过桌子拥她入怀。

可我不能，真的不能，人世间有多少看似咫尺的距离却远过天涯，远到我们用尽全力都无法相拥。

上车前她问要不要送我回家，我摇摇头。

她咬了下嘴唇，走过来张开双臂抱住我，在我耳边轻声说："其实，我也想过你，但我们可能没缘分吧。反正你好好的行吗？就算只是朋友，我也希望你好好的。"

我用手环住她小小的腰，点点头，贪婪地吮吸着她秀发上我魂牵梦萦的柠檬香味儿。

亲爱的，我多想告诉你，所谓缘分，不过只是借口和托词，别管那些阴差阳错是非曲直，只要你有那么一丁点儿爱我，我都在原地一动不动地等你。

一直。

第三十一章　哥们儿，就咱俩了

跑了几天，开台球厅的地儿总算定下来了，是大朋让开房屋中介的表哥给找的，在庄胜崇光后身一个胡同里，豁大一个地下一层，一千二百多平米，租金也还算公道。大朋和六子跑了不少腿，都知道胖子现在混得好，算是对他马首是瞻了。

胖子还是开着那辆破捷达上班，欧阳野现在是尤佳的专职司机和保姆，基本天天候在尤佳身边静待差遣，尽管怨气冲天，却也无可奈何。

台球厅一租下来就是装修的事儿了，胖子说轩儿你辞职吧，这球厅就是给哥儿几个开的，以后你来管。

我觉得也是个好事儿，回去跟我二姐商量了，二姐就说了一句："你好自为之。"

这天尤佳接了个电话，说是姐们儿在一家夜店过生日，胖子因为晚上约了人在东方玩牌，就让欧阳野送她去一趟。欧阳野回来的时候我正在看胖子斗地主，他神神秘秘冲我挤了下眼睛示意出去说话。

走到大堂，欧阳野一脸神秘地把手机递给我说终于逮着丫的了，我接过来一看，屏幕上是一张照片，我翻了翻，那时候还都在用NOKIA，虽然不太清楚，但能看出是尤佳和一个高高帅帅的男孩儿在拥抱。

欧阳野满脸都是抓住尤佳小辫子的兴奋，我把手机还给他，"欧阳别闹，这真不算什么证据，两口子床头打床尾和，你告诉胖子了胖子当时会生气，可回头尤佳一哄两人就好了，你还招人恨。"

"我没闹啊，你知道这是哪儿嘛？这可是一鸭店，跟她抱一块儿的可是个小鸭子，胖子那小心眼儿你还不知道，他能受得了这气？我他妈天天跟碎催似的被那小婊子支使来支使去，今儿怎么也得出出心里这口恶气！再说了，哥们儿之间这种事儿总得提个醒儿吧？要不多不仗义啊。"

"你可想好了，捉贼拿赃，捉奸在床，离近点儿说个话抱一下这真都不叫个事儿，可千万别因小失大，再因为个女人把这么多年的哥们儿情义给伤了。"

"噢，我惦记着哥们儿情义，丫胖子惦没惦记？言言都他妈跟我分手了你知道吗？为什么？因为我他妈的天天陪着尤佳没时间陪我媳妇儿！"欧阳野义愤填膺地挥舞着手臂，我递给他一支烟，劝他消消气，不是我护着尤佳，而是单凭这几张照片真的不足以让胖子把尤佳休了。

"能让这小婊子收敛点儿也行啊，别他妈天天骑在老子脖子上拉屎！咱跟胖子都这么多年了，丫总不能因为个妞儿跟我掰了吧？"

"可多少男人是因为女人打起来的？红颜祸水，反正你要问我我真就不赞成你告诉胖子。"

"行了轩儿，我心里有数。"欧阳野气哼哼地撂下一句，头也不回地走了。

因为约了明天一早装修队进场，我就进去打了个招呼准备撤，临走前又意味深长地看了欧阳野一眼，心想他那么机灵的人应该不会把照片的事儿抖搂出来。

第二天胖子下班约我在台球厅见，他把蒙迪欧的车钥匙塞给我，然后撩起毛衣，我一看好嘛后背一道一道全是血印子。

欧阳野最终还是告诉了胖子，他当时脑袋一懵连牌都没打完就回了家，尤佳一看照片也急了，说姐们儿过个生日我有权利挑地儿吗？到的时候就一屋子男孩儿，我又不懂，谁知道什么鸭店不鸭店的？还以为都是姐们儿的朋友呢，临走人家非要送我到门口，要电话号码我都没给，最后说抱一个再走吧，没等我答应呢就抱过来了，本来还想亲我一口呢我给推开了，欧阳旁边猫着拍别人抱我的，那我把人推开的照片他怎么不拍呢？他到底安的是什么心？他就见不得咱俩好是不是？

胖子本来也舍不得尤佳，一时间被抢白得哑口无言，尤佳占了上风兀自不依不饶，在胖子跟桌面差不多大的后背上又抓又挠，哭哭泣泣地要他马上把欧阳野叫回来当面理论，胖子好哄歹哄了一宿好不容易才消停下来，早上晕乎乎去上班，路上给欧阳野打电话说哥们儿这事儿你真太难为我了，等我下班接上你咱俩再聊。

胖子最后决定让欧阳野去盯台球厅装修的事儿，暂时就别跟尤佳见面了，过段时间等台球厅装修完了再说，这丫头虽然脾气不好但忘性大，说不准气消了就没事儿了。

欧阳野登时就恼了，拧着眉毛说胖子这么多年我有没有办过什么对不起哥们儿的事儿？我给你看照片也是好心，怕那小丫头片子给你戴绿帽子，这是亲眼所见又不是杜撰出来的，你怎么能为了这么个玩意儿连十几年的哥们儿都不要了呢？你俩才在一块几个月？朋友是一辈子的好吗？

胖子又翻来覆去地说了几遍车轱辘话，后来也有点儿不耐烦，说得得，你说吧，你说怎么着？反正我呢喜欢佳佳，起码现在不想跟她分开，我也知道你俩相互都不待见，那你想我怎么办？

"唉，我也服了，"欧阳野叹口气说，"我这段时间天天当司机当保姆也没个囫囵时间，连言言都跟我分手了，你先给我放放假，让我先歇段日子，反正哥们儿这么多年了，咱谁也不能为了这点事儿就掰了。"

胖子点点头，伸手从包里取了三捆人民币递给欧阳，说那你先歇几天，歇完了我这边儿等你。

欧阳野接过钱来皱了下眉头，气呼呼地打开车门走了。

胖子问我："欧阳是不是嫌三万太少了？"

我心想真有这可能，耸耸肩没接茬儿。

"他给你打电话了吗？"胖子又问。

我又耸耸肩，胖子一拳打过来，说你丫有病，还他妈的学会耸肩膀了。

当着胖子的面儿我给欧阳野打电话，免不了听他长篇大论连骂带牢骚，我"嗯嗯哼哼"地附和着怕胖子听见，最后我问他打算歇到什么时候，他说看心情吧，就挂了电话。

胖子在旁边关心地问："欧阳丫的是不是还生气呢？"

"多大点事儿，都不至于的，过几天再说吧。"

因为装修要跑来跑去，胖子把捷达给我开，蒙迪欧给了六子，暂时让他开着接送尤佳什么的，六子脾气好，尤佳跟他不熟悉，倒也没听说为难他。

日子过得飞快，转眼进了腊月，尤佳如愿开上了MINI COOPER，台球厅装修完毕，胖子赌球的好运依然在持续，东方地下重装之后改成SPA了想打牌只能去六楼，宁夏打电话说在深圳一切都好如果过年忙就不回北京了，欧阳野的手机号停机了，因为忙着台球厅开业我们也就没去他家找他。

第三十二章　希望

台球厅开业剪彩的那天牌局里的人差不多来全了，月倾城穿了一件黑色的薄羽绒外套，高筒长靴，头发微卷，挡不住的万种风情。

剪完彩胖子请大家在旁边的酒楼吃饭，来的人基本上都办了张卡，算是挺给面子。

台球厅24小时营业，胖子给了我25%的股份，由我来经营，他冲我挤挤眼，"我可就当个甩手掌柜了……佳佳要问你就说自己也出资了，女人事儿太多，懒得跟她解释。"

2005年初宣武的台球厅都不贵，十来块钱一小时，加上六个棋牌室的营业额，就算是连轴转，一天的流水也不超过五六千块钱，再抛掉人工、水电等成本，实际上一个月下来的最好净利润也就是十万出头，但我真的特开心，起码这算我有生以来的第一份正儿八经的事业。

大朋和六子也在台球厅上班，一个当日班经理，一个当夜班经理。

这期间胖子赌球在其中一家小庄输了二十五万，就用蒙迪欧抵了球账，然后把捷达给我开，自己去买了辆POLO回来，当时好多人还嘻嘻哈哈问他说这么有钱买个POLO干吗，胖子也不搭理，哈哈一笑说："乐意！"

为了上班方便，我打算把左家庄租的房子退了搬回大杂院住，胖子说你别回你奶奶家住了，楼房住习惯了回大杂院也别扭，再说你天天来去的没个点儿，时间长了老人看着也烦。然后他打了两个电话，回头跟我说："行了，我三姨在椿树园有个小两居正要往外租呢，你干脆搬过去住吧。"

"那租金我是直接给三姨？"

"你甭管了。"

搬家的前一天晚上10点来钟，我接到了月倾城打来的电话。

她在电话里说："饿了，请我吃东西吧。"

依然在宵云路的鹿港小镇。

她的长发剪短了，在肩头和耳垂之间的秀发顺滑而光泽，我不由自主地吸着鼻子寻找发香，月儿被我的模样逗得"扑哧"一笑，我这才注意到即使是涂了淡淡的眼影，她的眼睛还是依稀能看出哭过的痕迹。

"怎么了？"我不由去握了她放在桌子上的手，关切地问。

她摇摇头，话还没说出来眼泪就开始打转，接着小嘴一扁，潸然泪下。

我心里一疼，赶紧坐过去揽过她的肩膀，她顺从地把头埋在我怀里，头发散在我胸前，肩头微微耸动。

她在我怀里哭了半天，再扬起脸来时还是梨花带雨，我问了几遍，她只是摇头也不吱声，急得我没着没落的。

这时三个菜都上齐了，看她软软地倚在我怀里丝毫没有动筷子的意思，我便把桌上的白水拿到她唇边喂她喝了一口，然后叫服务员把尚未动过的菜全部打包，又叫了两盒米饭，结了账，这才半搂半抱地扶着她出了门。

我把自己的车扔在路边，从她包里找了车钥匙送她回家，她像哑了一样一言不发，我也没敢问。

到了家门口，见她并没有撵我走的意思，我的心竟然在她哭了那么久之后没心没肺地狂喜了一下。

我帮她拿来拖鞋、脱去外套，又牵着她的手在沙发上坐下，转身去倒了杯水放在跟前，然后把她揽在怀里，一动都不敢动。

我闭上眼睛，忽然觉得现在的一切恍如梦境。

谁要是现在敢把我从梦里弄醒，我一定跟丫拼命。

"我不想在文化站待了。"许久，她突然没头没脑地说了一句。

我一时不知道怎么接话才是对的，只是吻了吻她的额头没有作声，她抬起头看我一眼，索性转了转身子把脚抬起来放在沙发上，头枕在我腿上。

我抚摸着她的头发，就这么静静地陪着她。

不知过了多久，我轻声问她饿不饿，看她没有吭声，就从身后拿了个靠垫放在她的脑袋下面，拎着刚打包回来的饭菜去厨房了。

待我回到客厅，月儿已经把电视打开，换了家居服，看上去似乎心情也好了些。

电视屏幕上是DVD版的《老友记》，我把饭菜摆上，她坐起来说了声"谢谢"，边吃边看电视，看了一会儿随着剧情笑起来，我忍不住捏起她的下巴在她嘴唇上轻轻一吻，说："就是，笑起来多美。"

把吃完的饭菜收拾完毕，我回到沙发上继续揽着她看电视，心想毕竟她是别人的女朋友，也不知道今天能不能待到天亮。于是环顾了一下目之所及之处，却没有发现有男人在此居住的任何迹象。时针已经指向半夜一点，本想问问她要不要去卧室躺着看，又怕她会撵我走。

月儿似乎看透了我的心思，站起身来走向洗手间，回来时把一柄没打开包装的牙刷递给我。

我欣喜若狂，一切竟然开始得如此突然和自然，几个小时以前我还在收拾搬家行李的时候抱着一瓶柠檬味儿的洗发水发呆，现在居然可以在她身边陪到天亮。

世上究竟有多少人，幸运到能够得到自己真心想要的那一个？

北京风云十二年

第三十三章　相爱其实如此简单

我跑进洗手间里里外外把牙刷了好几遍，又尽量轻手轻脚地洗了个澡，我的心狂跳不已，以至于擦干身体之后才发现连花洒都忘了关。

我站在镜子前定了定神，出来时客厅的灯已经关了，于是循着光亮走进卧室。

电视里依然放着《老友记》，床头只开着一盏橘色的台灯，在暧昧的光线下，月儿紧紧抱着被子，雪白的肩膀和锁骨露在外面，双颊绯红，明亮的双眸盯着电视一眨不眨，对于我的到来似乎全然无视，但我分明听到了她轻微娇柔的喘息。

我在她身旁躺下，俯身轻吻她的脸颊，同时手从被子里伸过去，掀起丝滑的吊带睡衣，触到她同样丝滑的皮肤。我的欲望被瞬间点燃，火苗子扑扑拉拉烧得全身燥热，我吻过她的双唇、脖子、耳垂、肩膀……她的曲线如此完美，完美到我愿意吻遍她的每一寸肌肤，更愿意此生为她赴汤蹈火、俯首称臣。

生平第一次，我把前奏搞得如此细致甚至漫长，如同在欣赏和把玩一件精美的艺术品，从头到尾，连一丝一毫都不愿意放过。

月儿回应着我，从矜持到热烈，她的舌尖醇香迷醉，皮肤柔滑如缎，喘息性感撩人，她双手紧紧箍住我的后背款动腰肢，不时用牙齿轻咬我的肩膀，我在她越来越炽烈的呻吟声中越战越勇，周身的快感遍布到每个毛孔，畅快淋漓！

激情之后，我依旧搂着她不肯撒手，"月儿，我是真的喜欢你，从第一眼看见你开始……我想跟你在一起。"

她看着我也不回答，满眼全是笑意，回吻我一下，翻身下床，披了件衣服去洗澡了。

我去客厅点了支烟，站在窗边上回味刚才的酣战，心里揣摩着她对我刚才表现的满意度，想着想着下身就又有了反应，我推开洗手间的门，看见她洗完澡正从淋浴房出来，完美的胴体在明亮的灯光下一览无余，我上前搂住她听她娇嗔地说了句"讨厌，刚洗完"，不容她再说一个字，我一把把她抱上了洗手台……

等我们双双筋疲力尽地躺回床上时，时针已经指到了3点，我说睡吧亲爱的，我明天一早还要搬家呢，她点点头关了灯，我在她身后抱着一把温香软玉，满足地进入了梦乡。

醒来已过9点，见月儿还在睡着，也不忍心吵醒她，我悄悄下床去厨房煎了俩鸡蛋，又仔仔细细地把面包四个边儿切掉，把火腿片夹在里面，还找了点草莓酱在上头抹了颗红色心形，然后把盘子放在她床头，找了纸跟笔写道：乖月儿起来吃饭，吃完以后别忘了赶紧给天底下又帅又疼人活儿又好的男人打电话。末了在右下角画了两只依偎在一起的小兔子。

我轻轻吻了一下她的小脸儿，踮着脚走出了卧室。

走到客厅想了想，我又拿过纸笔写道：请放弃掉不给我打电话的念头，因为我刚才在面包里洒下了痴情粉，如果你今天不联系我的话，你会失去今生最爱你的人。

最后我在她家座机上压了一张纸条，画了一颗被箭射中的心，又画了一个手机，手机屏幕上写上我的电话号码。

门后还贴了一个：出门前给小轩打电话了吗？

我环顾了一下四周，又轻手轻脚回到卧室门口看她睡得香甜，心里一笑，这才恋恋不舍地离开。

北京的冬天那时候还没有雾霾，阳光被凛冽的北风吹散了，我在这个寒冷而萧索的腊月里浑身充满了澎湃的激情，连车都没打，一溜小跑从三元桥跑回了左家庄。

因为没家具也就没叫搬家公司，我到家没五分钟大朋也到了，我俩把东西搬上一辆金杯，开到椿树园小区都归置完还不到晌午，我一直在看手机，12点的时候实在是有点儿绷不住了，努力回忆着昨天是不是有什么让她感到丝毫讨厌的地方，心想自己也够二的，搬家重要女神重要？怎么就不能等她醒了给个痛快话再走呢？或者刚才走的时候就应该狠狠亲她一口把她弄醒，现在这么干等着万一人家就不搭理我了呢？

大朋说哥你别来回晃了，晃得我眼都晕了，东西咱也归置差不多了，吃点东西去吧？

我摆摆手说来前吃了，你回台球厅盯着吧，我先歇会儿，一会儿都拾掇利落了我再去。

等大朋走了我又在屋里继续转磨，心里一阵一阵发毛，攥着手机也不敢放下，打了个电话给大朋，刚拨通就挂断了，等他打回来告诉他不小心拨错了，心想手机没坏也有信号呀，月儿你怎么就不给我打一个呢？

正犯神经病呢电话响了，一看果然是月儿，心下重重地舒了口气。

"醒了亲爱的？"我问。

电话里传来她调皮的笑声，"是呀，我可不敢不给你打电话，你这左一张纸条儿右一张纸条儿的……我一个本子都快被你撕没啦……"

"哈哈哈，吃了吗？"

"嗯，刚醒，吃过爱心早餐啦。谢谢。"

"乖……好想你。"

"嗯……Me Too。"

"月儿，我能去找你么？搬完家了。"

"你不去台球厅啊？"

"有大朋和六子盯着呢，我不去也没什么事儿。"

"晚一点吧，我今天得去店里收款，等完事儿了给你打电话。"

"我今天肯定能见到你吧？"

"傻瓜……能，把心放肚子里吧。"

挂了电话，我美滋滋地又发了半天呆，满脑子都是月儿的倩影，东西收拾半天也没弄利落，索性关了家门去台球厅。

接下来的这半天我完全处于一种魂不守舍的状态，5点多好不容易挨到她来电话，于是胡乱跟大朋交代了两句就走了。

我提议去宵云路的浮士德吃法餐，月儿电话里笑嘻嘻地说："这么浪漫呀……"

"亲爱的，在碰上你之前，我的字典只有一个'浪'字，现在有了你，全了……"

月儿今天穿了一件水红色的系腰短大衣，脚蹬黑色高跟小短靴，淡施脂粉，轻扫娥眉，娉娉婷婷地向我走来，这一刻就是拿个金山银山钻石山我也不会换。

她轻啜一口红酒，压低了声音说："其实说真的，这个，"她扬了扬手中的杯子，"还不如咱家那十块钱一瓶的野葡萄汁好喝呢！"说罢她调皮地冲我挤了一下眼睛。

我开心地笑起来，心中对那一句"咱家"很是受用。

"月儿，你……我特想问又怕你生气……你男朋友呢？你不是说交男朋友了吗？现在怎么样？"这话我都憋了好几天了，就算是死也死个明白吧。

我赌球输了三十万之后就换了号码，月儿从香港回来也确实给我打过电话，后来又出了诈金花进拘留所那档子事儿，每次别人议论起这事儿，月儿都躲到一边尽力把这些信息从脑海中自动屏蔽掉，那段日子她在潜意识里其实是想忘掉我的。

2004年8月底，月儿去看了富力城的房，均价不到9000，精装，三居145平米总价127万，首付38万，月儿越看越喜欢，回家拿计算器算了半天又给父母打了个电话第二天去交了订金。然后四处问朋友有没有认识开发商的，最后周奕找朋友辗转托到一个叫吕明的人，他是搞房地产开发的，看上去三十八九岁，举止儒雅、相貌不俗，吕明见到月儿眼前一亮，第三次见面的时候突然在咖啡厅握着她的手说："倾城，我太喜欢你了，真的太喜欢了，如果你愿意，这房子我送给你。"月儿抽出手说不用不用，你帮我打个折就可以了，吕明说自己去年刚离的婚，有个两岁的儿子，希望正式和月儿交往。

"你喜欢他吗？"我忍不住插嘴问道。

"还好，他对人特好又细心，我还对英子说了这事儿，因为是朋友的朋友也不太好让周奕去了解，在当时看来是个不错的选择。"

月儿还是执意自己交了首付，不够的从父母那儿要了一点儿，本来想把凤凰城的房子卖了的，但因为富力城是期房，所以想等两年住进去了再卖。

交往了没多久，吕明送给月儿一辆RAV4。

似乎一切都很完美，月儿渐渐习惯了吕明的陪伴，英子几个好朋友也都见过吕明，觉得除了岁数大了点儿都挺般配。

吕明每天都很忙，也从不在月儿家过夜，他说一来应酬太多，二来家里孩子小需要陪伴，对此月儿表示理解，不深究也不苛求。

恋爱谈了有两个多月，英子忽然来电话说听说吕明有老婆，周奕刚打听到的，月儿当时傻了，把吕明叫来求证，三哭两诈的吕明也就承认了，说自己实在是太喜欢月儿了，也是无奈才隐瞒的，只要月儿愿意，他会慢慢来说服自己的老婆离婚。

月儿说不可能，就算我再爱你也不可能去拆散别人的家庭，我作不了那个孽。分手吧。

吕明死活不同意，说你要什么我都给你买。

月儿说你有病吧，什么都可以买吗？于是就把车钥匙往他面前一扔，头也不回地就往外走。

吕明追出来一把抱住她，说即使分手了车子也是你的，你今天先冷静冷静，我们过两天再聊。

之后又扯了好多天，车钥匙也来来回回推了好几次，吕明自然是想尽各种办法挽留，但月儿心里明白，自己根本过不了去破坏别人家庭这道坎儿。

正剪不断理还乱的时候单位主任通知月儿去一趟，到了才知道吕明的老婆带了两个人到站里闹了一通，"狐狸精""贱货"什么的骂得不亦乐乎，单位的人好不容易才把人劝走。

站长对这事儿虽然没怎么评判，但月儿却觉得如芒针在背，生生的疼。

她给吕明打电话，电话是他老婆接的，月儿刚"喂"了一声就被骂了个狗血淋头。

她心里受了委屈又不敢跟父母说，英子和周奕又刚刚出国去旅游了，于是就把我约了出来。

我心里暗爽，除了看她梨花带雨的轻泣确实让人心疼之外，更多的是感觉老天爷真是在拯救我，我有了正经工作，现在又得到了女神的垂青，虽然她还没答应正式做我女朋友，但昨天毕竟也已经以身相许。

我离开座位拉了把椅子在她身边坐下，"亲爱的，不管怎么样，你还有我。只要你愿意，我永远在你身边。"

世事无法占卜，峰回路转，命运之神是如此眷顾于我。

否极泰来，我在花光所有的运气之后，终于收获了梦寐以求的爱情。

第三十四章　我信你因为你是我哥们儿

我开启了一生中最美丽的恋爱时光，浑身上下充满了自信和活力，连脚步都变得无比轻松。刚开始的几天我恨不得寸步不离地待在她身边，心底里特想向全世界炫耀这段恋情，但又害怕月儿不同意，加上没几天就过春节了，我也就强忍着没往外张扬。

腊月二十五，我把月儿送到机场，路上我一直牵着她的手，这破捷达还是个手动挡，害得我忙活了整整一路。

在机场我抱了她好久好久，她最后笑着问："有完没完？还让不让人走了。"

"月儿，我害怕你回家不想我，再回北京不要我了。你能不能给我立个字据什么的？"

"神经。"她笑着吻我一下，"这么没自信吗？"

"对别人都有，对你没有。"

这辈子我第一次在公众场合和女孩子旁若无人地接吻，恋爱就是这么让人迷醉和痴狂。

之后我们每天都通无数个电话，有空就在电脑上视频聊天，两两相思的感觉甜蜜又无奈，我还得时刻强摁住买张机票就飞过去的百般冲动，恐怕这种牵肠挂肚的虐心劲儿也只有相爱的人才能体会。

还有三天就过年了。

晚饭时我和大朋去旁边吃完羊蝎子，回来时看见一个熟悉的身影蹲在台球厅门口，竟是欧阳野。

一见到我他便慢慢从地上站起来，我让大朋先进去，从口袋里掏出烟来递给他一支，欧阳野接过来点了，问我胖子在不在。

我说你没给他打电话吗？尤佳今天回东北他下完班要去送机，要过来也得是晚上了。

"胖子和尤佳好吗？"

"挺稳定的。"

"轩哥，我完了。"

"啊？什么意思？"

"我他妈的也输光腚了。"

"你玩什么了？"

"球。"

"多少？"

"三十万。"

我沉思着不知如何接茬儿，他说你帮我给胖子打个电话吧，也就他能救得了我，去年他不是也救了你吗？

我远远看着胖子和欧阳野进了一间棋牌室，约莫有两支烟的工夫一并出来，胖子走过来对我说："妈的宁夏这孙子都快过年了也不回来，要不咱四个双打好好地切几局多美。"

说着给宁夏打电话，谁知转到全球呼了，我说得了，切你随时，不用谁来，说罢招手把六子叫过来和我一组。

我们几个打台球一直打到快12点，胖子问老诚一锅是24小时吗？这点儿不知道还有没有吃的。我说去你大爷的我晚饭刚吃完羊蝎子，你闻不见我身上的膻味儿吗还吃这口儿？

于是开车出去找了家拉面馆，连汤带水喝了，欧阳野那天话出奇的少，胖子也什么都没提，只是嘻嘻哈哈东一句西一句地扯着闲篇儿。

我问欧阳野有什么打算，他说家里人给找了个工作，文化公司做宣传，过完年就去上班。

气氛凝固下来，胖子说明天晚上去夜总会溜达一圈儿啊？别去金玉年华，别去钻石人间……末了又说了一句："靠，那他妈也没什么好地儿去了吧？"

我说你丫也不怕尤佳知道再打翻了醋坛子。"你丫懂个屁，"胖子说，"这有媳妇在身边和没媳妇在身边真不一样，我怎么忽然觉得特放松呢？好像她不在北京的这段时间咱要是不出去要要就好像亏了似的。"

"估计小姐们也都回家了，没什么地儿去。"欧阳野说。

宁夏这时回了个电话，背景是轰鸣的迪厅音乐，他在电话里大声说在深圳呢，本来想年三十回去的，但是买不到票，明天再去试试。

吃完宵夜我把欧阳野送回家，路上问他胖子怎么说，他低着头说胖子是个好人。

我问他要不要回来帮胖子？

他说还回来干吗？你们现在也不缺人手，这不台球厅开得挺好的吗？我要是天天跟着他难免又得见尤佳那丫头片子，过完年去上班得了。"这台球厅胖子是不是给了你干股？"末了他问我。

我犹豫了一下，只说现在让我管着呢，这不也开了没多久嘛，没说怎么着。

他若有所思地点点头，没再搭话。

回到家胖子打电话说轩儿你明天一大早7点来我家一趟。我说反正现在家里就你一人儿我去找你得了，省得明天起不来。

胖子给了我一个大纸袋，我看了一眼，知道是三十万现金。

"明天你给欧阳打个电话，让他去球厅取一趟也行还是怎的……反正你们约吧。"

"欧阳电话都停机了……"

"还是那号码，又开了。"

"这事儿……"

"我知道你想什么，我也想到了，但甭管他了，真的假的都好，本来他和宁夏要都在的话台球厅也准备给他们点儿干股呢……初中同学，算起来也十年了，他没输这些钱最好，自己能落下，如果输了的话……那我就更得帮他了。"

几句话把我说得哑口无言，本来对欧阳野输钱的事儿心存疑虑，因为聊了几句也没见他说细节，对于庄家能给他三十万的额度更是怀疑，但既然胖子心里能看这么清楚我也就没什么可担心的了。

第二天我用报纸把钱包严实让欧阳野到台球厅来拿，他拎到手里掂了掂，又把报纸撕开一角摸了半天，由于摸不到下面几捆干脆把袋子放在地上，整个人蹲下来，脑袋都快扎到里面去了，我静静地看着他，心里冷笑一声，拿了根杆儿去旁边的台子上练球去了。

欧阳野数完钱，走过来嘴角一咧，"谢谢轩哥。"

"别谢我，谢胖子。"

"得，那我走了，那边儿等我结账呢。"

我点点头，抬眼看他向门口走去，沉重的三十万让他右肩略微倾斜，瘦弱的身影越来越远。

也许，他从来就没有跟我们走近过。

过年了，终于。

这一年，我们四个的生活都发生了太多变化。

我输钱、进看守所、和江玲玲分手、爱上了月倾城；胖子母亲去世、赌球赢了个钵满盆盈且"小赌神"的名声横空鹊起、正经谈起了恋爱；欧阳野辞了工作、年底又自称输光了腚；宁夏风光了两天却差点惹祸上身不得不远走他乡……

不管怎样，好歹挨过去了！

我下意识地以为，只要过了这一年，一切都会越来越美、越来越好，却不知道，冥冥尘世中，一切都是有因果的。

2004年，我们在心中已经种下了太多的种子，当连锁反应一步一步毫无征兆地成为现实，没有任何人有能力来阻止结果的发生。

第三十五章　引以为豪的爱情

大年初一一过，台球厅天天爆满，特别是那几个棋牌室，几乎24小时没有闲着的时候，有时提前预订都没有房间。

我给以前那帮打牌的人长期留了个固定包间，英子是独生女，早就把父母都接过来安家落户了，所以天天跟着周奕一起来玩牌。她每次来我都觉得倍儿亲切，特想告诉她我是月儿的男朋友。

何止是告诉英子，其实我是想告诉全世界。

大年初二宁夏才回到北京，跟我和胖子喝了几场酒，又来台球厅打了几回牌，胖子说台球厅也开起来了，你留在北京得了，红姐可以不联系嘛。宁夏说不待了，深圳过得更自由，气候还好。

欧阳野彻底从我们的生活中消失了，再也没有出现过。胖子偶尔提起一句也突然把话头打住，我看他不经意地叹口气，知道胖子这人虽然嘴上没个正经，却是极重情义的一主儿。

月儿初八回了北京，接下来一个星期我借口陪家人都没去上班，连她去单位辞职都在门口等着，只要她不撵我，我就是一块狗皮膏药，她走到哪儿我跟到哪儿。

有两天我们俩就在家里躺着，做爱、看电视、做爱、吃饭、做爱、聊天……我就是那时候学会的做菜，什么红烧排骨、葱爆羊肉、麻婆豆腐、宫保鸡丁……甚至还学会了做寿司和蛋糕。

我主勺的时候月儿就在旁边打下手，她喜欢听我唱歌，但我这人天生记不住歌词，一忘就胡编乱造，经常被月儿笑着追打，还把菜啊肉啊面粉啊弄得满厨房都是……

胖子后来打电话问我怎么这些日子都没见人？你丫是不是谈恋爱去了？我支支吾吾的不知道如何作答，看了一眼月儿，她嫣然一笑，冲我点点头，我心中大喜，冲电话里"嗯"了一声。

"靠，你丫怎么回事？真谈恋爱去了？谁呀？什么时候的事儿啊？你丫怎么也不说一声？还瞒上我了？什么时候我能见见啊？"胖子连珠炮一样发问。

"刚没两天……你也别那么好奇了，这么着，她刚回北京，回头等尤佳也回来了一起吃饭吧。"

"尤佳明天就回来！"

"那我问问她……"

"瞅你丫那点儿出息，还问问，做不了主啊……明天啊，晚饭！得，你这两天干脆也别来了，继续啊继续嘿嘿嘿……"

放下电话，我问月儿明天行不行，她把头埋在我怀里撒娇，"哎哟，怎么那么别扭呢，你们一直都管我叫'姐'呢，这见面多不好意思。"

"月姐月姐月姐……"我笑着，一把抱起她来扔到沙发上，"法律也没规定不让跟比自己岁数大的妞儿谈恋爱呀。"

"讨厌你，讨厌，谁是你的妞儿啊……"

"就你，你是我媳妇儿……叫老公！"我把手伸进她衣服里，"乖，叫老公。"

"老……公……"她轻启朱唇，回吻着我……

那天，锅里的排骨糊了，焦乎乎地粘了一锅底，最后连锅都一起扔了。

月儿给英子打电话，因为英子是她最好的闺蜜，就算要公布我们的关系英子也应该是第一个知道的。

她本来是躺在我怀里打的电话，但刚说两句就下了床，出卧室的时候还顺道带上了房门，我心里有点不痛快，估计是英子说了什么不赞成的话吧。

其实这倒能理解，我欠过周奕的钱又进过看守所，还比月儿小两岁，而月儿有着惊人的美貌，从小养尊处优惯了，又是个小富婆，有房有车还有店，她随手一抓就能抓个比我好一万倍的男朋友……

想着想着我不免有些担忧，怕月儿听了英子的劝再转过弯来，于是赶紧走出房间，听见月儿说"嗯嗯，知道啦……我心里有数……好好……嗯嗯，放心宝贝放心……"

我端了杯水递给她说:"谢谢你亲爱的,谢谢。"

"傻瓜——"她拖了长音,伸手抱住我的脖子,"老公,我明天穿什么好?"

这一声"老公"叫得我心花怒放,"穿什么都行亲爱的,什么衣服到你身上都好看!唉,可惜别人看不着你不穿衣服的样子,那才叫一个美……"

"去你的!贫吧你就……"

当天月儿提前三个小时就开始化妆试衣服。

女人真是神奇的动物,她们怎么可以这么不厌其烦地去重复做同一件事情呢?

晚饭约在了虎坊桥晋阳饭庄,离台球厅不远,那时候晋阳饭庄装修还算不错,香酥鸭是一绝,月儿又是山西人。

一上二楼就看见胖子和尤佳在离楼梯不远的地方坐着,我拉着月儿的手走过去,他俩先是一愣,尤佳更是张大了嘴巴,然后两人一前一后站起来,异口同声地叫了句"月姐"。

月儿面色微红,不好意思地坐下,大家都不知道如何开场。趁月儿去洗手间的空儿胖子调侃道:"你小子行啊,什么时候的事儿啊也不说一声?连月姐都能收了?你丫这本事真不小啊!"

"就是轩哥,怎么都没听你透露一句半句的?我老公还是你最好的哥们儿呢,这也太不够意思了吧?"尤佳在一旁煽风点火。

"刚好,真的刚好没几天。"

"柠檬味儿哈哈哈……你们是不是那时候就搞到一块儿去了?"

"没有没有没有,那时候就我一厢情愿来着。"

"好了归好了,你拿到住?"胖子问我。

"拿住拿不住的一步一步来呗。"

"轩哥你也算落着了,月姐是不是挺有钱的?你……"尤佳还想说什么,被胖子碰了下胳膊生生咽回去,我被戳中了痛处,眉头一皱,端起水杯喝了一大口。

回家路上月儿问我他们是不是不太喜欢我和你在一起?我说怎么可能呢?就

是叫习惯"姐"了，这突然改成哥们儿媳妇可能有点适应不过来。

"那你怎么看着不太开心？"

"没什么……就是……"

"怎么了？"

"月儿我是不是配不上你？"

"神经，他们这么说了？"

"没有，但我这么觉得，好像大家都觉得我配不上你。"

"你跟大家谈恋爱呀？我愿意不就行了吗？"

"嗯嗯，那你搬过来住吧亲爱的，"我央求道，"凤凰城的房子你要是不急着卖也可以租出去，反正这边儿是胖子三姨的房也不用花钱。我就想……每天早上一睁眼就看见你。"

"也太快了吧？咱俩才好几天？"

"这不是都公布了吗？其实挺久的啦，我从第一眼看见你的时候就在想这一天了……"

"你呀，嘴巴上抹蜜啦，甜得要命。"

"抹了，你尝尝……"我一边看着前边的路一边伸嘴过去。

"哎呀，危险！"月儿叫着，在我耳侧轻轻一吻。

"那你答不答应嘛？"

"看你表现呗……"

台球厅一切都走上了正轨，生意算得上是那片儿最好的了，六子和大朋也算得心应手，我也轻松起来；周奕张总那帮人时去时不去，月儿和英子也都是事先约好才去；我们之前的四人帮少了俩人也玩不起来，胖子有时去打打台球玩玩牌起起哄，却也没碰上我几次……似乎春节一过以前的圈子瞬间就散了。

我每天带着月儿四处溜达，她最喜欢傍晚时分让我开车带她穿过故宫，绕护城河走一圈儿，北京的老城区柳芽儿吐翠，春色芳菲，尤其华灯初上时的夜色最美。

我带她去吃老北京的东西，什么卤煮啊、羊蝎子啊、炸灌肠啊、炒肝啊、焦圈儿啊、饸饹面啊、烧饼卷肘子啊……要吃这些东西一般都是老城区的小门脸儿，环境虽然糟糕，味道却是大馆子里做不出来的。那一年南横街还没改造，我第一次带她去"小肠陈"老店吃卤煮，脏兮兮的小店里也就放了七八张桌子，门口支了个大锅,连个像样的服务员都没有,当时月儿难掩满脸嫌弃的表情,迟迟不肯下筷,我心想完了完了,这指定是看不上啊。好不容易喂了她一口眼见她神色一变,赞不绝口,最后还加了俩底儿!

我知道她自小被父母和哥哥惯着、宠着,谈的男朋友也都挺讲究的,这些平民的东西她肯定没吃过。

我已经成功地把一个女神拉回到凡间,把她还原成一个热爱人间烟火的普通女子。

爱情如此伟大,我甚至已经在心里去规划我们共同的未来了。

第三十六章　亲爱的我也爱你

英子来找月儿，她用一双哭得红肿的眼睛扫视着我们普通而狭小的房间，目光里满是鄙夷，"你就住这儿啊月儿？"

我关了家门出来，半天心里都不痛快，就算她觉得我配不上月儿，但也不需要这么明显地来提醒吧。

晚上到家时月儿对我悄悄指了指另外一个房间的门，做了个噤声的动作，我关上门问她怎么回事儿，她吐了吐舌头，"上床告诉你。"

也是，卧室里除了偌大的一张双人床也没什么合适的地方坐了。

英子跟周奕在一起也好几年了，前段时间突然发现周奕经常莫名其妙地失踪。昨天晚上一连打了十几个电话也不按，英子就急了，开车去了周奕常去的几个地儿都没找到，后来到东方停车场转了一圈儿终于发现了他的车，于是跑到大堂用前台的电话给周奕拨了一个，周奕果真接了，英子问他在哪儿呢，周奕说我在家啊，英子说你放屁我刚从家出来的。周奕说你有病，我刚到家好吗？不信你回家看看！英子说那你的车怎么在东方？周奕说那是他妈的你眼睛花了！英子撂下电话就往家赶，回去一看果然周奕在家，然后就被周奕一顿骂说你丫是不是有病？英子心想难道自己真的迷糊了？坐在沙发上越想越不对劲儿，打电话到东方说你转一下周奕的房间，电话一通是个女孩子接的，英子问周奕呢？那女孩儿说你谁呀？英子说我是他老婆，女孩儿说你别不要脸了，你是他老婆我是谁？英子气得够呛，拿着电话从卫生间出来说周奕我×你大爷你他妈真能玩，和别的女人在东方开房，你丫就不能换一个我找不着的地儿吗？腿脚这么利落，我打个电话你就从东方出来了？你的车呢？车是不是还停在东方停车场呢？

那天晚上英子非要去东方找那女孩，周奕问你他妈到底要干吗？多大点事儿？我不就是泡个妞吗？我又没说分手！

英子说我们还没结婚呢你就在外头泡妞，那要是结了婚呢？你还不上天了！

周奕说你别逼逼，老子养着你呢，这么多年你花了老子多少钱？不是因为你我能离婚吗？你差不多得了。

……

这个架吵了将近二十个小时，不眠不休，车轱辘话说了一圈儿又一圈儿，中间那女孩儿还给周奕打了好几个电话，周奕居然每个电话都接，最后气得英子收拾了一下简单的行李就跑出来了。

"我把那房间都收拾利落了，换了新床单，她愿意住多久就住多久，我本来想跟她回凤凰城去住的，但她太累了，二十多个小时都没睡了，让她好好睡一觉吧。"月儿用手指甲轻轻划着我的手背，"你今天晚上可不许胡闹，不然这房间也不隔音。"

"那不行……我一天都不能放过你。"我笑着去吻她，她推开我说："别闹……你说你们男人，真够能扯的，还理直气壮地说英子眼花了……估计是边电话边下楼打了辆车，赶在英子头里回的家……英子刚开始还怀疑自己的智商呢……哎秦轩，你以后是不是也会这样啊？"

"那得看跟谁。"

"哟，心不小啊，还有跟别的女人的心呢。"

"是呀，除了你，谁都不值得我守她一辈子。也就你了。"

月儿满意地一笑，把头靠在我胸前，我关了灯，闻着她头发上若有若无的香味儿，手在她光滑的后背上摩挲着。

电话响了，在黑暗中一闪一闪，我抓过来一看不禁皱紧了眉头。

屏幕上显示的是"大美人"，我跟江玲玲分手之后虽断了联系，但她在我手机上的名字却忘了改过来。

我把电话一扔，说："不接了。"

"接呀，干吗不接？"月儿白了我一眼。

"亲爱的你可千万别为这个生我气，这是江玲玲，真是分得彻彻底底的了，这么久她都没给我打过电话，我也忘了把她名字改过来了……真是忘了，我现在就改现在就改。"

刚改了一半，江玲玲的电话又打进来，我的手指在电话按键上犹豫着，"不然我接一下行吗？别真的有什么事儿。"

"又没不让你接。"

我披件衣服走到客厅，想起英子在隔壁住着，于是走进卫生间关了门，坐在马桶上按下了接听键。

"老公……老公……我想你！"

"玲玲，你喝多了吧又？我是秦轩。"

"我他妈知道你是秦轩！王八蛋！你他妈为什么不要我了？！"

"玲玲，你喝多了，别闹好吗？"

"老公，我们和好吧，我想你……"

"玲玲，你这又是唱的哪一出？咱俩都分手这么久了，你有男朋友，我现在也有女朋友了，咱就别再搅和到一块儿了。"

"我×你大爷秦轩，什么叫搅和到一块儿？你和我在一起那么多年……你就知道赌就知道赌，你出事儿了我跑前跑后地忙活……可你现在不要我了……"

"又不是我提的分手好吗？"

"既然不是你提的，我现在要和好！和好！"

"我现在真的有女朋友了！"

"我知道，不就是那个跳舞的贱货吗？她有什么好的？她有我好看吗？一看就是个不要脸的东西！是不是她勾引的你？你俩上床的时候她他妈的是不是会一字马啊……"

"江玲玲！"

"去你妈的秦轩，我有本事把你从里面捞出来就有本事再把你弄进去你信不信？"

"你有完没完？"

"没完！你他妈现在来工体VICS接我，听见没有？不然你等着，你他妈给我等着，咱谁也别想好过……"她"嘭"的一声挂断了电话，气得我脸色铁青。

月儿在被窝里用两只大眼睛盯着我，也不发问。

"也不知道是谁把咱俩的事儿告诉江玲玲了，本来都不联系了……就喝多了……想起来打个电话问我一声。"

"真有礼貌，就问一声吗？"

"差不多吧……"

"到底说什么了?"

我坐下来,把江玲玲刚才的话学了一遍,月儿从床头拿过一支烟点上,"她吓唬你呢,中国是讲法治的,如果你罪过真那么大当初也出不来,放心,她没有把你捞出来的本事也没有把你再弄进去的本事。"

"我知道,我那事儿早就翻篇了。只是……"

"只是她这么一开头就会闹下去是吗?"

"对呀。我不怕别的,就怕她大半夜喝得醉醺醺的再出点什么事儿,不管怎么样,她没有对不起我的地方,毕竟是我欠她的。而且你不知道江玲玲那个人,一开了头就没完没了,不当面说清楚她以后会天天找事儿的。"

"行,"月儿跳下床,"我跟你一起去."

到了工体北门,我给江玲玲打电话没人接,我又给她闺蜜娟子打电话,果然在一块儿呢,我说我不进去了,车在门口呢。

过了一会儿,见娟子扶着醉醺醺的江玲玲出来。

"换车啦?"娟子打开副驾驶门想把江玲玲扶上车,却看见坐在上面的月儿,江玲玲一抬头也看见了她,两个女人对视了几秒钟,江玲玲猛地撇开娟子伸手去抓月儿的头发,月儿极力躲闪,整个人快躺到方向盘上去了,这时我从后面一把抱住江玲玲,她双手在月儿面前挥舞,嘴上不依不饶地骂着"婊子骚货"等各种脏话,无奈又挣不开我,于是反手在我脸上挠了几道,生疼。

周围逐渐聚拢了一些看热闹的人,我抓着江玲玲的手紧紧箍住她,月儿关上车门,挡住正准备扑过来的娟子,静静地看着这一切。

娟子见打不开车门又过来掰我的手,我大吼一声:"你跟我一边儿待着!"

渐渐地,江玲玲平静下来回过头大叫:"秦轩,我不管,我要你我就要你!你听见没有!"

"对不起,"我清楚而坚定地回答,"我们,真的结束了。"

"就是为了她吗? 就是为了这个臭婊子吗?"江玲玲用手指着车窗,再一次声嘶力竭。

"你说话客气点! 别骂骂咧咧的!"

"怎么? 心疼了? 你居然护着她!"

"江玲玲我告诉你,咱们是在一起有过开心的日子,但后来是你头也不回地走了。现在不管你接不接受,我爱她,就是这么简单。"

"你永远都不会回到我身边了吗?"

"对。"

"秦轩……"她在我怀里哭起来,我回头问娟子:"她男朋友呢?"

娟子看我一眼,"秦轩你是不是真的想好了?"

"对。你是她闺蜜,什么事儿你不知道?你还跟着裹乱,是谁要分手的你不清楚吗?"

"算了,你走吧,也甭送她了,她喝多了。"娟子叹口气,走过来搂住江玲玲,江玲玲依旧哭泣着,不过看起来平静了许多。

"谢谢,拜托了。有事儿再给我打电话吧。"我冲娟子感激地点点头,看热闹的那群闲人也就散了。

我把车开出去几十米在路边停下,借着路灯去看月儿的脸,"没抓着你吧?"

她摇摇头,从包里把湿纸巾掏出来,仔细地擦着我脸上的血道子,我抓住她的手,"亲爱的……"

"老公,"泪水在她眼圈儿里打转,"明天回凤凰城把我衣服什么的都搬过来吧,其实,我也,爱你。"

我用手指拭去她眼角的泪水,在她唇上深深一吻,"亲爱的,相信我,你永远都不可能超越我对你的爱。"

亲爱的,相信我,你永远都不可能超越我对你的爱。

——这句话我一直深深地记在心里,只是若干年后,在我一次又一次把她伤害得体无完肤之后,我多想还能有机会站在她面前把这句话再说一遍。

第三十七章　强扭的瓜

胖子给尤佳在双井附近买了一套两居室的商品房，现房，装修的事儿是我和大朋、六子跑的，尤佳老板娘一样端着架子问过几次，提出来的问题和设计方案让人哭笑不得，有几次我们面面相觑气得直翻白眼，但看在胖子的面子上也只好哼哼哈哈地点头。

"她爱说什么就让她说去，你们该怎么装就装你们的，啊。"胖子和我都是这么对装修队说的。

我基本没再玩牌，除了盯着尤佳房子装修的事儿，天天都和月儿粘在一起，尽情地享受着恋爱时光。

有一天胖子问我："江玲玲是不是找过你？"

"你怎么知道？"

"她跟我说了，其实小轩儿你有没有觉得玲玲更适合你？咱都是南城的……不是说月姐不好，就是她有点跟咱们不是一路人你明白吗？再者说玲玲可一直对你都挺好的，就算是她提的分手，不也是因为你出那事儿以后吗？她找过我说想和你和好，都这么多年了，你是不是也考虑一下？"

"胖子，别人说什么也就算了，你怎么也跟着搅和？"

"我搅和什么呀？你丫就是重色轻友，宁夏在深圳，欧阳又不跟咱们在一块儿了，你他妈的又天天只顾谈恋爱，我闷、闷知道吗？以前天天都在一块儿多好！你和玲玲好的时候咱也天天在一块儿啊。"

"你不是现在也有尤佳呢吗？"

"媳妇儿和哥们儿能一样吗？"

"那我也不能……台球厅我也一直在盯着呢，工作没耽误，尤佳的房子装修我也跑着呢，什么都没落……"

"行行行，你他妈就知道跟媳妇儿腻……真烦……告诉你一声，我三姨那房子该交房租了。"

"啊？"胖子从来没张嘴要过房租，我心想这是找邪茬儿呢，"好，多少钱，我明天给你。"

"×！"他扔下一个字，扭脸走了。

我跟胖子从小玩到大没红过脸，谁知道今天忽然来这么一出，我是欠他好多，但让我抛下月儿，恐怕这辈子都做不到。

第二天我打电话问胖子房租的事儿，他说回头再说吧就挂了电话。我晚上约他出来喝酒，他说就咱俩人，没意思。

忽然想起来一年前我们四个在一起疯玩的情景，青春飞扬、无所畏惧，心下叹了口长气。

成长，总会有伤痛吧。

五月份，胖子让我和六子、大朋都去办了护照，说是周奕认识的人邀请我们去韩国赌场玩。

"都不许带媳妇啊。"他说。

"那尤佳能同意吗？"

"她那偏远山区办个护照下来得半年，就是我想带她去也去不了啊。"

我回去跟月儿请示，她说英子和周奕刚分手心情特别不好，我正想过去陪她几天呢，你去你的。

这是我第一次出国，也是和月儿恋爱以来第一次小别，心情激动又不舍。

我是最后一个到机场的，除了我们四个，同去的还有周奕和张总，张总带的小女朋友我们之前玩牌时就见过，周奕带了一个以前香港的三线过气明星，拍过三级片的，看着岁数不小了，人挺漂亮，大胸大屁股，只是脸上的妆很浓，稍稍端着点明星的架子，只是礼貌地点了点头。

胖子他们去了头等舱休息室，我和大朋、六子是经济舱，上了飞机我给月儿发了个信息：我登机了。

她回：吾皇万岁万岁万万岁！

我忍不住笑起来，把信息给旁边的六子和大朋看了，他俩也笑，说轩嫂真逗。

起飞没一会儿我就睡着了，连飞机餐都没吃，六子和大朋也是第一次出国，又比我小几岁，兴奋得一直在聊天，我醒了以后问他们台球厅都安排好了吗？他们说就几天没问题，有前台盯着呢。

下了飞机，胖子来电话说出了海关咱们到门口集合，赌场会派人来接。

远远看见机场门口胖子一行五人，旁边还站了两个高个子女孩，其中一个身影甚是熟悉。

我心里咯噔一下，难道是她？

果然是江玲玲。

居然是江玲玲。

我咬着牙瞪了一眼胖子，他肯定是为了撮合我们复合把江玲玲叫来的，难道他就那么不喜欢我和月儿在一起吗？

胖子冲我"嘿嘿"一笑，也不解释，回过身去继续跟张总聊天。

"干吗？看见我这么不高兴？"江玲玲摘下墨镜，扁了扁嘴。

我别过脸去，她拉过身边的女孩介绍说："这是我朋友小芳，"然后指着我对那女孩说："秦轩。"

"哦……秦轩——你好。"小芳拖着长腔，完全是一副"我知道你是谁"的表情。

我生硬地点点头，从口袋里掏出电话装作看信息。

上车后差不多五点了，接待人员遵从了意见先带我们去吃韩国烧烤。

那一年汉城刚刚改叫首尔，与我们想象的繁华景象相去甚远，比永远热闹的北京差了不是一星半点儿。

饭也一般，盘子碗的倒是挺多，虽然接待人员一再强调这是这儿最高档的餐厅，但我们还是觉得味道连望京的韩国料理都比不上。

江玲玲坐在我身边说笑着，各种话题都要参与一下，与其说她在引起我的注意，不如说她在努力赢取所有人的好感。

吃完饭去酒店拿房卡，"我和大朋一间。"我对胖子强调说。

"好呗……你丫说了算，"他推推眼镜，"那六子，咱俩一间。"

到房间简单洗了把脸又给月儿打了国际长途，电话还没说完胖子在外头咣咣砸门，说走啊你们丫的快点啊去赌场了！语气里满是按捺不住的兴奋。

月儿在电话里说赌场你可别玩啊，韩国的赌场都是骗外国人钱的，必输无疑。我说放心吧，我也没带钱。

这是我们四个第一次进赌场，也是第一次接触百家乐。

赌场就在酒店三楼，约莫有一千多平米吧，有一半的赌桌没人，另一半赌桌旁坐着的几乎全是中国人，连发牌的荷官也会说中国话。

我悄悄问张总这是韩国的赌场吗？张总说韩国法律有规定，赌场只针对外国人开，本国人不许进。

我们几个都笑了，说他妈的棒子事儿真多。

"你们不懂，"周奕说，"这是韩国政府保护本国国民又吸引旅游的一种政策。"

"那他们丫可够贼的，只挣外国人的钱。"胖子说。

大部分的赌台都是百家乐，押庄家闲家而已，看似百分之五十的胜率似乎很公平。

这么简单的东西周奕一说我们就听懂了，胖子让人拿了两千万韩币的筹码（相当于人民币十五万多），随便下了几把居然都赢了，他一下来了信心，又推了几把，有输有赢，我和六子、大朋在旁边看着，胖子给了他俩一百万筹码让他们随便去玩玩，我也站起来说去溜达一下，胖子一把拽住我说你别走啊，你走了谁陪我？

于是我又坐下来，他问我玩不玩，我摇摇头，他说没事输了算我的赢了算你的，说着拿了五百万筹码给我，我把筹码推回去说别闹了，我陪着你你下哪我下哪还用给我码子吗？胖子说也是，这么着，你把玲玲和小芳叫下来得了，看看小芳能不能陪我玩。我说你丫捣什么乱啊，小芳陪你，那江玲玲是不是得陪我？胖子嘿嘿一笑，说你丫的怎么就不能给玲玲个机会啊？我懒得搭理他，跺跺脚走了。

百无聊赖地绕着赌场走了一圈，我悄悄站在六子和大朋背后看了半天，他们神情紧张，丝毫没察觉到我的存在，我又跑到别的台子上看了会儿21点，发现这玩意儿好像还挺有玄机的。

2005年赌场里能玩的东西不多，绝大多数台子是给中国人准备的百家乐，只有一个轮盘和一张大小点的赌台，21点差不多都是老外在玩。

远远看见小芳和江玲玲坐在胖子旁边，我转身上楼。

回到房间在电话里跟月儿甜甜蜜蜜地腻了半天，刚挂断就听有人敲门，"谁？"

话一出口就后悔了，一定是江玲玲。

看来躲是躲不过去了，我打开门，"特累，睡了，有什么事儿明天再聊行吗？"

她推开我走进房间，把脚上的鞋随便一甩，坐在床上霸道地说："我想和好。"

我让门大敞着，来到窗前点了支烟，"玲玲，咱俩的事儿都翻篇了。"

"我没说翻篇就不能翻！"

"凭什么？"

"凭我跟了你四年，凭我一心一意对你好！"

"咱能不能讲点儿理？分手不是我提的，四年里我也没有做过对不起你的事儿，现在你有男朋友我也有女朋友了，就不能都往前走吗？"

"我不想往前走，我和老刘分手了……"

"噢，分手就回来找我？是你找胖子安排的吧？"

"那又怎么样？不来韩国我能单独见着你吗？我不管我不管反正我不管！"她走过来一下子抱住我，我手中燃着的香烟被碰掉到地毯上，只好一边用鞋底去捻，一边躲避着她柔软的嘴唇。

"你坐好，别闹，让我好好说完几句话。"我好不容易才把她摁到沙发上，"玲玲，这几年来你对我好我知道，我不长进，也因为赌啊玩啊伤过你的心，咱俩老打架老打架，动手也不是一回两回了，真的挺累的……我也再三说过，你为我的事东奔西跑的我谢谢你，但最后是你选择离开的我，我当时想跟你谈你都不让我说话，后来连人都不见东西就都搬空了。我不是没有心，我也会难受，现在你跟别人分手了又回过头来找我，可我已经向前走了，我现在挺好的……"

"不就是那个跳舞的吗？"

"对，你也见过了。"

"你是不是一直喜欢她？是不是？你们是不是早就上过床了？在我们还好着的时候？是不是秦轩？"江玲玲分明回到了一种备战状态，我闻到了熟悉的火药味儿。

"我求求你了玲玲,咱别吵别闹行吗?你要再这样……我明天就回北京,我真的特别特别怕你吵架的样子,每回都弄得筋疲力尽的……感情这东西伤一回行,回回伤谁也受不了啊!"

"秦轩,老公,我真的想你,我想和好……"她哭起来,我从床头柜上抽了几张纸巾递给她,"对不起,我真的不能答应你,我们……回不去了。"

她抱住我的腰,把脸抵在我肚子上,"为什么你就不能再给我一次机会呢?离开你也许是我不对,我以为会忘了你,可是……我真是好想你……"

"玲玲,"我蹲下身子,捧起她的脸,"无论你让我做什么我都愿意,但是除了这一件。"

"我们真的完了?回不去了?"

我看着她的眼睛,良久,点了点头。

她双手紧紧缠上我的脖子,然后冷不丁在我的肩头狠狠地、狠狠地咬了一口。

我倒吸一口凉气,任凭她的牙齿嵌进肉里,我闭上眼睛静静地等她松嘴,她的泪水早已浸湿了我的肩头。

对不起我曾经的爱人,不论你曾经多么深多么痛地爱过我,也不论我曾经多么用心地对待过你,一切都已经结束。

祝福你。

接下来的三天半,江玲玲明显沉默了许多,每天只是和小芳去逛街买买衣服,虽然吃饭时她坐在我身边会在桌子下面拉我的手,但再也没单独找过我。胖子没劝过我,或者根本就没有时间劝我,他每天赌到天亮,小芳偶尔也会去陪他玩牌,我甚至在想,他俩之间是不是会发生点什么?

第三天夜里胖子输光了五千万韩币,第四天大家一起踏踏实实地去逛了个街,我给月儿买了条14K金的项链,没多少钱,但这种洋气玩意儿当时在国内还是稀罕的。

回北京那天,我特意把接机的时间往后延了近一个小时,不是骗月儿,而是觉得没必要让她碰到江玲玲。

其实,江玲玲真的应该庆幸,如果没有月儿,今后的许多年里,被我伤害的那个人就一定会是她。

第三十八章　分手最易

从韩国回来后，江玲玲就再没联系过我，胖子虽然也没提，却明显跟我有些疏远，除了在台球厅玩玩牌什么的，平时也不叫着一起吃饭了，倒是跟大朋、六子走得近了一点。

我也不想解释，日久见人心，心想总有一天胖子会接受我和月儿在一起的事实的。

转眼到了深秋，有一天半夜两点来钟胖子忽然给我打电话，我迷迷瞪瞪地问怎么了，他说可能要瞎，我问什么要瞎？他说别提了，你在家吗小轩我去找你。

月儿也被吵醒了，连声问我怎么回事，我说你睡吧，胖子说要来，不知道大半夜又出什么幺蛾子。

工夫不大胖子就来了，脸上满是抓痕，纵横交错，有深有浅，有带血的有不带血的，我说："哟，你这厚脸皮还能被抓成这样……"

他把眼镜往桌子上一扔，还没张口月儿从卧室里出来了，看见他脸上的血印子一愣，转身去卫生间拿了块湿毛巾递给他，"快擦一把，"又倒了杯水放在桌上，"你们聊，我睡啦。"

待月儿回了房间，胖子努努嘴，"嗯，懂事儿。"

"废话，谁媳妇儿啊……你这脸，是叫你媳妇儿抓的吧。"

"妈的，我明儿去单位得让同事笑话死。"

"又抓着什么把柄了？你这段时间不是挺安生的吗？"

"别提了，这不从韩国回来跟小芳吃了几顿饭吗？之前就吵过一回，因为闻见我身上的香水味儿了，你说丫那鼻子怎么那么灵？"

"你跟小芳上床了?"

"就是没有才冤啊。"

"那你是追人家呢还是逗咳嗽呢?"

"也没说追,左右也是闲着就逗逗闷子,上回去韩国聊得不错,我一看这大高个,比他妈我高一个头,跟你们家江玲玲差不多……"

"哎哎……"我慌忙打断他,看了一眼紧闭的卧室门,示意他小声点儿。

他点点头,把手指往嘴上一搁,"这不回来吃了几回饭吗?其实我也没多想,小芳长得也不错,个又高,周奕让她给介绍个女朋友来着……"

"周奕不是有女朋友吗?"

"那是蜜,临时的,这不跟英子姐分了以后想正经再找一个嘛。"

"大哥您小声点儿成吗?月儿和英子可是闺蜜……"

"哦,对呀……咱们出去说去得了,这他妈什么也不能说啊……"

"这么晚去哪儿?"

"去酒店开个房,要不我今儿晚上也没地儿睡。"

"都3点了,你明天还上班,别折腾了,在那屋凑合一下得了,月儿收拾得干干净净的。走,去里头说去。"我冲小卧室努了努嘴。

回国后胖子跟小芳吃了几回饭,关系虽然暧昧,却也没到上床的份儿。尤佳岁数小,开个好车,又有大把闲钱,难免天天出去跟小姐妹们吃吃喝喝泡泡夜店显摆显摆,也就没怎么管胖子,有一次闻到他身上的香水味儿就炸了一回,但哄了哄买了两个名牌包包也就过去了,只是之后看得严了些。昨天小芳主动约胖子,胖子下班前一小时就给尤佳打电话请假,说单位有事儿要晚点儿回去,尤佳在电话里特警惕地问了半天,见没什么异样就同意了。

见面之后小芳挺亲热,吃着吃着忽然说最近要交房租了手头钱不够,问胖子能不能给她垫上。

"本来吧,俩人有点小暧昧吧感觉挺好,但是一张嘴要钱这味道就变了,丫好歹也是个公主,能连个房租都混不出来?妈的侮辱我的智商呢……"胖子倚着被子说。

"你给了吗?"

"没有,我说从单位直接出来的,没带那么多现金。"

"要多少?"

"两万。"

"什么房租一季度两万? 真敢开口。"

"可不是嘛,就是找个理由骗钱花呢。何况我都没碰过她。哎小轩儿你说我是不是看着人傻钱多好骗呀……"

"对呀……"

"去你大爷!"胖子把擦过脸的湿毛巾向我扔来。

"后来呢?"

"后来吃完饭她还说还不到上班点儿去哪儿待会儿吧,我说我还有事儿就甭待了,上车前我给了她三千块钱,告诉她身上就带这么多,让她打车走。小芳说'好吧亲爱的咱们回头再约',"胖子捏着嗓子学小芳说话,"走前她主动抱了一下我,还在我脸上亲了一大口。"

"春心又动了?"

"屁,没意思……上了车给佳佳打电话告诉她我在回家路上呢,她说好啊,我当时还觉得语气怎么有点儿冷淡啊,但也没多想。"

到家之后尤佳没在,胖子打电话也不接,过了二十来分钟她才进门,胖子说宝儿你干吗去了电话也不接,我还以为你在家呢。

尤佳气哼哼地从包里掏出几张照片来摔到胖子脸上,还没等胖子反应过来就扑上去又打又抓。胖子抱着脑袋一边叫宝儿一边躲避,等尤佳呼哧带喘地发泄了好一阵停了手,胖子才从地上捡起那几张拍立得照片,一看上面是和小芳在饭店门口时的情形,有搂的有亲的还有一张给钱的。

"李明亮你个混蛋! 骗子!"尤佳把手边的包砸过来,特别有准头地拍在了胖子脸上。

"咱别打行吗? 有话好好说宝儿。"胖子把眼镜扶正,心里想着怎么解释。

"说啥呀? 这不都是证据吗? 你这跟谁俩呢? 你以为我不知道这女的是钻石人间的吗? 难道我雇人是白给钱的?"

"你雇人查我?"

"对呀,不查你我怎么知道你在外面找别的女人! 找个好看的也行,长得跟个大洋马似的,还公主,跟小姐有区别吗? 烂货!"

"宝儿,我对天发誓,我跟这女的真没什么。"

"放屁！你骗谁呢？我又不是傻子，没什么你给人家钱？"

"她说房租不够了找我借的……"

"编！继续编！我傻还是你傻？她一钻石人间的连个房租都混不出来吗？你俩要是没上床她凭什么找你要钱？好啊，都给人交房租了，当初你追我时就是先帮我租的房。"

"哎小祖宗，差不多得了，咱讲点理行吗？是我追的你吗？你当时可是上赶着跟的我，没我你现在还在金玉年华坐台呢！"

"你……你你……"

"我什么呀，我说了跟这女的没关系就没关系……她愿意找我要钱关我屁事儿！"

"李胖子！明明是你犯错，怎么现在还教训起我来了？我不想见你，你给我滚出去！"

"好了好了别闹了，我错了行吗？我不对，我以后保证不跟她来往了……不光她，但凡是女的我都不理了行吗？今后只对你一个人好，只爱你一个人，只疼你一个人，只给你一个人钱花……"

来来回回哄了好几个小时，连保证书也写了，刚说洗洗睡吧，结果小芳半夜给胖子打了两个电话，头一个胖子死按着不接，第二个被尤佳抢过来在电话里劈头盖脸地一顿发飙，那头小芳也没示弱，说你算个什么东西，吧唧吧唧跟老娘这儿说半天，你先管好自己男人吧，我可是和你家那位一块儿去的韩国……

最后一句话把尤佳气疯了，把电话一撂就跑去厨房拿菜刀，胖子死抱着不撒手，尤佳嚷嚷着说李明亮你从我房子里滚出去，我要分手！

胖子也没招儿了，就从家里出来了。

"那房子可是我花钱买的，现在让我滚出去……×！"

"气头上呗……你俩这一天天恩爱得跟什么似的，冷不丁来这么一出，韩国也让人知道了，你说没上床人家谁信哪？！"

"去韩国还不是江玲玲叫的？"

"你快拉倒吧，这里可没我什么事儿，都不知道你怎么想的……"

"我还不是为了你？玲玲多好……"

"行了行了，月儿更好……甭想了，几点了都，赶紧睡吧，你那俩眼都快睁不开了。"

"是啊太困了，明天还上班呢，再说吧。"胖子把被子打开，和衣睡去。

我蹑手蹑脚地走回房间，月儿已经睡着了，我在她头发上吻了一下，她迷迷糊糊地问了一句："没什么事儿吧？"

"没事儿，两口子打架，估计过两天就好了。"

原以为床头打床尾和的事儿，但胖子第二天回家发现他的衣服鞋子什么的全被扔到了走廊上，叫了半天门尤佳也不开，说你给我滚，我不要和一个骗子在一块儿过！

"一套房，一辆车，不到一年……"胖子对瓶一口气喝完了啤酒，郁闷地说。

"都给她了？"我问。

"那怎么着啊？这事儿主要我也掰饬不清楚，由着她吧。"

"用不用我跟尤佳去解释一下？"

"解释什么？再把你和江玲玲扯出来那你和月姐也得打起来……再说她也不会信。"

"那你和我们住一块儿吧。"

"别了，出来进去的不方便。你让月姐赶紧给我介绍个女朋友吧，有个人代替我心里还能好过点儿，不然我都过不下去。"胖子忧伤地说。

"你们俩真就没戏了？不可能吧，拌个嘴打个架也不是什么大事啊。这一找别的女人可就没法回头了。"

"唉，我心里清楚着呢，她既然雇人调查我，就是设好了套让我往里钻……看来当年欧阳说的话也不是不在理儿……算了算了……她岁数这么小，一日夫妻百日恩，这也没算白跟我，就这么着吧。"胖子摇着头又猛灌了几口啤酒。

我回家跟月儿说了，月儿说介绍女朋友可以，但我身边都是正经人，不知道人家女孩儿能不能看上他。

我说每个人想法不一样，胖子大方有钱又年轻，这可算是挺大的优点，成不成的先介绍了再说。

没过几天，月儿果然给胖子介绍了一个叫向燕的女朋友，舞蹈学院毕业以后分到了某文工团，眉目清秀，气质冷艳。一起吃饭之前我还怕这事儿不成，没想到向燕根本没看两眼就答应胖子再次单约，月儿偷偷告诉我向燕也是刚刚跟男朋友分手，估计两人都急于找个人代替，所以一拍即合也算有缘。

胖子在光明楼附近租了一个高档公寓，给向燕买了许多名牌。

那段时间我们四个老一起吃饭，向燕不太爱说话，总是静静地坐在一边听我们聊，月儿说她以前在学校时挺活泼的，现在怎么变了这么多。

有一天胖子忽然说咱们去找找欧阳吧，看他过得好不好，如果不好，把他叫回来，再怎么说都是老朋友了，以前在一起多开心啊。

我们直接去了欧阳野的家，那天晚上我们仨吃夜宵到很晚，欧阳野说父母给找的工作他去了没一个月就辞职了，一直在家闲着呢。胖子说来入伙吧，我再开一个台球厅，你来管。

我看到欧阳野眼里乍现的光芒，他连声说好啊好啊，接着又问起尤佳和江玲玲，我和胖子对视一眼，简单地回答"分了"。

欧阳野对尤佳的离开并不奇怪，神情里满是那种料事如神的自豪，倒是对我和月儿在一起颇为惊诧，一连问了几句："真的吗真的吗？"看我不无得意的表情，又一拍大腿，说："我×，轩哥牛×，什么时候也给我介绍个跳舞的，又漂亮又温柔。"紧接着又弦外有音地数落了一顿尤佳，说胖子你可真大方，就一年多，一套房一辆好车……

他刚开始还有些忌惮，后来见胖子也没有反驳的意思，话就说得更难听了，我在一旁听着有些刺耳，于是端起酒杯打断他，"行了行了，别说那些乱七八糟的了，为了咱们又相聚，干杯！"

"是啊，就差宁夏那孙子了，咱还'黑红梅方'呢，就差梅花喽……"胖子感叹道。

"你又不是不知道宁夏的性格，不太爱说自己的事儿，前段时间打过一个电话，说是在香港呢，反正他回北京自然会找咱们。"我说。

"哎呀，现在除了咱三个真是大换血啊，你看，轩哥跟玲姐不在一起了，胖子和尤佳也分了，我和言言早就分了，你俩现在都有女朋友了，什么时候也给我介绍一个啊，咱们都找跳舞的……"欧阳野举起酒杯，"来，为了重组！"

一杯杯冰凉的啤酒落肚，我忽然一阵眩晕，心里五味杂陈，这世上芸芸众生，分分合合，山不转水转，爱人如此，朋友亦是如此。

命运是一条无形的绳索，拴着你，捆着我……

第三十九章　欧洲，只是一个开始

2005年年底，郭德纲的相声横空出世，我们几乎每天都想方设法去搞德云社的门票，月儿更是魔怔了一般在网上搜索各种郭德纲的相声，单口的对口的群口的，好多时候，我们的生活里都时不时用着老郭的段子，乐此不疲。

我和月儿恩爱如初，能在一起的时间绝不分开；胖子和向燕时好时坏，偶尔胖子会提起尤佳，总是一副很怀念的表情；第二个台球厅因为种种原因一直没开起来，欧阳野就给胖子跑跑腿什么的，后来图方便也搬到了椿树园和我们一起住，月儿觉得屋里骤然多了个男人不太方便，说过几次想搬回凤凰城，但那边租约没到期，又离台球厅太远，好在富力城的房子也快下来了，索性就这么凑合着。

欧阳野在台球厅认识了一个叫香香的北京女孩，个子也就一米五几，打得一手好台球，俩人谈恋爱以后即便吵吵打打得没完没了，却依然在一起。

月儿把美甲店都关了，合并开了一个规模不大的美容院，但平时做得最多的项目还是美甲。

听说尤佳去了朝阳门一个夜总会当妈咪，一喝多了就会给胖子打电话。向燕知道后和胖子吵了一架，但也不深究，后来连管都不管了。

宁夏有时在香港有时在深圳，前段时间又去了澳门，胖子问澳门赌场好玩吗？宁夏说你们丫就别来了，赌场是能害死人的地方。

日子像水一样流淌着，不会为任何人停滞，也不会为任何事倒流，我们一路前行，在生命的长河中，有过你有过他，更多的，却是擦肩而过的过往。

没人知道，也许擦肩而过的，就是自己一辈子的尘缘。

2006年的世界杯开始了，胖子在这场举世瞩目的赛事中再次超常发挥，第一场德国对哥斯达黎加就下中了一个4：2的波胆，一赔90倍，加上其他赌注，第一天轻松入账上百万。

那场比赛我们是在三里屯一个酒吧看的，我到现在依然能记起耳边的欢呼，而胖子只是满足地摸着白花花的肚皮，很是受用地微微一笑。

这种波胆他已经中过几次了，在常人眼里出奇的赌运对他而言似乎已经不再刺激。

世界杯还没踢到决赛，又有两个庄家表示不再接受胖子的赌注，他"球坛小赌神"的名声不胫而走，那时候已经不再用现金结账，很多人并不知道胖子的真实面目，这让他变得更加神秘。

胖子叫我和欧阳野去办签证，说跟周奕、大帅、张总一起去欧洲，听说摩纳哥的赌场不错，连玩带旅游应该挺爽的。

我问能不能带家属，胖子说我连向燕都不带，你就别带了，这次我保证只有咱六个大老爷们儿。

我心里的确是想去，月儿说你去你的，反正欧洲我也去过了，不过你可千万别赌。

飞机到巴黎的时候已经是晚上。

说实话这个地方并不像我想象得那么美好，法国人看上去傲慢甚至无礼，浑身散发着一种与生俱来的优越感，酒店的房间很小，电梯更小，早餐也不好吃，没人会说中文，前台根本爱答不理的，有时候让人气得牙根直痒痒。

我们去了埃菲尔铁塔、卢浮宫，游了塞纳河，看了巴黎圣母院。

巴黎的城市建筑古老而悠久，小巷子纵横遍布，路边停满了本国产的雪铁龙、标致等小型车，埃菲尔铁塔就是个傻高傻高的大铁架子，孤孤单单地杵着，看上去跟整个城市的风格格格不入。

卢浮宫人多得要命，尤其是蒙娜丽莎被参加者围得水泄不通，想看一眼都得蹦着高，胖子那点儿小个儿愣是蹦了半天啥也没看到。

晚上着正装去了趟红磨坊，我们品着红酒，有生以来第一次看着那么多外国女郎裸着上半身晃着雪白的胸脯跳来跳去，觉得资本主义国家真他妈会玩。

第三天退了房，坐火车去摩纳哥。

摩纳哥是欧洲一个小国，风光秀丽，随便用手一框便是一幅风景画，感叹的是岸边无处不在的豪华游艇和路上奔驰而过的一辆又一辆豪车，有些车我们连名字都叫不上来。

赌场虽小，却是很欧洲、很古典、很讲究的范儿，所有人员包括赌客在内都西装革履，像极了电影上才有的画面。

整个赌场只有一张百家乐台子，更多的是轮盘和21点，百家乐只用一副牌，荷官都是直接翻开，不让赌客摸牌看牌，一点悬念都没有，我们玩了几把也觉得没意思。

胖子分别拿了点筹码给我和欧阳野，然后分几张台子在21点坐了。因为不太懂里面的奥秘，没过多久我就输光了两千欧元，转头去看胖子，见他面前的筹码似乎没什么变化，又绕着赌场走了两圈，看大帅好像赢了点，于是站在他身后学了一会儿，觉得技巧还是有的，什么时候分牌、11点时加不加注、庄家的点儿是不是容易爆牌都有讲究。

来之前欧阳野说外国的赌场里都有妓女，但在这儿还真一个也没见着，后来胖子就这事儿还问过周奕，周奕说摩纳哥赌场里没有，你们要真想找洋妞得让导游帮忙。

胖子说我就问问，咱这小体格，也不是对手。

来赌场玩的头三天都是小赌怡情，直到第四天的百家乐赌台上，胖子身边坐下了一位深棕色头发的意大利土豪。

那人个头很高，穿一身白色的休闲西装，没打领带，气场强大，带了一个容貌身材均可媲美莫尼卡·贝鲁奇的外国美女，长裙曳地、风情撩人。

他每一把推上去的都是至少十万欧的筹码，许是受了影响，胖子手下的注码也从几百欧上升到三千、五千、一万……

我在旁边看着，想叫他收小注码又觉得不妥，赌博这东西是不能劝的，你这把让他收了注如果赶巧赢了的话一定会遭骂，于是只能在旁边默默捏了把汗，暗自祈祷着"要赢要赢要赢"……

赌注一大，整个人精神就高度集中，肾上腺素也随之急剧分泌，连捻不捻牌都不重要了。就这么紧张着输输赢赢，直到晚上胖子输光了十万欧元。

我们走的时候那意大利帅哥还在酣战，胖子问周奕能不能再拿点钱，周奕说别玩了，我也输光了，去法国买点东西也该回北京了。

胖子虽心有不甘，但也不好再说什么。

转天我们返回法国，去老佛爷购物，我给月儿买了套Dior的化妆品，又买了一个LV的包，自己什么也没买。

回国的飞机上，胖子对我说："轩儿，咱们回去办港澳通行证吧，澳门也该去看看了，这小打小闹的没意思。"

"澳门那地方，宁夏不是说就别去了吗？咱们都这么好赌的人，再搂不住……"我有点担忧。

"去呀，我们可以去小玩儿嘛。赌注多大还不是咱们自己说了算？"欧阳野在一旁接话道。

"反正回北京都把通行证去办了吧。"胖子的语气不容置疑。

仨人又聊了几句，渐渐年轻的心都止不住躁动的节奏，跃跃欲试起来，没人告诉我们，澳门的赌场，就是一个让人难以自拔的黑色漩涡。

回到北京，我和月儿小别胜新婚自是亲热不已，向燕却失踪了，电话不接，公寓里也没人，胖子拿着要送给她的Tiffany项链给我打电话，说你赶紧问问月姐，我媳妇跑哪儿去了？

第四十章　兜兜转转，你居然没走远

向燕接了月儿的电话，良久淡淡地说了一句："我和我前男友和好了。"

"那李明亮呢？"

"我从来没有爱过他，真的，跟他好了几个月，其实一点都不开心，我想明白了，我心里装不下别人，所以……"

"那你也不能不露面啊。"

"明天，你跟李明亮说，明天下午你让他在楼下咖啡厅等我。"

"那今天你不见他？"

"不见。我已经决定了。对不起啊月儿，知道你是好心，李明亮人不错，也有钱，但我当初真是为了找个人代替我男朋友，其实那时候不论谁给我介绍个人我都会同意的……不是说他不好，是我忘不了我男朋友，现在他回心转意了，我也希望我们好好的，家里也都知道了，我们可能明年就结婚。"

"你想清楚了就好，但好歹自己回个电话给李明亮吧，我就不传话了。"

挂了电话，月儿无奈地对我耸耸肩，那一刻，我几乎看到了胖子眼镜片后面的点点泪光。

向燕什么都没拿走，包括所有胖子给她买的名牌衣服、包包、首饰，一样都没要，她就那么淡淡地把事情说了一遍，然后上楼拿了自己的几件衣服，走出公寓大门的时候甚至连头都没回。

那个晚上我和欧阳野在胖子的高档公寓里看着他连喝了两瓶啤酒，劝都劝不住，等他拿起第三瓶的时候被我一把夺下，我说行了哥们儿，不至于的。

他把眼镜一摘，呆呆看我两眼，忽然捧着脸呜咽起来，欧阳野拍拍他的肩膀，胖子叹了口气说："你们呀都是会泡妞儿的人，我呢，这辈子到现在就谈了三回恋爱，还都是因为我有钱，要是没钱呢，我他妈屁都不是！我知道自己几斤几两，所以才在她们身上大把花钱，可还是留不住人家……活着真他妈累，我妈最疼我，她一走现在连个疼我的女人都没了……有钱有个屁用，我要是长宁夏和轩儿那张脸，能没女人喜欢我吗？我能用钱这么砸？没意思，真是没意思透了……"

"你就甭想那么多了，一个人一个运，我倒想像你一样有钱呢对吧？好看的脸蛋也长不出大米来，你现在多牛×啊，北京城里多少人听过'球坛小赌神'的名号呀对吧？好几个庄都被你楔立了……胖子，真没事儿，不就是女人嘛，咱们才多大？二十郎当岁，什么好媳妇找不着？"我把纸巾递给他，"你放心，这几天我和欧阳野随叫随到，二十四小时陪着你都行，别想那么多了……"

"就是，我今天就留下来陪你。"欧阳野说。

"那你呢？"胖子期待地看着我。

"行，我也留下来陪你不完了吗？"其实我压根儿就没想到胖子会这么伤心，按理说他更喜欢尤佳，可和尤佳分手的时候也没这样，向燕的忽然离去把他打了个措手不及，对爱情和女人的无能为力让在赌球上所向披靡的胖子一下子失去了自信，整个人处于崩溃的边缘。

我打电话把原委跟月儿说了，当天和欧阳野都留在公寓陪胖子。

第二天是周六，胖子颓废地在沙发上靠了一天，几乎水米未沾，我看着心里也难受，又怕月儿在家想我，于是偷偷跑出去打了几个电话，好在月儿懂事，只是叮嘱我如果胖子没事儿了就早点回家。

我又问了问台球厅怎么样，六子说轩哥有我们盯着你放心。

到了晚上，萎靡了一天的胖子忽然说："咱去花城汇吧。"

花城汇正是尤佳做妈咪的那家夜总会，欧阳野不知道，我心里倒是清楚。

"用不用打个电话？看人在不在？"我问。

"打什么电话，我又不是奔她去的。"

"谁？"欧阳野问。

"没谁。"胖子一边说一边去洗脸。

欧阳野看着我，"尤佳？"

我不置可否，"到了再说吧。"

胖子再从洗手间出来的时候已经焕然一新，男人刮胡子如同女人化妆，一收拾利落人也就立马精神了。

在花城汇选了个包间坐下，不大会儿工夫进来个妈咪，屁股还没坐稳，胖子就拿了五百块钱给她，"还有别的妈咪吗？"

"哟，我们这儿好几个妈咪呢，您想找哪个？"那女的笑眯眯地接过钱问道。

"哪儿他妈那么多废话啊，让你出去找别人进来就找别人进来！"胖子不耐烦地回答道。

那女的也不恼，说了句"这就换人"，扭搭扭搭地走了。

又进来一个妈咪，胖子一抬眼也给了五百块钱让人出去了。

欧阳野在旁边看得心疼，正想说句什么被我拉住了，我了解胖子，他想见尤佳，但又不愿意让尤佳看出来是奔着她来的。反正总共也没几个妈咪，估计再来一个也就差不多了。

第三个推门进来的果然是尤佳。

她在门口愣了两秒钟，慢慢走到胖子身边坐下，然后点了支烟问道："要找啥样儿的？带进来给大哥看看？"

"一会儿再说，喝酒！"胖子拿了一杯酒递给她。

"你来能不能提前找我订房？还有提成呢。"

"我给你。"胖子说着从包里掏出来一捆人民币，放在尤佳的面前。

我冲欧阳野使了个眼色，悄悄走出了房间。

外面大厅正在演出，我俩寻个位置坐下，欧阳野凑过来问："他俩这是要和好的节奏吗？"

"那谁知道？胖子现在这种状态和了也没什么不好的。"

"就尤佳那货？那不是还得继续骗胖子吗？"

"我发现你也够操心的，这事儿得看胖子怎么想，只要他觉得值，其实也不存在什么骗不骗的。"

"你看胖子昨天那状态，要是以后尤佳再把丫甩了那他还能受得了吗？"

"咱谁也劝不了胖子，你也知道他有主意着呢对吧？他现在心里挺痛苦的，既然今天直奔这儿来就说明抱着一颗想和的心，总不能把人家搅和黄了吧？别把人都往坏里想，尤佳虽然岁数小不太懂事，但他俩在一块儿的时候也挺好的。再说了，胖子想和好人家也还不见得同意呢，都这么长时间了，谁知道尤佳有人了没有。"

欧阳野不再吱声，气哼哼地扭过脸去看演出，我心不在焉地待了一会儿，心里惦记着月儿，于是走出大厅找了个安静的地方给她打电话。

我告诉月儿在花城汇，她不高兴地嘟哝道："怎么去夜总会。"我就把尤佳在这儿的事儿说了，"亲爱的我发毒誓没找小姐，来这儿真的是因为胖子要找尤佳。再说不管哪儿的女人，跟你一比都是渣渣，你把心放肚子里，老公明天一定找个时间回家好好补偿你。"

"怎么补偿啊？"

"你说呢，你明天让我干吗我就干吗……"我坏笑起来。

绵绵地说了大半天情话，看见欧阳野老远冲我招手，我抱着手机"么么么"地亲了好几口，这才恋恋不舍地挂了。

"我×，你丫真肉麻，跟月姐在一块都多长时间了还这么腻歪呢？你这电话都打了快一钟头了。"欧阳野指指表。

我"嘿嘿"一笑，"那怎么办？我这魅力四射的……现在回去干吗？让他们俩在里头聊会儿呗。"

"胖子打电话叫进去呢。"

胖子明显喝多了，人都快趴到沙发上了，但还是硬撑着跟尤佳玩骰子，看来尤佳酒量长了不少，也没歪也没睡，又说又笑的非常开心。

屋里连个服务员都没有，我开门叫了一个进来。

几个月没见，尤佳似乎懂事儿多了，说话也比以前中听，对欧阳野也冰释前嫌了一般，似乎从来就没有不愉快发生过。

玩了会儿又唱了会儿歌，看胖子已经在沙发上睡着了，尤佳问我们要不要找小姐，我摇摇头说不用，尤佳一笑，"还跟月姐在一起呢呗……那你呢？"她转过头去问欧阳野，欧阳野犹豫了一下也说不用。

"我请你呗，咱俩以前有点不太愉快。"

"别别，不合适……哪能让你请。再说了，咱俩之间也没什么不愉快的，有什么不愉快的呀对吧？你是我妹，亲妹，"欧阳野笑着举起酒杯，"来，佳佳妹，走一个。"说罢碰了一下尤佳手里的酒杯，一仰脖儿干了。

真他妈假。

快两点的时候胖子还在睡，最后还是尤佳连喊带晃地给弄醒了，胖子迷迷瞪瞪地抱着尤佳一连声地叫"宝儿宝儿宝儿"，尤佳一边应着一边示意我们扶他回去。

胖子那天在梦里叫了一晚上尤佳的名字，还嘟嘟哝哝地说了些什么，我忽然觉得他挺可怜。

人这一世，除却生死，无非是为两样东西烦恼：一是感情，二是金钱。

没人逃得过。

第四十一章　初入澳门

接下来的几天，胖子天天往花城汇跑，我陪着去了两回，第三回月儿着实给我发了顿脾气，这还是我们俩在一块儿这么久她冲我第一次发火，看来每个人心里都有一个暴怒点，一旦触及都会发飙。

毕竟没有一个正常女人愿意自己的老公天天往夜总会里跑。

再过了一个多星期，胖子把公寓退掉搬回了尤佳双井的房子，尤佳也辞去了工作，我觉得他们还是有感情的，至于以后能不能长久在一起，慢慢看发展吧。

金秋10月，德云社十周年在民族文化宫演出，我们带着各自的女朋友痛痛快快地连看了三场，每天笑得腮帮子疼，感觉深深地中了郭德纲的毒，然后又集体去了一趟云南的丽江，每天在一起发呆、打牌、聊天，胖子有一天偷偷跟我说月姐是挺好，你好好对人家吧。

回到北京，月儿跟经常去店里做美容的几个小富婆开始学炒股，我拿出了自己全部积蓄的十万元交给她，她每天早上9点半开始就在电脑前面盯股票，2006年下半年股市进入牛市，每天都有斩获。

富力城交房了，我和月儿坐在新房里空空的地板上聊天，我在阳光下看着她美丽的脸，忽然说：“亲爱的，我想一辈子和你在一起，嫁给我吧。”

"啊？"她愣了半天，慢慢地把头靠在我的肩膀上，"你可真鸡贼，连个戒指也不买，这算求婚吗？"

"难道你不想和我一起慢慢在这里变老吗？"

"其实……这个房子总让我想起吕明来，毕竟是他当时给找的关系嘛，如果真结婚的话我也不想在这个房子里结。"

"我知道，可我还不够钱买房，要不……等我买了房再正式跟你求婚吧，好吗亲爱的？"

"富力城现在已经涨了不少了，以后可能还会涨，咱去看看别的楼盘，等过段时间把这儿卖了应该也不少挣……至于结婚嘛，我买还是你买其实都是一样的，如果我真图嫁个有钱人，你说，我会找你吗？喊，你以为你是李嘉诚啊？"她半开玩笑半认真地看着我。

"我不是李嘉诚，但我就是有本事追到全世界最美丽的女人，你老公牛不牛？"我笑着搂过她，伸手挠她的痒，她滚倒在我怀里，边躲边笑，"哎呀别闹，地上好脏……"

地板上确实很脏，而且还硌得骨头生疼，我只好停手作罢，"好吧，看在你倾国倾城的份儿上饶了你，回家再好好收拾收拾。"

"怎么收拾？"她咬着嘴唇看我，眼光柔媚，性感非常。

我再也顾不了许多，一把抱起她，走向洗手间……

洗手台的用处如此广泛……

而且，有面巨大的镜子真是件好事儿……

我们搬回了凤凰城，欧阳野还住在椿树园。富力城的房暂时空着没往外租，想过段日子卖了再买其他楼盘，到时我们就可以有自己的新家了。

那个新家一定会是我们的婚房。

港澳通行证办妥之后，我、胖子、欧阳野去了澳门，第一次踏入这片神奇的土地，我们仨像乡巴佬一样看着什么都稀罕，相对于韩国和摩纳哥的赌场，这儿胜似天堂，而且澳门气候宜人、风景优美，不知道有多少人都会情不自禁地爱上这里。

我们是周五到的，在永利住了两天，看了表演、逛了街，因为胖子周一还要上班时间有限，所以即便是不眠不休地坐在赌桌旁，依然觉得没有尽兴。

在这儿，我第一次知道百家乐也可以下庄、闲的对子，赔率是11倍；如果押中了和局，赔率是8倍，赌博的乐趣在于慢慢捻开牌的那一刻，如同是命运的宣判，冥冥中似乎早有定数。

也许是为了防止赌客打瞌睡，赌场的空调开得特别冷，我们仨连喝了一杯又一杯咖啡，最后感觉如坠梦中，困得已经快晕过去了。

周日踏上回北京的班机，三个人都意犹未尽，这次基本没什么输赢，我用自己的钱玩算下来赢了几千块，胖子说下个周末还来，说完这句他就窝在座位上睡着了。

月儿对我们的澳门行程并不太放心，一来澳门色情业发达，大街上满是流莺，二来对于赌场她总是怀着一种天然的戒心。

"打打麻将玩玩牌怎么都好说，这钱在朋友圈里转来转去的也跑不了，算是调剂生活了，有句话你不知道吗？赌场就是'不怕你赢钱，只怕你不来'，十赌九输，只见过输得倾家荡产的，没见过赢来万贯家财的……"

"这还真不见得，你看看胖子，他那钱不都是赌球赢的吗？好房好车，要是不赌，他就是一个开着破捷达交不上女朋友的小胖子……"

"你是见过贼吃肉没见过贼挨打吗？你自己赌博也是出过事儿的，周奕那三十万还有诈金花的事儿……这事儿恨不能大家都知道，你可别因为看见胖子赢得风光再把自己饶进去。"

"亲爱的，你看着我，"我扳过月儿的肩膀，"你老公没那么傻了，那都翻篇儿了，以前是岁数小，我现在心里有数，再说了，胖子一直都在帮我，我欠他多少人情？你说他叫我陪他去澳门我能不去吗？你也理解我一下，而且我发誓，我绝对不会去澳门的风月场所，行不行？"

"那他回回叫你你也回回去呀？"

其实我心里巴不得胖子回回叫我，我从来没有这么盼望着重复地、再重复地回到一个城市，澳门的魅力，不是只有赌博那么简单。

那个城市的放纵和奢华，可以让人醉生梦死，可以让人抛开一切，甚至可以，让我暂时忘记月儿的存在。

这种地方，想想都让人心弛不已。

当然，这话是不能明说出来的，我只是微笑地把月儿抱在怀里，一遍又一遍地向她保证：一不嫖，二只是有分寸地小赌。

月儿拧不过我，悠悠地说："随你吧，唉……其实你真应该劝劝胖子，运气这东西总有用光的时候，赌运更是如此，让他少去澳门，多少人输得什么都没了……"

"哪有那么邪乎？"我不以为然。

"我以前去香港演出的时候去过澳门,也玩过百家乐、21点什么的,我也输过钱,虽然不多,但我明白赌徒的心理都是一样的,永远在赌桌上不会走。赢的时候不走,因为运气正好怎么会走?输的时候也不走,因为想翻本。所以赌徒最后都是输得干干净净……"

"我们这次都挺理智的,也没输光了才回来呀。"

"那是因为胖子要上班,不然你们在那儿待上一个星期看看。"

"亲爱的,别对我这么没信心好吗?你老公真的不是一个赌徒!"

"唉,反正你们好自为之吧。我现在说那么多你也听不进去。我以前有个女朋友,电影学院的,我前男友的同班同学,傍了个香港人,我以前去香港澳门都是她陪我,赌场就是她领我进的。那香港人平时没空,她就天天去澳门赌钱,有一次还在公海的船上赌,因为迷信,在船上几天都不梳头,因为'梳'和'输'同音嘛,她就是个赌徒,赢了也不走,输到后来把香港的房、北京的房、老家的房全卖了,最后气得那香港人也不管她了,说她没得救了,她就跑到澳门夜总会去当小姐,还站街,挣一点儿就又送去赌场……还问我借过钱呢……电话里哭得稀里哗啦的,我就给她汇了三万块钱……"

"然后呢?"

"没有然后了,然后就再也没联系过我了。我说这个是想告诉你,多大的家业都扛不住赌博。这女孩以前虽然是做二奶的,但那香港人特有钱,给她买了好几套房,还有名车、名表,她一块表都几十万,当到当铺里才几万块……就这么赌来赌去,最后居然沦落到去站街……说不定你们在澳门哪个酒店门口还能碰上她呢……"说到这儿月儿叹了口长气,"她呀,其实这辈子只要不作,过得比好多人强一万倍。"

"那你羡慕她那种生活吗?"

"给别人当情儿?"

"对呀。豪车、名表、钻石、别墅……"

"我要是想要那种生活早就过上了好吗?"

"那你跟我亏吗亲爱的?"

"只要你不舍得让我吃亏就行……人呀,这一辈子,挣多少钱是够?其实要是那香港人和她是正常的夫妻关系,能天天陪着她,她也不至于迷上赌博。我当年和吕明好的时候,他也是百般理由没时间啊接孩子啊什么什么的,所以有所得必有所失,天底下哪有那么多好事都让一个人摊上?"

"可别这么说，我倒是觉得天底下的好事都让我摊上了。"

"啊？"

"每天晚上搂着你一起睡，每天早上和你一起醒来，每天看你笑看你开心……"

"真的？"

"嗯，只要有你，一切都好。"

亲爱的，真的，只要有你，一切都好。

那个时候，我的内心，真的是这么想的。

其实世上情人之间的所有山盟海誓，并不一定都是假的，很多时候情之所至，说出口的就是永远。

只是，我们都不知道，永远，到底有多远。

这之后我们仨连续去了几次澳门，有输有赢，胖子刷卡还是有节制的，每次输赢也不过几十万。我偶尔会用自己的钱玩一下，但都下注很小，输赢都没有超过两万块钱。欧阳野从来没拿过自己的钱玩，只进不出。

这种情况一直持续到在永利赌场碰到宁夏。

第四十二章　真正的开始

那天我们在普通贵宾厅玩，最小注码三千港币。

刚进小厅，就看见一拨人正玩得起劲儿，显示屏上拉了个9把的长庄，正中一个赌客赢得正嗨，眼前的筹码摞得老高，跟我们手里拿的码子不太一样，旁边坐了两个人，正聚精会神地跟赌客一起看牌。

"宁夏？"我惊讶道。

"宁夏！"胖子几乎和我同时喊出声来。

坐在赌客旁边的那个英俊的年轻人回过头来，真的是他。

宁夏眉头一动，旋即站起身来到我们面前，"哟，轩儿胖子欧阳……你们怎么来了？"

"我们还能来干吗？你……也来玩了？"

"哦，不是，我陪朋友，"他扭头冲那个穿着考究的赌客努了努嘴，"你们怎么样？"

"今天刚到，住楼上了。还没开始玩呢。"

正说着，一个男人起身走过来，看样子四十余岁，光头，衣着鲜艳时尚，操着一口广东普通话问："小夏，你朋友吗？"

"对，我朋友。"

"要玩吗？拿点码子玩。"

"不用了，庄哥，他们不太会玩，不用拿码了。"宁夏这话刚出口，胖子脸上就露出不愉快的神情，他这两年财大气粗也是被人捧惯了，最讨厌别人的不屑，于是接过话头问来人："我们玩啊，怎么拿码？"

不等庄生回答，宁夏急急地转头用粤语小声跟他交流着，庄生说："没关系啦，既然是你朋友就好啦，拿一点玩嘛。"

宁夏又用粤语说了句什么，庄生拍拍他肩膀，冲我们几个点点头，返回座位去了。

"什么拿码？你丫刚才说一堆鸟语，说他妈什么呢？"胖子明显不高兴了，拧着眉毛问道。

宁夏拉着我们走出小厅，站在走廊上低声说："不瞒哥儿几个，我一直在澳门洗码，洗了一年多了。"

"什么叫洗码？"我们不约而同地问。

"你们刚才看见赌桌上那人面前的码子了吗？那叫泥码，不能直接换钱，你们手里现在用的叫现金码，是自己用现金从赌场买的。"

所谓"洗码"，是澳门各大博彩公司招揽生意的方式，合法的洗码人是中间人，可以给赌客拿相当于现金码的泥码，赌场和赌客都直接找洗码人结算，洗码人随时更换赌客手上的泥码，从中赚取赌场佣金，俗称"码粮"。

由于是先拿码再结账，所以拿多拿少都跟信誉挂钩，洗码人承担归数风险。这些年澳门旅游一枝独秀，赌客的手笔也越来越大，俗话说常在河边走没有不湿鞋，总会有输光了还不上钱的赌徒，但洗码人却越来越多，足见这个行业的利润是多么巨大。

"你他妈都洗了一年多码了，为什么不告诉我们？问你丫几回在广东干吗，这有什么不好意思说的？又不丢人?!"胖子愠怒地说。

"哥儿们，你们还真别赖我，也不是外人咱就直说了，我是成心不告诉你们的，这一年多我见得太多了，多少人败在这上头，赌场就是吃人不吐骨头……我要是早告诉你们我在这儿方便拿码，你们都不知道跑过来多少回了，也许都输光腚了……"

"去你大爷，我们又不傻，别人能玩我们不能玩？你丫是怕我给不起你们钱吧？"

"胖子，咱好好说话，我就是一个打工的，刚才你见的那个庄生才是我老大，他一般不来，今天这客人是他朋友他才过来的。我真是不愿意叫你们来澳门赌，在家里下下球打打麻将都没太大输赢……"

"下球没输赢？宁夏你这么久没回北京没听过'球坛小赌神'？胖子楔立了好几个庄了你知道吗？"一旁的欧阳野撒撒嘴说。

"我×，真的？"宁夏转头看了我一眼，我点点头算是肯定，胖子轻蔑地一笑。

"那我也劝你们别玩，这拿码玩和自己带现金玩真不一样，自己带现金总有个节制，可这码拿起来真点背了就输得没数了。"

"这不就跟下球一样吗？下球不是庄家也给个额度吗？自己把握就是了。而且你丫刚才跟那姓庄的说什么了？是不是让人瞧不起我们哥儿几个了？"

"没有没有，我就说你们是我朋友，不怎么玩，庄生也是看你们岁数挺小的，也就象征性地问问，不会真给你们拿码的。"

"×，多大点事儿！"胖子说着扒拉开宁夏，径直走向庄生，在他身边大大咧咧地坐下，开口道："庄哥，刚才宁夏跟我说了，你给我拿一百万筹码，我要玩。"

庄生一惊，回头看着宁夏，我说胖子别拿太多了，他眼角一挑，"在摩纳哥输得比这都多吧？"

"胖子，先拿个几十万玩吧？"宁夏几乎是用恳求的语气说。

"×，你丫瞧不起我？"

庄生用询问的目光看着宁夏，宁夏叹了口气点点头。

"坐坐坐，"庄生站起身来，热情地拍了拍胖子的肩膀，伸出手跟胖子一握，"还没请教，怎么称呼？"

"我叫李明亮，这是我哥们儿，秦轩、欧阳野，我们仨和宁夏都是光屁股长大的。"

"哎呀好好，幸会幸会，宁夏这么久都没提过……你们先坐，我打个电话。"说着庄生掏出电话用粤语吩咐了几句，胖子把口袋里之前换的十万现金码扔在赌台上说："先把这十万换成泥码吧？"

庄生示意让宁夏去换码，亲切地问我们喝什么，然后递给胖子一支雪茄，胖子微微一笑，伸手接了，坐等着庄生用雪茄枪把火点了。

这时宁夏换码回来，身后还跟了一个瘦瘦的马仔，他点头哈腰地坐在我们旁边，庄生又客气了几句，问胖子要了护照，说是把明天的房去安排好，转身叫了宁夏出门。

其实我们心里都清楚，一准儿是把宁夏叫出去问我们（主要是胖子）的情况，不了解底细当然是不敢放码的。

过了两支烟工夫，胖子连下的几把都中了，赢了有十几万，宁夏回来把一百万泥码放在胖子面前，最小的一千，最大的十万，看着很是过瘾。

先前的那个赌客也连赢了几把，小厅里气氛舒畅，大家有说有笑，宁夏冲我使了使眼色示意出去说话。

贵宾厅外，豪华的赌场大到难以尽收眼底，宁夏问我："轩哥，你能明白我先前儿说的吗？我是真不想让你们来，不是担心胖子不归数，而是怕胖子、特别是你，搂不住……这地方真不是什么善地儿，我见过赢钱的，但玩到最后都是个输，常赌没有不败的……这吃人不吐骨头啊……我见得太多了哥们儿，太多了……"

"我明白，可你要知道一点儿，洗码这件事儿，就算是你今天不给胖子拿，总有一天也会有别人给他拿的。"

"他赌球赢了很多吗？"

"挺多的。大几百总是有的。"

"少来几趟吧，赚钱容易守钱难。"

"别替他担心了，胖子多聪明，他心里有数，再说你也拦不住。"

"就是因为拦不住我才不愿意让你们拿码……"

又说了半天，断断续续地也聊了点别的，我心里挂着胖子那边的战况，而且手也有点痒，于是拽着宁夏回厅。

胖子面前的筹码已经矮了不少，他神情有些凝重，见我过来说："妈的，玩得好好的忽然换了个荷官就成这样了。"我抬眼一看，果然之前的荷官已不知去向，宁夏问胖子要不要换张台子？他摇摇头。

又赌了几把，渐渐有了好路，两庄一闲，胖子也是按这规律下注，连赢了几把……

如此赌到晚上8点多，庄生问要不要先去吃点东西，胖子数了数面前的筹码，赢了二十七万，于是说也好，庄生说我还有别的事就不陪你们了，然后吩咐宁夏带我们去吃饭。

出门宁夏说等公司的车来接，又问我们想吃什么，胖子明显还在生宁夏的气，阴阳怪气地说："您来澳门一年多了，不比我们清楚什么东西好吃？而且天天陪着贵宾，当然知道什么地儿好吃了……我们几个还不得听您的安排？"

"得得，我错了，行吗胖哥？黑桃老大？"宁夏一把搂过胖子的肩膀，"吃海鲜火锅吧？好彩不错，雪花牛肉地道，象拔蚌、鲍鱼……都不错。而且'好彩'在广东话里也吉利。"

好彩在老葡京后身对面，门脸极小，装修也很一般，胜在食材新鲜美味，我们都没想到再聚齐竟然是在澳门，而且胖子还成了宁夏公司的客户。于是心里各有思量，几杯酒落肚，方才恢复了"黑红梅方"四人行的感觉，大大咧咧地开着各种玩笑，宁夏依然对自己近两年来的情况闭口不提，大家多是聊赌桌上的事儿，宁夏一再提醒千万别陷进去，胖子倒是不以为然，挥挥手说："不管输多少，肯定能给你归上数。放心，不会让你这打工的交不了差的。"

宁夏脸色有变，闷闷说了句："你要这么想我也没辙。"

我怕这小子暴脾气又犯起来搂不住，于是转了话题问他："交女朋友没？没找个广东小妞儿？"

"交什么呀，小爷看不上。再说了，这一天到晚陪客户连个正点儿都没有，哪有自己的时间？"

"你自己不玩牌？"

"几乎不玩，洗码仔最怕自己也赌，不然白干了，什么也落不下。"

一顿饭闲话下来，结账时买了四千多块钱的单，胖子倒有点不好意思，宁夏说："没事儿，这是公司该做的，下次酒店我们也会提前订好，威尼斯人、金沙、新葡京、永利都有我们的厅，去哪儿玩都行。"

吃完饭走回赌场。

我心里盘算着回去后自己也刷卡去小玩儿一会儿，手指间甚至已经为即将而来的捻牌动作而轻轻颤抖。

灯火通明的赌城，胖子的圆脸和欧阳野的瘦脸交相辉映，如我一般兴奋地泛着红光，倒是走在最后的宁夏一言不发，英俊的脸上偶尔会出现阴郁的神情。我甚至看到了他不由自主攥紧的双手，似乎在为胖子暗暗捏了一把汗。

当局者迷，旁观者清，除去赌桌上一红一蓝两色的国际通用"BEE"牌扑克，我们根本无暇顾及其他的东西。

第四十三章　扑克牌中的人生

回到永利，胖子连酒店房间都没去，赶着回贵宾厅继续玩牌，他从口袋里拿了几万筹码给我和欧阳野，说你们去外边厅玩会儿吧，这儿有宁夏陪我就行。

我还没说话，欧阳野已经笑着接过来，转头把筹码和我对分了，我不愿和他一起玩，于是在赌场里溜达，下了几把轮盘玩了一会儿老虎机就输了好几千，又在加勒比海盗玩了半天，一开始运气不错，后来连输了几把，出出进进的失去了耐性，最后还是找了张没人的百家乐台子踏踏实实坐下来。

之所以找张没人的台子，也是因为自己下的注码小，最多三千，一般也就一两千，谁筹码下得大谁看牌是百家乐的规矩，人一多就轮不到我看牌了，如果下个注连摸牌的机会都没有，那瘾还怎么过？

百家乐这东西其实最适合赌徒，简单、暴力、一翻一瞪眼儿，没那么多讲究。

开局飞了三把牌，紧接下来就赶上了庄闲单跳的好路连赢了几把，赌桌旁陆续坐了几个人，注码也下得大了，单注不推到五千是根本捻不了牌的，于是加大了注码，也是运气好，一会儿工夫我就赢了五万多。

路一好周围的人就越聚越多，但没好两把就爆路了，我一口输了整整一万很是心疼，又看了两把觉得不好下，索性站起身又换了张台子重新开始。

依旧飞了三把牌，一千一千地下连拉三口闲，第四口下了三千五又中了，于是Double了一把七千再中！越下越有感觉，虽然后面有输有赢，但好在输的时候下的注码都比赢的时候下得小，一个多小时下来已经赢了近十万。

正赢得开心，肩膀被人拍了一下，我回头一看是欧阳野，不由生气地说："你丫怎么拍我后背？"

这动作通常在赌场里是犯忌讳的，有些人连自己的椅背都不让人靠，估计是因为"后背"和"点儿背"同字吧。

"对不起对不起，我他妈拍的是你肩膀好吗?"欧阳野说着在我身边坐下来，歪着头数了数我面前的筹码，大惊小怪地说，"我×，你丫赢这么多?"

"你怎么样?"

"输了。"

"输没了?"

欧阳野没作声，算是默认，这时荷官已经把牌铲到我面前，我用手掀起牌的短边，欧阳也把脑袋凑过来，说："有脚。"(扑克牌里短边中2、3为有头，4、5、6、7、8、9、10为有脚，J、Q、K是画；长边中A、2、3没边，4、5为两边，7、8为三边，9、10为四边)，又掀起来第二张牌短边也有脚，再把第一张牌拿过来看长边是两边，第二张牌拿过来嘴里不住念叨"两边两边两边……"，果真是两边（两个两边只有以下三种情况：一、都是4，相加为8点，如果对方的庄家不是8点或9点，那我下的闲家赢；二、都是5，相加为0点，那要视庄家牌面再按规矩看要不要补牌；三、一个是4一个是5，相加为9点，百家乐中最大的点数，只要对方不是9点那我必赢无疑)，我心狂跳，看看自己下的八千筹码，拍出第一张牌，是一张4，那怎么也就没有0点的可能了，最次是个8点，胜券基本在握，按住了第二张牌，因为没有赌客对赌，于是对荷官说："开!"荷官慢悠悠开了手底下早就按住的牌，居然是个8点，身边的欧阳野骂了一句："×!"我双手用力一点点掀牌，嘴里叫着"顶顶顶……"，欧阳野一边儿凑近了看，一边儿用胳膊肘用力敲着赌桌（这也有讲究，叫"吹"的时候要用嘴吹气，似乎可以把中间那个点吹掉，叫"顶"的时候就要用胳膊肘敲桌，似乎这么一来就可以把中间的那个点顶出来了)，待我看清果然是张5的时候，坦坦然扔了出去，然后和欧阳野击了一下掌。

"9杀8，你丫牛×!"欧阳野边说边从裤兜里掏出来一万筹码扔给荷官，"打散!"

"你丫不是说输光了吗?"我白他一眼。

"我可没说输光好吗？跟你下几把。"说着他拿了两千和我下的筹码放在一起，"两千。"

我心想要不是看我运气好也想沾点儿这孙子指定偷偷把钱眯了。心里挺鄙视这种下三烂的行为，也不再搭理他，自顾自点了支烟抽。

那时候澳门的赌场还未全面禁烟，抽烟都是允许的。

又赢了两把运气忽然急转直下，连输了四把回去，欧阳野也没跟，收了筹码说"我去转转"就扭脸走了。我心里觉得一准儿是丫方的我，气呼呼地又下了两注还是输了，数数码子赢了还有六万多，看这副牌也玩得差不多了，于是站起身来，转了几个台子觉得路都不是太好，就把自己手里赢的筹码换了现金揣在口袋里去贵宾厅找胖子。

在走道里还没进门就隐约听见胖子爽朗的笑声，心里一喜，估计他肯定是赢了。

我在他旁边坐下，看了一眼他面前的筹码问他如何，"还行吧，"他说，"赢点儿，不多，有个四五十。前头赢，现在净来来回回拉抽屉了。"

看看表也快半夜两点了，我说今儿歇了吧，明天不还有一天呢吗？

宁夏说就是，去吃点夜宵得了，好好睡一觉明天再战。

胖子恋恋不舍地伸了个懒腰，说也行，先去吃点东西，坐得也累了。吃完再说。于是给欧阳野打了电话，叫他回来。

当着欧阳野的面儿我把之前胖子给的筹码还给胖子，"不用。"他说。我塞到他手里告诉他："我赢了。"

胖子"呵呵"一笑，也不再推让，接了揣在兜里，欧阳野低头说了句："我都输光了。"我白他一眼，也没戳破，一行人出了贵宾厅的门。

吃完宵夜回房休息，庄生给安排的一个大套房，那天宁夏也没走，四个人回酒店又聊了一会儿天，各自睡去。

我给月儿情意绵绵地打了半天电话，也没说赢钱的事儿，只说一直在陪胖子玩。

第二天睡了个饱觉，醒透了才去吃午饭，宁夏带他俩去了金沙的"御匾会"，我说要去给老婆买点东西，免不了又被他们嘻嘻哈哈地调侃了几句。

我在永利的伯爵店看中了块铂金表，想想自己昨天赢的钱刚好够，于是让售货员把表包好，返回房间放到保险柜里，又打了电话跟月儿聊了会儿天，这才转悠到金沙。

那天下午胖子运气时好时坏，筹码也是来来回回，这对洗码的倒是件好事，因为只有这种情况洗出来的码粮才是最多的。

傍晚去吃了顿法式铁板，转回到永利的"鸿运会"继续赌，在赢了几把1赔11的对子后胖子的运气大好起来，短短两个小时赢了六十多万，算上昨天赢的也有百十万了，大家心情都比较愉快。

一副牌打完，胖子把手中的散码扔给荷官算是打赏，回头对宁夏说："换成现金吧，累了，明天也回北京了，得去给尤佳买点东西去。"

宁夏表示赞同，让另一个马仔把筹码换了，问是带现金走还是回头转账，胖子说也没多少钱带走得了。

等现金拿回来，胖子递给宁夏和那个马仔一人一万块钱，马仔高高兴兴地收了，宁夏没接，胖子说一码儿归一码儿，也不能让你白忙活，宁夏说我这不也是陪哥们儿嘛。

胖子也就没再坚持，叫了一起去逛街，永利一层的名牌店都是11点多才关门，在LV胖子一再坚持送我们仨一人一个包，我拿了个七千多的，胖子说你丫嘛呢找个贵点儿的行吗？于是我又给月儿挑了副墨镜。

买完东西回了趟房间，胖子说想买块表也没碰上喜欢的，问宁夏有没有什么推荐，宁夏问听说过格拉苏帝吗？德国表，陀飞轮特牛×，但永利没有，得去置地广场。

于是一行四人又去不远的置地广场，在专卖店试了几块胖子都不怎么喜欢，说算了下回再说。

出了专卖店抬头看见二楼有个叫"法老王"的赌场，胖子问这儿你们有厅吗？宁夏说能拿码，但这趟可以了，你别玩了。胖子说长夜漫漫啊，在澳门不赌博都不知道还能干吗。宁夏说去二楼玩会儿老虎机得了，今天上午还听说有一孙子在这儿拉下来小一千万彩金呢。

我们都眼睛一亮，胖子说走，咱上去看看。

周末澳门赌场里人都还算挺多的，即使彩金刚被人拉走，奖池里的数字现在也到了二十多万。

胖子给了我们一人五千，说玩会儿吧，消磨一下时间。

其实老虎机这玩意儿，顾名思义真是像老虎一样吃钱的，消磨消磨时间倒是可以，赢钱就别指望了。

宁夏说多久没这么跟哥们儿在一块玩了，平时跟这帮广东人连话都他妈说不痛快。

我那五千块钱没到半小时就摁光了，沮丧间忽听铃声大作，心想这是发生什么事儿了，不是失火了吧？正循声张望，见两个工作人员快步冲这边走过来，还没反应过来,就听工作人员用不标准的普通话对胖子说:"恭喜您,您赢得了236571元!"

我们傻在原地,宁夏第一个笑出声来,说胖子你丫太牛×了,玩什么赢什么,赌神再世嘛。

这才明白真是胖子把二十几万的彩金给拉下来了,此刻他满面春风,欧阳野大呼小叫,一时间我们都如坠梦境,感觉原来真有天上掉馅饼的美事。

胖子把两卷钞票揣在兜里,欧阳野提议说干脆再去玩会儿百家乐得了,你这运气爆棚啊,连老虎机彩金都拉得下来,不去赌不是可惜了?

宁夏说何必呢?拿回去的才是真钱,现在也赢了一百多万了,老虎机是撞大运的事儿,这都能中,说明这次得运气也用得差不多了,日子还长着呢,咱悠着点用,别透支了。

我说胖子你丫昨天真应该来,不然昨天那一千万的彩金都是你的,胖子咂摸咂摸嘴说是啊,不知道这种事儿这辈子还能不能再碰上一回,我看宁夏说得有道理,好运不能透支,咱们吃点甜品去吧。

澳门的甜品真是不错,胖子一边喝着核桃露一边说等以后咱们也开个正宗的甜品店,北京现在还没有几家呢。

吃完东西四个人回房间里胡扯了半宿闲篇,直聊到天光发白。

转天回了北京,六子来接机——把我们送回去。

一回家我就抱着月儿亲了半天,然后把这趟的遭遇汇报了,才去洗手间洗漱,我一边洗脸一边对月儿喊:"老婆,你看看我包里有没有通行证,我怎么记不得放在哪儿了。"

一出洗手间的门月儿就扑上来给我一顿雨点般的狂吻,看来送惊喜是撩妹必杀技。

"喜欢吗亲爱的?"我问。

她把手腕扬起来,伯爵表光芒璀璨,粉色的缎面表带很衬肤色,她回身又把墨镜戴上,昂起脸像个等待表扬的孩子。

"嗯嗯,美极啦……以后呀,我负责挣钱养家,你负责貌美如花……"

"我可不希望你这么养家,偶尔一次半次的,可别吃到甜头就陷进去了,"她摘下墨镜一本正经地说,"咱家现在两套房子还有个美容院呢。"

"那都是你的。"

"分那么清楚，傻瓜……反正这次赢了你们还是都注意点吧，赌博都是越陷越深的，你也拽着点胖子，别让他越赌越大。"

"我知道，放心吧，都有数……这次胖子真搂得住，赢了就收手了，看这架势他也不会滥赌的。"我抚摸着她顺滑的长发，信心十足地说。

其实，我是多么怕月儿心存疑虑，怕她阻拦我们一而再再而三的澳门之行。我心里清楚，奢华的赌场、输赢的刺激和对金钱的欲望于我们而言已经成为一种致命的诱惑。

这种诱惑，伤筋蚀骨。

第四十四章　黑红梅方

我们仨差不多两个星期去一次澳门，胖子算有节制，输钱归数也很及时，几次下来就取得了庄生的信任，现在已经成了一个守信誉的大客户，有时候在北京也接一些庄生放给他的台下赌注，运气总体来说还不错。

我有一次赢了十六万，回北京没告诉月儿，心想多赢几回买房子的首付也就齐了，到时一起给她个大的惊喜吧，没想到再去因为赢钱心切，结果输了整整四十万，心里直接就懵了，胖子倒是给垫了十四万，回家硬着头皮跟月儿说了，月儿拿了十万给我，但要求就一个，不许我再参与赌博。我之后也踏实了，多数时间都是老老实实陪胖子，有时候帮着看看路捻捻牌，瘾上来了就拿个几千块钱小沾一下，心里虽痒却不敢再大赌。

欧阳野每次都尽可能地划拉一点进自己的腰包，而且每次去澳门连换洗的衣服甚至内裤都不带，就等着胖子购物时一起买，对于他这些小伎俩大家都心照不宣，只是胖子觉得哥们儿间没必要计较一点小钱而已。

宁夏的性格其实不适合干洗码这种点头哈腰的事儿，在澳门也没有真正的朋友，所以我们每次去他都挺开心的，几乎全程陪着，只是对欧阳野爱答不理，欧阳野不止一次对胖子说宁夏肯定从咱身上赚钱了，我说洗码仔赚自己客户的码粮分成和小费都很平常，又不是什么秘密，给别人赚也是赚，肥水还不流外人田呢。

一句话噎得欧阳野没再吭声，但他有意无意还是经常拿这话说事儿，胖子听得多了，难免脸色就不好看，有时话里话外对宁夏就有了使唤的意思，宁夏又是个倔货，如此一来二去的关系就有点微妙。

我一直都在和稀泥，心里清楚欧阳野就是个唯利是图的小人，他是为了自己的利益在生挑哥们儿间的关系，也就经常对他没好脸儿，谁知道欧阳野居然在胖子面前搬弄是非，揪不住我的小辫子就说月儿看不起胖子，这正好是胖子的忌讳，所以他大为光火，有段时间都不怎么理我。

四个人的关系拧巴起来，宁夏说一颗老鼠屎坏一锅粥，方片儿方片儿，丫真就是一骗子。

欧阳野通过种种关系也给胖子找了家洗码公司，老大人称"四哥"，因为同是北京人自然多了一份亲近，加上四哥在北京就听说过胖子赌球的威名，所以很重视胖子，最多一次给拿过五百万的筹码。

庄生为了抢客户，知道有旁人拿码后也加大了给胖子的额度，并一再表示只要胖子愿意拿多少都可以。

所幸胖子几次都化险为夷，没输过什么大钱。

开春后，除了推说有事的欧阳野，我们一大群人开了三辆车浩浩荡荡地去了趟太原，拜会了我未来的岳父岳母和大舅子，由于月儿的美言，身为高知的二老对我很是满意，还让她哥带我们去了太原城几个著名景点游览，还去五台山拜了佛。

这一次的旅程因为没有欧阳野掺和，我和胖子的关系也轻松自然起来，回京路上在服务站休息时，胖子对我说："小轩儿，其实咱俩之间真没啥，月姐人也挺好的，我吧，有时候犯神经病，想起一出是一出，你也别想太多。"

我递给他一支烟，"咱俩谁跟谁？用说那么多吗？"

"也是。"他点点头，"欧阳呢，嗐，其实就是小心眼儿，能理解，我这不现在也在四哥那边儿拿码呢吗？用得着他……反正你也别多想了。"

"胖子，这么多年我什么样人你知道，月儿情况你也看见了，她也不是背后说别人坏话的主儿。"

"月姐家庭条件跟咱们确实不一样，咱们都他妈胡同串子，人家看不上也正常……"

"既然都是胡同串子，她能接受我就也能接受大家。哥们儿之间说太多了没意思，你知道就行。"

"就是，反正老爷们儿是老爷们儿，让她们娘们儿都靠边站。"

"这话你怎么不当你媳妇儿面儿说？"我冲不远处的尤佳努努嘴，笑道。

"去你丫的，上车！"胖子把烟头一扔，笑着冲尤佳叫了一声"老婆走啦"就抬腿上了最前面那辆新买的保时捷卡宴。

相对于月儿家的热情，我家人对月儿的态度不冷不热，按后来我二姐的话说，她更愿意我找个北京土生土长的小姑娘，好捏鼓也好调教，现在找这么一个怕我以后管不了。

我说媳妇儿不是用来管的是用来疼的，姐你就放心吧，有情人不终成眷属那什么人才成眷属？

见过了双方家长，随即婚事就提上了日程，我们打算年底登记明年再找个好日子把婚礼办了。

春节前胖子听从了周奕的建议拉着我入股了南城一个拆迁房，两个月下来十五万就变成了三十多万，我把钱全部交到月儿手里，月儿说哟你没留个小金库啊？我说一千个小金库都比不上你给我的幸福，现在股市这么好，都放里头生钱吧。

生活充满着希望，属于我们俩的未来也越来越美好了。

2007年5月1日，胖子和尤佳终于修成正果，在浮士德餐厅举行了盛大的婚礼，那天庄生、四哥都来了，一切都很圆满，除了尤佳在早上化妆时墙上硕大的镜子突然开裂，最后竟碎成一块一块从墙上掉下来。

尤佳花容失色，一劲儿问身旁的尤静是不是不吉利，尤静说你想多了，岁岁平安，这是好兆头。

这时尤静已经离婚回到了北京，不知道此情此景她心里有何感触，如果不是她当初的匆匆离去，披上婚纱的也许就是她自己。

结婚之后，胖子和尤佳就搬进了新买的复式公寓，楼上楼下有小三百平米，据说是四哥托了关系给便宜了不少。

我和月儿一直都恩爱如初，4月份我们卖掉了富力城的房，5月中旬去山水花园看房，有一套一层带小院的复式着实不错，另外楼上一个两居面积、格局也很好，但要两套都买供房压力又太大，何况离交房还有一年多的时间，如果把凤凰城卖了我们就没地儿住了。

"不然把股票都卖了吧？"月儿问我，"反正都翻了快两倍了。"

"现在行情这么好，好多人卖房炒股呢！"我打心眼儿里不同意。

"股票不变现还不是一堆数字？再说连菜市场买菜的大妈都开始炒股了，我怎么觉得那么危险呢？"

"买那么多房子干吗?买了山水那套咱手里都两套了,楼上的两居就别买了吧。"

"哎哟,房子哪有嫌多的?咱们结婚住在一层,凤凰城和楼上的用来收房租还贷款,那压力就没有了,多好!"

经不住她的左右开导,我眼睁睁看着她把股票清了仓,真下得去手呀,一点儿没留!

紧接着买房办手续,两套房的贷款还没批下来,中国股市就经历了最黑暗的一天——530,那天千只股票跌停,之后连续下跌,在短短一周内从4300点一路狂泄至3400点,众多股民在短短几天之内就赔了个底朝天,而我们居然神奇地躲过了这次股灾。

我对月儿佩服得五体投地,更庆幸自己竟然能找到这么完美的伴侣。

下半年胖子运气急转直下,不知道是不是因为刚买了豪车和公寓有点紧张,他下注越来越急于求成,之前一把牌最多下三十万,现在"和"都能下十万,庄闲单注五十万更是稀松平常,我经常在他身边看得手心发汗,后脖梗子阵阵发凉。

我在心里粗算了下,胖子在短短的一个多月里已经累积输掉了两千多万,在御匾会、法老王、鸿利会……很多荷官和经理都认识了身高只有162圆脸的胖子,很多人偷偷问这个看上去似乎还不到二十岁戴眼镜的年轻人到底是什么来头,甚至有人传言他是香港某李姓富豪的私生子……

而胖子,不管输多少,除了在赌桌上偶尔摔摔牌骂两句,平时依然是一副笑嘻嘻无所谓的模样,倒下就着,醒了就吃,呼噜震天响,美食一口不落。

所有人都迷惑了,不知道这小子到底有多少钱,底儿究竟是有多厚……

我劝胖子最近手气不好就歇一段时间吧,这么赌太吓人了,胖子说已经输了这么多,收是收不了了,听天由命吧。

月儿也跟我们去过两次澳门,在赌场一千两千地下下注,看了两回胖子赌钱就再也不去了,说受不了这刺激,这是赌博呢还是玩命呢。

我说玩的就是心跳嘛。她说你别闹了,你们怎么就不拉着点,这么赌就是万贯家财也扛不住啊。我说你怎么知道我没劝?这哪拉得住?何况胖子好面子,现在澳门好多厅都知道有他这么号人物了,怎么可能缩得了注?月儿最后叹了口气,说别人我管不了,你可千万别赌。我说放心吧,让我赌我也没这经济实力,胖子推一把够我奋斗一年的。

月儿也就不再说什么，一个人跑到香港逛街去了。

时光荏苒，转眼到了冬天，胖子赢过两次两百万，紧接着又输回去六百万，我每一次都在他身后看得心惊胆战，不知道这么下去什么时候算一站。

我估计欧阳野从四哥的码粮里抽了不少提成，他最近新交了一个女朋友，那女孩儿有一天开了一辆崭新的宝马来找他，我在心里起疑是不是欧阳野买的，但他死活没承认。

我偷偷问宁夏一般情况怎么分码粮，宁夏说因为自己是庄生的马仔，并不是主动把胖子介绍给庄生的，他每次能分到一成。估计欧阳野那边至少分两成吧，如果管追数的话有可能会更多。

我问宁夏单给胖子洗码赚了多少钱了，他倒也不隐瞒，说自己都赚了有大几十万了。

我咂了咂嘴巴，"这来钱也太快了。那欧阳不是赚得更多？"

"应该是，但洗码只有输输赢赢才能洗到钱，胖子这段时间一直在输，估计也洗不了太多码粮。"

"你要是当初主动把胖子介绍过来是不是赚得更多？"

"当然了。而且胖子这种户太难得了，来得又勤，归数还利落。可我还是不愿意他这么玩，他现在赌得太吓人了……其实小轩你要是有洗码的朋友也可以介绍，总比让欧阳那二×赚钱强。"

"庄生和四哥这边拿的数都够多的了，别再找第三家了，我现在都替他害怕，这什么时候算一站啊？"

"是啊，但现在胖子这种信誉，庄生只可能给他往多里拿，我拦也拦不住，我不骗你，赚哥们儿的钱我这心里也不得劲儿，可话说回来了，我不赚后面一堆人等着排队呢……"

"你有什么好内疚的，跟你没关系。"

"我是真看不上欧阳那货，你看丫那揍行，贼眉鼠眼的，什么东西，天天算计，你真得让胖子小心点。"

"胖子说他心里有数。"

"反正那傻×是没招着我，招着我我他妈打死丫的。"

我说行了，你丫那暴脾气，挣了这么多钱赶紧找个好媳妇吧，我这儿都快落听了，你还连个固定的人都没有呢。

宁夏撇撇嘴，说谁他妈有你那福气呀，月姐又漂亮又懂事儿，你要是把月姐让给我我他妈一准儿结婚。

我说我去你大爷，你丫要疯啊……

宁夏笑起来，说开个玩笑都能吓死你……我呀现在是自己挣钱自己花，到三十再找一个也不晚，反正嫂子就是我未来找媳妇的标杆了……

天气越来越冷，我想和胖子好好聊聊，可我刚一张嘴他就不乐意听了，说轩爷我求求你，咱千万别上课，我说了心里有数，你别告诉尤佳就成。

尤佳怎么会知道呢？她现在天天过着阔太太的生活，MINI COOPER早就换成了奥迪TT，做美容、买衣服、K歌、旅游，一样不落。

我总是在想，如果有一天胖子输得什么都没有了，尤佳还愿不愿意陪在他身边呢？

第四十五章　情义

我们几乎每次都是周五到澳门，周日再坐晚班机飞回北京。

这一趟，仅一天的工夫胖子已经输掉了整整八百万，其中有四哥给的三百万，现在他和庄生两边却都不愿意再出码，一个说这段时间输得太多了，让胖子回去先歇歇再来；另一边说他们这个月所有的客户欠得太多了，赌场拿码也是有限额，要等胖子归了数才能再拿。

垂头丧气地回到酒店，欧阳野说出去给人代买点化妆品就走了，我洗完澡胖子已经不在房间，打了两遍电话也没人接，心下不免紧张起来，澳门输光了出事的不在少数，跳楼的跳海的也都听说过，这万一想不开有个三长两短……

我急匆匆跑下楼，转赌场找了两圈也不见人影，后来在鸿利会门口碰到庄生和宁夏，我避开庄生低声告诉宁夏说胖子不见了，他一惊，庄生在一旁问怎么了，宁夏连说没事儿，用粤语跟庄生说了两句什么，拉着我走了。

又打了几遍电话还是没人接，我赶紧把在楼下买化妆品的欧阳野叫回来，问他四哥那边有没有再放码，他一听胖子找不着就急眼了，说秦轩你丫干吗呢怎么连个人也看不住？四哥那儿还拿了三百万的码呢叫我怎么向人家交代？

我说你丫是不是有病，他么么大人还用我看吗？一旁的宁夏一声没吭，冲上去照欧阳野脸上就是一拳，欧阳野一屁股摔到地上，我赶紧抱住宁夏，说哥们儿咱别打架，这是澳门，别再惹出什么事儿来！

宁夏说欧阳野你丫就是个傻×，胖子人在哪儿你不着急，你着急的是那三百万的数！王八蛋！

欧阳野知道宁夏的脾气，拍拍屁股站起来跑到门边，唯唯诺诺地说我这不怕胖子出事儿吗？

"×你妈×，你就是个白眼狼！喂不熟的玩意儿！"宁夏被我死死抱住，恶狠狠指着欧阳野的鼻子大骂。

欧阳野不敢再言声,掏出手机来给胖子打电话,我小声劝着宁夏,宁夏说轩哥我给你个面子,这要是在北京我弄不死他!

我说咱也别吵了,干脆分头四处找找,保不齐去给尤佳买东西了。于是仨人分头去找,宁夏打了辆车去威尼斯人,欧阳野去置地广场一带,我去新葡京。

澳门说大不大说小也不小,就算在同一个赌场里都不见得能找到人,就更别提漫无目的找了。

我疯狂地在赌厅里寻找着,生怕漏看了一个赌客,本想试探着给尤佳打电话问问胖子是否联系过她,又想起尤佳和尤静远在澳洲旅游,也不知道澳洲那边现在是几点钟。

一个多小时过去了,胖子的电话依然没有人接,我和宁夏、欧阳野不住地联系着,他们也没找到。

我心里越来越慌越来越慌,脑海里不断出现不好的画面,一边四处寻觅,一边默默祈祷老天爷保佑。

手机响了,我低头一看是胖子的号码,舒了口长气,张嘴就问他在哪儿呢。

"轩儿,出了点事儿,我走不了了。"胖子刚说了一句话电话就被另一个人接过去,那人用特明显的东北口音说:"你是李明亮的朋友?他搁我们这儿拿了五十万的码子,我们收不到钱是不会放他走的。你也甭琢磨报警的事儿,我给你个账号你把钱打到账上,啥事儿也没有,听见没?"

"你们人在哪儿呢?"我冲着电话大声道。

"吵吵啥?在哪儿你就甭管了,我们现在也不会拿他怎么样,好吃好喝的,但是今天收不到钱就不会这么客气了。"

"大哥,这么多钱我一时半会儿也凑不起来啊。"

"多一天五万利息……"

"五万?你们这不是明抢吗?"

"你他妈说话注意点儿,这条件你朋友是事先同意了的!"说着他把电话给了胖子,"轩儿,你想想办法先给我垫上,别报警,报警也解决不了,他们事先是跟我说了多一天收十分息,轩儿你按他们说的做……"

"听见没?"东北口音的男人大声喝道。

"你好着呢?"

"现在好着呢，什么事儿也没有。"

"那你让人把账号发给我吧。"

挂了电话，短信里果然收到了一个账号信息。这时宁夏打电话来，我把事儿说了，宁夏沉吟了片刻，说胖子肯定是自己找洗码的了，人家也不认识他，不归数肯定是不会放人的。我问他能不能报警，宁夏说这事儿报警也没用，欠债还钱，而且一报警怕那帮东北人对胖子不利。

我说行，先挂了吧，我打个电话。

刚要打欧阳野电话来了，我把事情复述一遍，"呀这小子怎么出去乱找人拿码呀？"欧阳野大惊小怪地在电话里喊道，"应该是给了钱人就放了吧？"我说应该是，然后问他手里有没有钱咱们先给凑上，欧阳野说我哪儿有钱？再说了我也没带U盾就算是有钱也转不了啊！你赶紧找尤佳呀，她爷们儿出了事儿赶紧让丫掏钱赎人啊……我说你丫别逼逼，不出钱就他妈赶紧给我闭嘴！

我问月儿现在账户里有没有五十万，她问你要干吗，你是不是输钱了？我赶紧解释了原委，月儿说账上现在也没趴那么多，躲过了530又陆续放到股市里了，应该有个三十万吧。我说三十万也行，我一会儿给你个账号……正说着宁夏电话打进来了，宁夏说我还没说完呢你挂什么电话，我这儿有五十万。我说我正跟月儿要钱呢，她那儿有三十万，宁夏说你别让月姐着急了，我这儿够了。我说哪能让你一个人掏钱？你要是有先垫上二十吧，宁夏说你丫有病，赶紧把账号给我。

想想也别折腾了，给了宁夏账号，再给月儿打回去，月儿说都行你看着处理吧，反正我这儿有三十万，要是用你再告诉我，胖子人回来了跟我说一声，你们人生地不熟的可千万别出什么事儿，我也不放心。

五十万汇出去没几分钟工夫胖子就来电话了，说打上车了在回酒店的路上。

我在房间等他，宁夏和欧阳野也都回来了，胖子一进门我看他身上倒是没伤，欧阳野迎上去殷勤地问："没事儿吧？"胖子摆摆手，人往身后的床上一仰，说他妈的困死我了，轩儿这回谢谢你啊，回北京把数转给你。

我说是宁夏把钱垫上的，你别想太多，先睡会儿吧。

胖子感激地看了宁夏一眼，也没解释什么，说了句"好哥们儿"就转过头去睡觉了。

我生怕宁夏再跟欧阳野打起来，于是让欧阳野在房间里陪他，拉了宁夏去楼下吃东西。

欧阳野刚说了句"别呀，我东西还没买完呢……"后半截话被宁夏一个恶狠狠的眼神一瞪，生生憋了回去。

饭桌上胡乱聊着天，我说让月儿明天先把三十万打给你吧，宁夏说你怎么这么见外？再说了胖子的码粮我也有赚，哥们儿之间有个难有个急都是常事儿，用不着分这么清楚。

我没再客气，抬手叫了几瓶啤酒，宁夏喝了两口又开始大骂欧阳野不是个东西，我深知这种事儿只能压不能挑，于是劝宁夏别搭理他，"你就当丫是个屁，何必跟丫一般见识呢？"我说。

"你说这胖子怎么能对这种人这么好呢？"

"他俩不是初中同学吗？人都得有几个好朋友不是？而且欧阳嘴甜，胖子他妈没那会儿也是鞍前马后的来回忙活。"

"我倒是觉得现在欧阳跟个大爷似的。四哥现在也认识胖子了，其实根本没必要再通过欧阳拿码，还让他跟着干吗？"

"嗐，这么多年了总是有点感情吧，咱们不都冲着朋友吗？"

"轩哥，我主要冲你……"

"我知道，可是胖子出事儿你不也着急吗？哥们儿交这么多年不容易，你看不惯欧阳就别搭理丫，咱们仨交咱们仨的不完了吗？"

"反正这傻×可别招着我，招着我我弄死丫呢！"宁夏忿忿地说，我拍拍他，碰了碰酒杯，"别想那么多了，胖子这不也没事儿了吗？回头我也劝劝他，估计以后也不会再出这种情况了……来，干。"

回到酒店，胖子还在睡着，呼噜震天响，我没吵他，转身去了另一个房间给月儿打电话，聊了一会就迷迷糊糊睡着了。

这一宿没睡踏实，乱七八糟做了好多梦，梦见宁夏和欧阳野打起来了，欧阳野一脸血，胖子在旁边哭得稀里哗啦……

我几次从梦中惊醒，突然觉得好累，这两三年的工夫，我们似乎经历得也太多了些。

第四十六章　哥们儿你可别吓我

转天宁夏也跟着我们一起飞回北京，估计庄生昨天看出了什么端倪，不太放心归数的事儿。

路上我们四个没怎么交流，大家都神情忧郁，胖子上了飞机就在睡觉，对昨天的事儿只字不提，似乎什么也没发生过。

下了飞机各自回家，我问胖子要不要陪他，反正尤佳和尤静去澳洲还没回北京，我怕他一个人闷。

胖子说没事儿，我回去就睡了，明天还要上班。

我们也就各自散了。

回家月儿问起这趟的经历，不免替胖子担心起来，说天啊，输的这些钱要是撂起来得有多高。

睡到上午我被月儿吵醒了，她一趟一趟跑卫生间，又吐又拉，抱着肚子真喊疼，我问是不是昨天吃什么东西不对付了，月儿说昨天和英子在簋街吃了香锅虾，可能太辣了，我问她是不是喝橙汁了？月儿说你怎么知道？喝了鲜橙多啊，因为太辣那一大筒差不多都是我一人喝的。我说小祖宗，虾加维生素C等于砒霜知道吗？不行去医院吧。月儿抱着肚子说现在我离不开马桶啊……

我把衣服穿好，告诉她能出门的时候赶紧去医院。她点点头，小脸煞白，我百度了一下，确定符合食物中毒的症状，心里也有点慌，又不敢催她，于是去客厅给她倒了杯热水。

这时宁夏打电话来说胖子不接电话，给他单位打电话说他请病假了，害怕胖子出什么事儿。"咱俩去他家一趟吧，我还真不放心。"

我说你先去，月儿好像食物中毒了，我得先陪她去医院看看，万一有什么事儿你随时跟我联系。

宁夏说你先忙，有我呢，我见着他就给你打电话。

我心里忐忑起来，本来想让欧阳野去一趟，又怕他和宁夏见面掐起来，心神不宁地在客厅里来回踱步，这时听见卫生间里月儿又哗哗吐起来。

我进去拍拍她的背，看她最后吐出来的都是水，着急地说："亲爱的，能出门了吗？你这样可不行，咱赶紧去医院吧。"

月儿顺从地瘫在我臂弯里，回卧室草草换了衣服，我半扶半搀着她去地库开车。

路上宁夏打电话来说没什么事儿，你陪月姐吧，我陪胖子在家喝酒。

我说这大中午的怎么就喝上了？宁夏说胖子心里有点不痛快，我正好也跟他好好聊聊。

我扭头看了一眼踡在副驾驶座上的月儿，也顾不上多想对电话说了句"有什么事儿说一声"。

到医院又是挂号又是验血折腾了半天，果然是食物中毒，遵医嘱开了吊瓶，又扶她去输液室挂了盐水，再一看时间都下午两点多了。

医院里手机信号特别差，我寻思着出门诊大楼去给宁夏打个电话问问情况，这时欧阳野的电话进来了，他说了几次我才勉强听清楚是问我胖子怎么不接电话。我说没事儿他在家呢，正想告诉他宁夏在呢你就别过去了，信号就断了。

月儿问我没什么事儿吧？我说没啥事儿，宁夏和胖子在家喝酒呢，你就别操心了。

陪她待了一会儿，我心里还是不踏实，于是说出去买本《知音》，走出大楼给欧阳野打电话，打了两遍都不在服务区，那时候还没充电宝，我想也许他手机没电了吧。

又给宁夏打电话，叮嘱他如果欧阳野去了你可千万别犯愣再打起来，都是哥们儿，看在我和胖子的面儿上……

话还没说完宁夏说也就你当他是哥们儿，他丫的算个什么玩意儿！

我问他怎么了？他说行了你照顾月姐吧，就不耐烦地挂了电话。

我心里顿时犯了嘀咕，总觉得不对劲儿，赶紧打电话给大朋让他马上去一趟胖子家，大朋说我都快到胖哥家了，是宁哥叫我过来的，他说胖哥喝多睡着了，让我过来陪他。

大朋膀大腰圆,我想即便打起来好歹有个拉架的。就告诉他如果有什么事儿随时跟我说。大朋说轩哥你放心吧,胖哥估计就是喝多了。

回到输液室问月儿好点没,月儿有气无力地点点头,说老公你要是有事就走吧,我一会儿打车回去。我说别闹了你走路还打晃呢……

液输得很慢,滴答滴答,我拿着几乎没信号的手机心神不宁,不断得宽慰自己大朋在呢,胖子也睡着了,能有什么事儿?

但越是想就越是隐隐觉得哪儿都不对劲,烦躁得要命,但又不愿意让月儿看出来。

好不容易挨到打完点滴,我扶着月儿走出医院,刚出门诊大楼就收到好几条胖子和大朋打电话的信息,心里"咯噔"一下,一边把月儿扶上车一边回拨过去,胖子电话没人接,大朋的电话刚接通就听他在电话里语无伦次说:"哥,轩哥,出事儿!出大事儿了……全是血,欧阳哥……宁哥……"

我愣在车门外,脑子里一团乱麻,强沉住气说:"慢点说,大朋!怎么了,谁全是血?"

"欧阳哥……欧阳哥……"

"怎么回事儿?你慢慢说。"

"警察把宁哥带走了……"

"怎么回事?那胖子呢?胖子没事儿吧?"

"胖哥没……什么……胖哥现在在派出所呢……"

"你人呢?你人在哪?"

"我在派出所门口呢……我……我……胖哥没让我进去……"

"你把情况跟我说一遍。"

"宁哥打电话叫我去胖哥家,他说胖哥睡着了,叫我去陪着他,我刚进门宁哥就急匆匆地走了,说是出去办点儿事儿,过了没一会儿就听楼下警车嗷嗷叫,胖哥也被吵醒了,从窗户往下看好多人,他大叫一声'不好'就往外跑,我就跟着下楼了。然后然后……"

"然后什么呀?"我大叫道。

"然后就看见公寓大门口欧阳哥一身血,墙上也是血……120车也来了,把欧阳哥往车上抬,宁哥坐在一边,再然后……警察就把宁哥带走了。"

"怎么会这样？然后呢？"

"我和胖哥紧跟着去了医院，到了医院胖哥让我在车里等，后来就看见他出来上了警车……"

"你还知道什么？"

"就这些，我都不知道怎么回事儿，怎么回事儿啊轩哥怎么回事儿啊……你们四个不是关系最瓷的吗？"

"行了，你在派出所门口等着，胖子一出来就给我打电话，我马上过去。"月儿这时已经从车上下来了，紧张兮兮地站在我旁边，我安慰道："我先送你回家，胖子那边我得赶紧去看看……"

我把听到的情况在车里跟月儿复述了一下，月儿很是震惊，一再叮嘱我自己要小心。

我说放心吧，这里头没我什么事儿。

到了广内派出所，见POLO车就停在门口，拉开车门，我看见一脸呆滞的大朋。

"你们下楼没被警察盘问？"我问。

"别的我没看太清楚，但宁哥的表情我看清了，宁哥对胖哥摇了摇头，好像是不让胖哥过去。"

"那你们后来怎么去的医院？"

"我们跟着120后头去的，胖哥当时也吓傻了……"

"后来呢？"

"后来到了医院胖哥就一个人进去了，让我在门外等……"

"欧阳到底什么情况？"

"不知道，反正好多血……"

我颓然地坐在座椅上，祈祷着欧阳野千万要活着，宁夏打架下手狠，如果真出了人命，就算是神仙也救不了他了。

两个人不再说话，都傻了一般僵在各自的座椅上，我的手心往外冒汗，不安地抖动着双腿，如坐针毡。

也不知过了多久才看见胖子走出派出所，他一出门就在打电话，我连忙下车跑过去，他看我一眼继续对电话说："好的好的……阿姨您也别着急，欧阳的医疗费您那边儿如果不凑手我全包了,您放心您放心,欧阳吉人天相,有什么事儿您说话,您就当我是您的儿子!"

"怎么样?"我着急地问。

"还在抢救,应该是脱离危险期了,但昏迷着,还在观察……"

"天啊……"我长长地吐了一口气,"人还在就好还在就好……今天到底怎么回事?"

"回家再说吧,咱别在这儿说话,回我家。"胖子挥挥手上了车。

简单跟大朋说了两句欧阳野的情况胖子就没动静了,大朋纵有一千个问题也没敢开口。

车子飞速向胖子的公寓驶去。

第四十七章　我所知道的

　　下车之前，胖子叮嘱了大朋一句："别乱说话。"大朋识趣地点点头。
　　他在公寓门口站了一会儿，似乎还在努力寻找着什么，然后悠悠地对我说："就在这儿，现在什么也没了……垃圾桶也没了……"
　　"垃圾桶？"我重复了一句，发现原来矗立在公寓门口两边的那种高档钛金大理石的垃圾桶确实少了一个。
　　在明亮的灯光下，这里洁净高雅，似乎真的什么都没发生过。
　　除了整个正门还在被黄色的警戒线拦着。

　　坐在胖子家奢华的客厅里，他一言不发地给我和他各拿了一瓶啤酒，我心急如焚，等着他说话。
　　他坐在我对面，灌了大半瓶啤酒才开口。

　　胖子今天本来应该去上班，但因为在澳门输得太多又缺觉就请了病假，一直到中午醒了看见我们仨都打了好几个电话，刚想一一拨回去宁夏就来家里找他了。
　　俩人坐下来就一直喝酒，基本都没怎么说话，喝得胖子最后有些头晕，"然后……"他停止了叙述，红红的眼睛从镜片里直勾勾地看着我。
　　"然后怎么了？"我急切地追问道。
　　胖子没有回答，反手从沙发底下摸出了一瓶东西，我仔细一看，瓶身上赫然写着"敌敌畏"三个红字！
　　这不是剧毒农药吗？我大吃一惊，"什么情况？"
　　"你跟宁夏的表情基本上是一样的……"胖子苦笑一下，把眼镜摘了，用手擦拭着眼睛。

"不是，你干吗呀？咱四个人两个可都折了，你要干吗呀？宁夏打欧阳也不是因为你呀，你这是要赎罪吗？他跟欧阳一直不对付，跟你有什么关系？"我一把把农药抢过来，气急败坏地大声呵斥道。

"你根本就不知道，你根本就不知道……怎么跟我没关系……"胖子忽然像个孩子一样捧着脸，我看见泪水从他指缝滴下来，一颗又一颗。

我起身去卫生间把农药倒在马桶里，又把空瓶洗了扔掉，回到客厅坐在胖子身边，用力拍了拍他的肩头，"还有我呢哥们儿还有我呢……"

胖子索性大声哭起来，"我快受不了了……我真不知道会出这么大事儿……宁夏答应了我的……宁夏答应了的……我喝多了睡着了……我不知道会出这么大事儿……我后悔告诉宁夏了……"

我的眼圈儿也红了，看他情绪激动也不敢继续追问，只能静静地等待他情绪平静下来。

又过了许久，我点了支烟递给他，他叹口气，"也不瞒你了轩儿，我的确有轻生的念头，我告诉了宁夏一些事……"

"什么事儿？为什么轻生？"

"我戒不了赌，又阻止不了输钱。"

"那些钱是不是归不了数了？"

"也不是……就是……就是太累了，我想我妈……"

"你还有媳妇呢，尤佳呀，你才刚结婚半年多……"

"尤佳？我没钱她会跟我吗？我没钱谁会跟我过呀？"

"你别这么说，如果尤佳不爱你也不会嫁给你，你想多了。"

"可我要是没钱了呢？什么也没有了，她早晚会离开我……到时候我肯定受不了……"

"胖子，咱不赌了，不还有这房子和台球厅吗？欠的那些个钱我回家跟月儿商量商量，能还多少还多少，咱可千万别想不开……你已经过得比旁人好太多了，你看宣武这帮孩子天天围着你转，你过得难道不好吗？"

"他们天天围着我是因为我有钱，而且，而且……算了，说了你也不懂……不提这个……"胖子又叹口气，话锋一转，"我喝多了，其实也不是喝多了，我告诉宁夏我不想活了，还把敌敌畏拿出来给他看了，我说你们不是都看不上欧阳吗？如果你俩都不喜欢欧阳我就把丫一块儿捎带走……"

"啊？你这么跟宁夏说的？你不是对欧阳挺好的吗？这……这怎么……怎么回事儿？"

"欧阳就是个势利小人，他一直在利用我……"

"你可以让丫滚蛋啊，何必天天什么事儿都叫着他？就算出码你现在跟四哥他们也熟了，没必要啊……"

"唉，你不懂……"胖子摇了摇头，"怎么跟你说呢，我跟欧阳之间……他威胁我……"

"威胁你什么？拿什么威胁你？"

"原因以后再说，没法儿告诉你，欧阳比你们心都细，他太聪明了……别问这个了行吗？这跟你没关系……反正宁夏当时也是这么劝我，后来我还告诉了宁夏一件事，关于你的……"

"我的？"

"你的，就是……轩儿，这话我憋了太久了，其实我早就知道了，一直觉得对不住你，反正现在欧阳也躺在医院了，你也不能怎么样他了……我也不想再瞒你了……"

"到底什么事儿？"

"江玲玲和欧阳……有一腿……"

"啊？"我一下站起来，火"腾"就窜了一脑门子，牙齿咬得"咯咯"响，我和江玲玲毕竟正正经经地谈了四年多恋爱，就算现在已经翻篇了，但哥们儿染指嫂子这是大忌！

"我就知道你这反应……"胖子拉我坐下，看着我脑门上暴起的青筋继续说道，"所以一直不敢告诉你！"

"什么时候的事儿？"

"从韩国回来以后……或者应该说在韩国的时候就有了……"

"我×他妈欧阳野！"我一拳捶在沙发上，愤怒得发抖。

"这事儿你也别怪玲玲，我吧，其实一直觉得你和玲玲比跟月姐在一块配……现在倒不这么想了……可当时真是希望你和玲玲和好……她当时找到我让我搓和一下，我就安排了去韩国的事儿，我知道你为这事儿一直在心里都不太舒服，我也没跟你解释过，但当时真是没有坏心……结果在韩国玲玲从你那儿碰了一鼻子灰，也不知道欧阳怎么就乘虚而入了。"

"这事儿你怎么知道的？"

"小芳亲口告诉我的。"

"后来呢?"

"后来欧阳老带着玲玲跟西城一帮孩子溜冰还沾上了毒瘾,再后来欧阳腻了……就没再管过她。"

"那她现在怎么样?"

"我给了她一点钱,说是把毒瘾戒了,跟欧阳也没联系了。前段时间听说去了香港。"

"唉,终究是我对不起她。"

"谈恋爱的事儿,也没什么谁对不起谁的,就是欧阳太孙子,不管怎么说也是兄弟的女人,就算是分了也不应该碰,这是规矩。我一直也不敢跟你说,怕……这不昨天不想活了吗?心想干脆一块把丫带走得了,少个祸害!"

"难道宁夏是因为这事儿?"

"怪就怪我他妈的多嘴!宁夏当时就急了,说胖子不用你动手我去把丫的做了!我当时吓傻了,就把敌敌畏拧开了,说你要是敢走我就死在这儿!他夺下来也是去给倒了,我说没用还有一瓶我藏起来了,就算没有敌敌畏我也能一头撞死!他就慢慢坐下继续和我喝酒,还从柜里拿了瓶洋酒,结果啤的洋的一掺我就睡着了。后来迷迷糊糊听见警车响半天,一睁眼看见大朋在,说是宁夏叫他来的,后来……这不就出事儿了吗?"

"你下去看见什么了?"

"欧阳倒在墙边,一脸的血,身上也是血,旁边那垃圾桶上也有血,我琢磨了一路,分析是不是欧阳的头磕到角上了还是怎的,这样可能宁夏罪过还小点儿,你想要是宁夏一推他他就自己磕到垃圾桶那角上了呢……但当时情况我也没见,不好说……我下去以后也吓傻了,傻得不敢动,然后看见宁夏冲我挤眼摇头,我想他是不让我认他也不让我过去……轩儿,不是我不过去,我害怕……我真的害怕……"他眼圈又红起来,我点点头说:"明白明白,没人怪你。"

"然后我就眼睁睁看着宁夏被警察带走了,欧阳也被抬上了120车,我也不知道欧阳会不会死,就叫大朋跟到医院……我到医院以后警察发现我问我和欧阳什么关系,我说朋友,后来就把我带到派出所录笔录了。"

"你把这些事儿都跟警察说了?"

"没说,我基本什么都没说,就说病了下午在家睡觉听见警车响就跑下来看热闹,一看伤的是自己哥们儿就跟到医院来了……"

"你没说认识宁夏?"

"警察问了，我说了认识，但不知道他们为什么打起来。"

"那怎么待了那么久？"

"没待多长时间呀……就是先等了半天才有人过来跟我了解情况……但没问多久。"

"哦，那可能我太着急了没注意时间。"

"轩儿，如果警察再找我怎么办？我应该说什么？"

"找的时候再说吧，凭宁夏的脾气应该是把什么都揽下来了，而且人又不是你打的，门口那么多人看着，事实清楚，不会牵扯到你的。"

"可是……"

"别想那么多了……事情都发生了，各安天命吧。能不能托个人问问宁夏的情况？唉，楼下那么多人，大堂也有监视器，板上钉钉的事儿……现在只能希望于欧阳的伤势能轻点儿……"

"我下楼以后好像听见旁边有人说是宁夏打的电话叫的救护车。"

"真的？太好的，那应该没太大事儿……是谁报的警？"

"那就不知道了。"

"你买了几瓶敌敌畏？是不是还有？"我问他。

"就两瓶，没了。轩儿，你放心吧，你就是现在让我死我都不死了，欧阳不知道情况到底怎么样，宁夏也是个未知数，不管欧阳伤得有多轻，估计这回宁夏都跑不了，他是有前科的……而且我还借了宁夏五十万……今天这事儿是因我而起，宁夏虽说跟他爸关系不好，但该照顾的我得照顾。"

"到时候一起去。不是因为听见玲玲的事儿我估计宁夏也不能这么冲动。"

"是啊，宁夏，唉，是拿我们当亲兄弟啊……黑红梅方，我们原本是四个人呀……"胖子感叹着又掉下泪来，我强忍着灌了一口啤酒，眼泪还是扑簌簌打湿了脸。

那天晚上我陪胖子到很晚，直到一再确认他打消了轻生的念头，又约了第二天去医院看望欧阳野。

夜里疲惫地回到家，月儿一头扎进我怀里，我抚摸着她的头发，除了江玲玲那段都告诉了她，月儿一副欲言又止的表情，我问她怎么了，半天她才慢悠悠地说："其实我有件事儿没告诉你……"

我打了个冷战，心想好事无双祸不单行，别真又出什么事儿。

"你别那么紧张,"她说,"也不算是什么坏事,只是欧阳这个人吧,唉……"

"你知道了什么?"我问。

她苦笑一声,抬起头来直勾勾地问我:"去年你们去韩国都有谁?"

我被问了个猝不及防,心里"咯噔"一下。

"说呀。"她看着我。

"亲爱的,你这冷不丁地说去年的事儿……你要是这么问肯定都知道了呗。"

"有江玲玲对吗?"

我低下头,不敢面对她的眼睛,思量着如何跟她解释。

"其实你也不用解释什么,这事儿我半年以前就知道了,没问你的原因一是因为我相信你们在韩国没啥,二是因为江玲玲已经翻篇了,如果我追问的话咱俩一定会吵架,为一个已经成为了过去时的人而影响到我们现在的感情,我觉得根本没必要。"

"亲爱的我真是太爱你了!"我一把抱住她。

她推开我,"你少来这套,这事儿我不追究不代表就能有下一次!"

"知道知道,小生不敢。再说真不是我叫着去的……"

"这个不追究了,我今天提这事儿不是为了质问你,而是为了告诉你这事儿是欧阳故意透露给我的。"

"欧阳?"

"对,差不多半年以前,有一天在台球厅你还没到,我在包间里等英子她们打麻将,欧阳进来给了我一本护照,说你老公把护照落我那儿了你回头给他。我当时还寻思你们从韩国回来都这么长时间了,怎么护照还能在别人手里?结果翻开一看是江玲玲的护照。我问欧阳野怎么回事儿,欧阳野说:'嗐,瞧我这脑子,在家翻出一本护照来也没看觉得一定是轩儿的,忘了去年玲玲也跟我们一起去的韩国了。'说完马上捂嘴,好像说漏了似的,我当时就追问他怎么回事,他说:'没什么没什么怪我这嘴。'我翻开护照一看果然有你们同一时间去韩国的签证,翻到后头还有一个泰国的新签证……他说月姐你可千万别生气,具体怎么回事儿我也不知道……你就当什么也没发生过吧,说完拿着护照就走了。我当时是挺生气,但转念一想这分明是欧阳故意告诉我的,估计是江玲玲让他帮着签泰国把护照放他那儿了,怎么可能他连看也不看就断定是你的护照?再者说你们几乎天天见面,没理由单趁你不在的时候把护照让我转交给你呀。"

"妈的,小人。"我骂了一句,把在韩国发生的事情都告诉了月儿,最后连从胖子那儿听来的关于江玲玲和欧阳的事儿也说了。

月儿皱了皱眉头,"韩国的事儿倒是跟我猜想的差不多……但是没想到宁夏居然……唉……欧阳这人心也太毒了,转着弯儿地挑唆,可是话说回来,你们仨既然都这么不待见欧阳,胖子干吗不离他远一点儿呢?"

"我也这么问胖子,胖子支支吾吾的好像有难言之隐,我也没再追着问,总觉得……"

"总觉得胖子有什么把柄攥在欧阳手里是吗?"

"对……"我和月儿对视了一眼,但都没继续说下去,她脸色阴沉,抓住我的胳膊说:"老公,我这心里怎么这么害怕呢?要不,你别跟胖子在一起混了吧?"

"月儿,你不是不知道我欠胖子的太多了,现在又出了这么大的事儿,如果我再躲了那胖子肯定……他现在特别脆弱……不是别的,我现在是救人啊。"

"你能不能劝劝他别再赌了。"

"我一直在劝,现在还不知道他那八百多万能不能归上数呢……他要是真的不赌了,亲爱的我想问你……我们能不能拿出一部分积蓄来帮帮他?"

"嗯……力所能及地帮一把可以,但你也不会让我把房子都卖了帮他吧?澳门这种赌债,其实可以拖上几个月的。"

"是是,当然不会卖房子卖地了,咱能帮多少算多少,到时看情况再说吧,老婆,你真的……真的太好了,我这一辈子,有你,足够了!"我把她拥入怀里,半天都没放手,她的发丝几年如一日散发着清淡的柠檬香味儿,安抚着我困顿混乱的内心。

胖子没有自杀,而且在半个月的期限内奇迹般地把赌债都归还了。

欧阳野却再也没有苏醒过来,医生说他这辈子苏醒的希望都会比较渺茫,他真的就像一棵植物一样静静地躺在病床上,呼吸均匀,脸上和头上的伤痕很久很久才散去。

他所有的医疗费都是由胖子付的。

宁夏被正式批捕,由于他事发时主动联系了120有悔过表现,胖子又及时以他的名义向欧阳野的家属赔偿了一百万元,但也由于他有前科,最终判了十年。我们去看了宁夏他爸,他爸一副无所谓的表情,让我和胖子的心都冷了。

等再见到宁夏的时候已经是一年以后,我去监狱探视了他,而那时,没有胖子。

如果他在,他一定会去的。
一定会隔着玻璃摘了眼镜面对宁夏哭泣。
可惜,没有。
永远也不会有了。

第四十八章 深渊

宁夏和欧阳野的事情还没处理完,胖子就订好了和我一起飞往澳门的机票。现在真的只剩下我们两个人了,所以月儿对这次澳门之行也没有阻拦。

虽然她内心里肯定是不愿意的。

还有一个多月就过春节了,又是一年。

澳门的冬天也有点冷,但赌场里依然开着强大的冷气,我和胖子再次踏上这片土地,却感到犹如走入地狱的彻骨寒意。

因为胖子的良好信誉,加上现在又没了欧阳野和宁夏的铁瓷关系,看得出四哥和庄生都在尽一切可能巴结着胖子,对他们而言,这种大手笔又归数迅速的主儿能捞上一个的确不易。

这次还是四哥从北京跟我们一起飞的,所以先到他的赌厅里拿的筹码。

五百万,三个小时,一分不剩。

从法老王出来,胖子一言不发,在路边抽了两支烟,随后给庄生打电话,庄生说哎呀你来澳门了怎么也没通知一声让我订机票?我现在派人马上去接你,胖子说不用了,你在鸿利会吗?我和秦轩这就过去。

门口早有马仔恭候着,见了我们自是点头哈腰,胖子问庄生呢?马仔冲一进门一个包间努努嘴,说庄生正在处理事情。

门内传出呵斥声,马仔还没来得及阻拦,胖子已经推了门进去。

这个赌厅没开,荷官也不在,庄生趾高气扬地坐在椅子上抽着雪茄,旁边站着两个马仔,地上跪着一个五十多岁的男人,他对我们的闯入似乎毫不介意,继续低声下气地央求着："庄哥庄哥，我的亲大哥，这回是我不对，我这次赢了一定马上归数，一分都不少您的！"

庄生见我们进来，笑着示意让我们坐在一边，接着对跪在地上的那男人道："没你这样做事情的，你欠我的钱到现在都归不上，居然还跑去别人那儿拿码？你手里有多少码子今天先给我归多少！"

"庄哥，我这……我这都要给了你我怎么翻本儿呀？"

"你想翻本儿？你这些年在澳门得输了几十个亿了，你赌得这辈子都翻不了身了！滥赌鬼！"庄生转头对我们说，"你们知道这是谁吗？这以前是××的首富！现在沦落到这个怂样子，光欠我都欠了上千万，拖了这么久，"他手指指着那男人，"你是要拖死多少人？你现在屁都没有，欠着我的钱还跑到别人的场子去赌，你今天不把口袋里的钱掏出来就别想再在澳门任何地方赌！听懂了没有？"

那男人依旧唯唯诺诺地恳求着，他身上昔日的风光荡然无存，现在只是一个落魄到没有尊严和底线的人。我实在难以忍受一个和我父亲一样年龄的男人跪在面前，心里一阵寒冷，不由自主打了个冷战，逃似的跑出了房间。

胖子也跟着出来，四目相对，现实的残酷生生摆在面前，我们都不知道该说什么，这时庄生追出来笑着说："不好意思呀让你们看到这一幕，真的是没办法……"

"算了，"胖子摆摆手，"跟我们没关系，赶紧拿码吧。"

"你们要不要先吃点东西？"

"吃过了。"

"好的好的，先拿两百万可以吗？Andy，你先陪李生和秦生，我等一下过来。"说罢对接应我们的小弟交代了两句，再冲我们咧嘴笑笑，转身推门回了刚才的赌厅。

这一夜，筹码来来回回进进出出，限红一百五十万的台子胖子经常一把推满，中间换新牌的时候庄生问起宁夏的事儿，胖子若有所思，基本没怎么答话，全靠我跟庄生唠了几句，庄生感叹了半天，待新牌削完，大家都再没提起过这个名字。

等到天光发亮，胖子又输了三百万。

再问庄生拿码，庄生劝道："你们来了也没休息吧？好好去睡个觉歇一歇，睡醒了再玩嘛，又不是只待一天。"

我也劝胖子，今天运气不好，别再生生往回扳了。

胖子一脸锈色，疲倦地点点头，也不再坚持，庄生又陪着去吃了点东西，方才回到房间休息。

胖子的呼噜声渐起，我却怎么也睡不着，内心的恐惧如洪水猛兽汹涌而来，我并不知道胖子的真正实力，也不知道他到底有多少钱，更不知道如果这样下去会出现什么样的后果，我只能在心里一遍又一遍地安慰自己和祈祷着好运的降临。

下午醒来，我迷迷糊糊地睁眼看见胖子开了门，似乎是庄生的马仔送了一包东西。

我问胖子是什么，胖子不好意思地说你别管。我说哥们儿不是毒品吧？他说你丫有病，说着从纸袋里拿出了两样东西———一包卫生巾和一瓶红色墨水。

我惊讶地问什么情况？胖子说你丫不懂，听人说女人来大姨妈的时候财运最好，我垫上点儿试试。

我说大哥你行不行？那玩意儿再把蛋给捂坏了。

"只要能赢钱怎么都行。"胖子不再理我，转身去了卫生间。

吃完饭又换了个赌场，两百万连一个小时都没到就输光了。胖子再要拿码的时候庄生露了难色，说兄弟你这回运气真的不太好，干脆别玩了，我晚上带你们去夜总会吧，澳门的夜总会小姐都不穿衣服，就一层薄薄的纱……再说这个月外头欠我的码子实在太多……

"我他妈的什么时候欠过你的码子？"胖子把桌子一拍怒声说道。

庄生马上赔了笑脸，招呼小弟又拿了两百万，这两百万撑的时间长了些，中间还有了点起色，但凌晨的时候也输了个毛干爪净。

去吃了点夜宵，席间庄生刻意说着笑话，胖子不时跟着干笑两声，我忧心忡忡地食不知味，感觉时间真是难熬。

回到赌厅，胖子要接着拿码，庄生一再规劝，告诉胖子实在是这个月他的额度也透支了，只能再拿一百万出来。胖子点点头，说一百万也行，有赌不算输。

这最后的一百万确实让胖子看到了希望，一上来就连赢了几把，最多的时候打回来四百多万，但之后又是拉抽屉一样输输赢赢，耗到早上快5点，全部输光。

庄生无奈地看着我们，摊着手说真的拿不出码子来了，已经出了八百万了，这几天还有其他客户，真的是没办法。

胖子拿在手里的火机掀亮又摁灭，他无意识地把玩着，我把庄生叫到门外说："庄哥，五十万能拿得出来吗？"

"五十万也没有了，真的兄弟，不是骗你们，这两天还有几个熟客要来，得给他们留一点，你们总不能让我把别的朋友都得罪了吧……理解我一下我也很难做，再说李生这次输这么多，几十万是很难打回来的……再打也是往里扔钱，不如你们下周末……"

"二十万能拿吗？"我打断他，"我拿总行了吧？这个钱是我拿的，如果输了我当时就刷卡。这么久了你不可能连这点面子都不给我吧？"

"怎么会怎么会？当然有面子啦，不要这样见外啦，是你要玩吗？"

"谁玩你不用管，反正这二十万算我头上，输了马上刷给你。"

"也好也好，我让小弟这就去拿。"

庄生吩咐Andy去拿筹码，转头对我说："那我回去睡觉先走了啊，这二十万……"

"按刚才说好的。"

"没关系没关系，你们玩。"说罢他返身去跟胖子打了个招呼，胖子看庄生要走，满眼的期待黯淡下来，点了点头。

我明白庄生是怕胖子再拿筹码才借口走的，他们放码也是有度的，不可能无节制地放下去。

心里怀揣着无法言状的恐惧，我焦急地等待着Andy，胖子已经输了一千三百万了，即使赌神附身，恐怕这二十万也是填漩，但我仍然愿意尽一点自己的微薄之力。

第四十九章　传奇

我拿着二十万筹码走回厅里，Andy跟在身后，胖子从桌边站起来，说："你干吗去了？走吧，没戏了。"

我把码子拿出来递给他，"想玩再玩会儿吧，我从庄生那儿拿的。"

胖子眼前一亮，"可以啊你……就是……太他妈的少了……二十万怎么打回来啊？"

"×，你丫玩不玩？"我作势要把筹码拿回去，被他一把捂住，"玩呀，有赌未必输嘛。"

我们叫了两杯咖啡，让荷官换了一副新牌，胖子站起身来溜达了几圈，此时已是清晨，小厅里只剩下我们几个。

因为是最后的筹码，这二十万就显得弥足珍贵，荷官飞了三把牌之后，胖子小心翼翼地只押了两万闲。

两万赢了，Double了四万，又赢了，再Double又赢了，再Double又赢了……连赢五把下来，两万居然变成了六十四万！

在我们和Andy连声的欢呼中胖子来了感觉，之后的注码也越下越大，从第一把闲开始居然拉了一个十五口的长闲出来！看着路牌指示器拐了弯的一溜蓝色圆圈，胖子居然依靠后面这十几把闲牌赢回了五百多万！

一旁的Andy惊呆了，赶紧给庄生发了信息，庄生很快就回到了贵宾厅，进门之后跟我们连连击掌，掏了雪茄给我们一一点上，兴奋笼罩在每个人脸上，大家开始说笑起来，胖子扔给荷官一个一万的筹码说了句"饮茶"算是打赏。

十五把闲之后开了和，庄两个4点，闲两个9点，胖子正好各下了五万的"三宝"（庄、闲对子1赔11倍，和牌1赔8倍），不光把下闲家的四十万撤了回来,还意外地赢了一百五十万!

有如神助!

之后又叫荷官飞了三把牌,牌路眼看着变成了单跳,反正不论横竖怎么看都是好路。我和庄生此时都禁不住手痒,本来也想跟着下点儿的,但一来胖子总是一注把限红打满,二来赌博的人都迷信,怕多一个人下注风水再变了,也只能强忍着没玩。

这是惊心动魄的一个上午,这一天很多年后还有人在津津乐道,甚至当作一个传奇绘声绘色地讲给旁人听,天生一副娃娃脸看上去似乎还没有成年的胖子开启了一个不可能的神话,用手里仅有的二十万赢了四千多万!

那么多的筹码摆了一桌子,一百万的长方形大板金灿耀眼,晃得胖子满面红光,如沐春风。

已近中午,胖子连输了几把之后骂了一句,把手中的牌一扔,告诉庄生:"得,就这么着吧,不玩了!正好一点多的飞机回北京!"

我们都如释重负地吐了口气,我更是在心里连叫了几声"阿弥陀佛"。

清点了一下筹码,一共四千三百多万,刨掉在两家拿的一千三百二十万码子还赢了三千万!

当下把庄生的八百二十万归了,庄生问怎么转账?胖子笑嘻嘻地说:"转什么账,我要现金!"

"现金?三千多万,这么多钱你们两个怕不好拿回去吧?"

"我还在别人那儿拿了五百万呢,这就让人来拿。就装箱子里拎回北京啊,我们两个大老爷们儿还拎不了几个箱子?拿完钱你让小弟把我们送到机场就行了。"

四哥来人把五百万拎走,听了经过直撮牙花子,说兄弟你可太牛×了,二十万能赢四千多万,我洗了这么多年的码还是头一回听说。

"其实是用两万打的,最开始就用了两万。"胖子抚摸着圆滚滚的肚子,得意的神色挂了一脸。

庄生的小弟基本上全到了,有七八个,排成一排集体向胖子鞠躬,"恭喜老板!老板精神!"胖子笑笑,拿了十万现金递给庄生,说给他们饮茶,庄生拍了拍我的肩膀对胖子说："秦生真是好人！你这朋友交得值！"胖子回头感激地看我一眼，"那当然，打小的关系……"

三千万港币装满了三个箱子，我们来澳门一般就两三天，只带个随身小包，当下庄生让人拖了箱子，送我们去机场。

那时候过海关也不查，出关、入关都很顺利，胖子一路上兴奋地手舞足蹈，居然一天一夜没有合眼也不困，他不住瞄着上方的行李箱，如果不是担心露富，他肯定想拿个大喇叭，把这次的传奇经历讲给飞机上所有的人听。

回到北京的第二天，胖子拎了五十万现金送到我家，月儿没在，我怎么都不肯收，胖子笑笑，"那就再说。"

12月27日，我和月儿终于去民政局办理了结婚登记，头一天晚上月儿问我："老公，结婚后能答应我两个条件吗？"

"你太小看自己了亲爱的，两个哪行？一千个一亿个都不是问题。"

"去你的，就两个，第一，永远不要骗我；第二，要是吵架不许有过夜仇，当天的事情当天解决，婚姻里沟通是最重要的……"

"知道啦小傻瓜，全都答应你，一不骗你二不过夜……"

"什么不过夜呀，是吵架必须当天解决……你讨厌……"

"那我能问你个问题吗亲爱的？"我问她。

"说呀。"

"你为什么愿意嫁给我？我什么都没有。"

"其实……我说了你别生气，我朋友起初都不太赞成，我也犹豫过……但你知道吗？好多人结婚就是凑合着过日子，世界上两两相爱的夫妻本来就不多，老天爷让我们碰到一起又这么相爱这是造化，我们俩有能力结婚而不结，那你说是不是作孽呢？"

我把她抱在怀里轻轻晃着，窗外寒风虽然萧瑟，我们的内心却温暖而幸福，我至爱的，有你在身边，真好。

从民政局办完登记手续，一出门我就兴奋地给所有朋友打电话，通知大家晚上一起吃饭。

晚宴朋友们都来了，可惜少了宁夏，心里黯淡了些许，好日子大家自是都没提起这事儿，先是举杯庆祝我和月儿修成正果，接着又把胖子的澳门之战七嘴八舌谈论了一番，尤佳不住咧嘴笑着，嚷嚷着要去看别墅，胖子用手一圈又一圈地抚摸着肚子，笑意在脸上始终没有散去。

我一直在桌下攥着月儿的手，看她幸福的小模样，心里甜丝丝的，酒也就多喝了些。

又一次举杯时胖子说："轩儿，你今天是好日子，我送你一份结婚礼物吧？"

"今天就登记，你丫要送婚礼时再送。"我说。

"婚礼是婚礼，现在也一样。"

"送什么我先听听，低于一百万的免谈！"我开玩笑道。

"好，这可是你丫说的，不收你丫是孙子！"胖子举杯过来跟我一碰，仰脖喝了，"你明天和月姐……不，是弟妹，挑辆车去，不超过一百万算我这辈子白交你这哥们儿了！"

"嚯……"席上所有人惊呼起来，尤佳在一旁吃了一惊，用手肘小动作碰了一下胖子，胖子把胳膊移开，"我可没喝多，说话算数！不算数的是王八蛋！"

"你丫别闹！"我端着酒杯笑道，心里清楚胖子说的肯定是真话，他这是还那二十万的人情呢，但我当时也是一时情急，并没想着真让他回报什么。

"就是呀，别闹。"月儿也说，我回来并没跟月儿提过钱的出处，只说是胖子用最后二十万打回来的。

"我真没闹，哥们儿都在呢，你要是不收我真跟你丫绝交！你们不知道吧，最后那二十万是轩哥以个人名义拿的，要是没轩哥，我这回就折在澳门了！你们说是不是应该好好谢谢他？"胖子又给自己满上一杯，端起来对大家说。

"轩哥你就收了吧，让嫂子去挑！"大朋举起杯来说，桌上其他人也随着附和。

"既然这样就别驳胖子面子啦！"六子接过话来，"轩哥就是仗义，交这朋友是福气！胖哥也好好带带我们，我们也想要一百万的车！"

我转头看看月儿，月儿一笑，"你看着办吧。"

我捏捏她的手，"行行行……咱把酒先干了吧！"

"得，就这么说定了，你和月姐明天去挑车啊！"胖子一饮而尽，旁人也就都干了。

那天晚上我喝了很多，多得忘记说了些什么，生活似乎变得越来越美，胖子的危机也似乎已经过去，而我，真正拥有了心爱的人。

第五十章　风云再起

迷迷糊糊被胖子的电话吵醒,他说你丫赶紧去挑车,不还这情我心里难受。

我笑着说怎么不憋死你丫的,看看表也已近中午,月儿也睁开了眼睛,我俩躺在床上聊天,我先是对以个人名义拿二十万的事儿赔了不是,月儿说我明白的,只是以后这种事儿要给我说一声才好,别头脑一热就不管不顾的。

我问她喜欢什么车,她说开惯了SUV了小车就别换了。于是起身洗漱收拾了一番,先去台球厅转了转,又开车去亦庄,那儿4S店是最为密集的,也好选择一下。

路上胖子又打来电话,说在单位呢就不陪我去了,叮嘱我一定挑辆好车,也好让他把心愿了了。

辗转了几个店,最后看中了奔驰ML500,全办完刚好一百万出头,当下交了定金,只等半个月以后提车。

之后和胖子又连续去了几次澳门,胖子都有如神助,每回都能赢上千万回来。临近春节时,我在心里大致一算胖子已经连续赢了一个多亿,六子和大朋也跟着去了两回,小玩小蹭了不少,大家都很开心,说这个年过得挺肥的。

我倒是一直没玩,胖子总拉着我在他身边,我上个厕所他都能找我好几回,而且他总是一把就把限红推满,我就是手痒也不好意思掺和着下注。

2008年春节前最后一次从澳门回到北京,在高速公路上,胖子忽然从包里拿出港澳通行证,先是几把撕了,又一页一页地把所有带个人信息的页面撕碎,他撕得很细很细,然后打开车窗,把手中的纸片慢慢扬了出去。

细碎的纸片随风飘落,我看着胖子,他眼中的光芒逐渐黯淡下来,他没有转头看我,只是喃喃地像是自语一样说了句:"不赌了。"

不赌了。

赢的是纸，输的是钱，此时收手当然是最好的结果。

我为他高兴，但内心却也有点莫名的失落，不可否认，这一年多来澳门赌博的过程起伏刺激，如同经历了几世人生，忽然就这么放下了心里还真是百味杂陈。

春节我和月儿回了太原，胖子和尤佳回了东北，那时宁夏的判决还没下来，我们去医院看望了欧阳野。

这张曾经熟悉且让人讨厌的脸，现在平静得像个婴儿，是非恩怨，千回百转，都随着他一成不变的呼吸烟消云散。

整个春天胖子都在游戏厅里带着一大帮宣武的孩子玩魔兽，我对那玩意儿不感兴趣，去了几次就懒得再去，四哥开了个饭馆叫他入了股，周奕开了个游戏厅他也占了股份，我几次问起他要不要再主营点实业什么的，甚至提起了甜品店，他说现在干什么都挺累的，台球厅不也正常运营着呢吗，回头再说吧。

张总正在筹备开典当行，手续都全了，问我们要不要入股，月息1.5，胖子说就不掺和了，我和月儿彼时正觉得股票行情不太好，索性跟张总签了合同，把闲钱都放在典当行里，反正什么也不用管，月头收息就是了。

日子滋润得油光水滑，我和月儿把婚纱照拍了，四处留意着婚礼场所，挑来挑去看中了地坛公园里的乙十六号餐厅，里面亭台楼榭，小湖里还养着天鹅，只是费用比较高，8月份之前的好日子都订出去了，于是把婚礼订在了9月7日的星期六。

月儿开心地忙碌着，订礼服啊鞋子啊婚庆公司啊……笑容每天洋溢在她美丽的脸上，我经常满足地看着她，觉得人生真好。

尤佳也在忙碌着，她四处看别墅，又换了一台法拉利，每天拉风得很。庄生时不时打电话问胖子什么时候再来，显然是不愿意放弃这么大的客户。胖子每天下班就在游戏厅玩魔兽，时间一久也腻了，连打麻将、斗地主这种小赌博也看不上眼，经常玩着玩着就目光呆滞，我想他的心可能早就飘到了澳门。

在他们投资的餐厅，四哥又聊起胖子神奇扭转乾坤的经历，半开玩笑地说："你真是个赌神，太牛×了。"那一刻我看见胖子眼睛一亮，也许在他心里，真的觉得自己就是为赌博而生的。

沉寂了三个多月，胖子悄悄地补办了港澳通行证，当他给我打电话让我再去签证以便周末去澳门的时候我也只是劝说了两句,不见澳门那么久,我甚至已经开始不止一次地想念那个充斥着欲望的城市了。

"你千万悠着点儿,别拿那么多码儿了。"临去机场时我说。

"我心里有数。"他点点头。

庄生安排了一顿昂贵的晚餐,神户牛肉,说真的我没觉得多好吃,肉是入口即化,但吃了几块就腻了,酒我也品不出来,即将再进赌场的喜悦和紧张让我在冷气大开的房间里微微打着冷战,手心又不听使唤地出起汗来。

那天去了新开的MGM,金碧辉煌,犹如宫殿。胖子一上去又大开杀戒赢了八百多万,我们回房间踏踏实实地睡了个好觉,第二天又去永利买了几样名牌,我问他要不要去香港溜达一圈儿就回北京,他说你丫有病,我手气这么好还不赶紧再搂点儿?再说香港有的名牌澳门都全,还坐船去香港干吗?

我无语了。

晚上庄生接了我们吃完海鲜,再回到赌场上却风云忽变,先是输输赢赢没有起色,后来就一直输,八百多万很快全输了回去,接着拿了五百万又输了。

胖子说不玩了,我得换个地儿,庄生知道他要去别处拿码,说我这里也可以接着拿啊,胖子说我怎么也不能光捧你的场啊,庄生无奈,只得把我们送到门口,再三表示随时回来拿码,多少都行。

在四哥那儿玩了一夜输了整整三百万,胖子又回来找庄生拿了三百万,到早上又输光了,再拿两百万还是输,胖子对我说轩儿你帮拿二十万试试看会不会像上次一样出现奇迹,我照话问了庄生,庄生一点就透,依了上次情形让Andy给我拿了二十万,他自己也没跟在胖子旁边看牌,胖子让荷官新开了一副牌飞了三把,如那次一样只下了两万闲牌,结果开了庄,再下又输了,二十万连个泡都没冒。我说算了别较劲了,胖子也失去了信心,说回去歇会儿坐晚上飞机走吧,我明天单位还开会呢。

我当然同意,觉得胖子还算有节制,起码没有置气滥赌下去。

但这仅仅是个开始。

在接下来的几个月里,胖子在澳门逢赌必输,说来也怪,他每次基本一上来都赢钱,但每次都不走,觉得运气正好,所以最后离开澳门时总是输得一干二净。

我说何必那么较劲呢？赢点儿就走多好。他说你不懂……说了你也不懂。

为了跟四哥竞争，庄生用尽所有办法讨好这个大客户，有一次还主动给胖子找了一个香港的小明星，据说花了十万港币，胖子这辈子上过床的女人本来就不多，更别说香港小明星了，所以欣然接受，算是给了庄生面子。

两家都在尽力给胖子拿更多的筹码，而这最直接的后果就是导致胖子越输越多。这像是一个漩涡，一个怪圈儿，把所有人牢牢吸了进去。

因为筹备婚礼我后来都没陪他去，六子和大朋倒是每次都跟着，台球厅对他来说可有可无，好在养的阶段已经过去，一切都在正常运营着。

几个月赌下来，胖子累积已经输了近两个亿，归数也渐渐变得迟缓了，他虽然平时还是嘻嘻哈哈一副无所谓的样子，可脖子、背和头发里都长了好多火疖子，我跟他光屁股长大，又经历了那么多事儿，但现在却觉得他越来越陌生，他到底有多少家底儿我实在是搞不清楚。

婚礼在即，我经常忙到头昏，没时间也更不知该如何劝他，只剩下在心里暗自祈祷的份儿了。

婚礼开始之前，胖子找到我说周奕那边有个拆迁房要接，问我要不要参股一百万，想起去年的十五万几个月就变成三十多万，基于和胖子的铁瓷关系，我也没跟周奕求证，回家跟月儿商量了，月儿手底下凑了八十万，胖子说也行，那二十万我帮你出了。

2008年9月7日，我和月儿的婚礼在乙十六号举行，庄生、四哥也特意从澳门赶来，那时候一般朋友随份子也就一千块钱，我宣武的街坊有好多人才随了三五百，好在月儿那边的朋友倒是都很有面儿，一场婚礼下来花费近三十万，算下来也倒没有亏钱。

那一天月儿婚纱曳地，美若天仙，我们宣读了誓词，放飞气球时月儿一笔一画地在上面写道"I LOVE YOU"，我想了想，写了"ME TOO"，被胖子、六子他们几个一顿起哄，说"你丫真懒"。

可我说的是真的，亲爱的，我也爱你。

用一生一世，用我的心。

婚礼后第三天我们去巴厘岛度蜜月，在海边手拉手躺了一个星期，光SPA就做了五六回，回程时经过了香港和澳门。

在澳门我和月儿分别拿了两万块钱，规定谁输了都不许再玩。其实我很久都没有自己玩过牌了，之前一直是陪胖子，所以当拿着这两万下注的时候还是挺激动的。

一千两千下，很快两万就输干净了，我在赌场的另一张赌桌找到月儿，看她面前已经没有筹码了。

"没了？"我问。

她噘噘嘴，小手一张，手里只有一个一千的筹码。

"我输没了，还玩吗亲爱的？"我期待地问她，特希望她能给我再拿一两万。

"说好的一人两万呀，我这一千输没了就都不玩了呀老公，我再下一把，输了就走呗。"今天不是周末，夜也深了，赌桌上只有三个赌客，月儿连牌路都没看随手下了把闲。

没想到这把赢了，紧接着又Double下了把庄。我说怎么不追闲呢，大路小路都应该下闲啊，她说算了就这样吧，输了赶紧回去睡觉，困了。

结果又赢了，我心里怦然一动，心想哎哟不会像胖子当年的神反转吧？

在接下来的两个小时里无论月儿怎么下注都基本没有输过，从最后剩的一千块钱打起，月儿居然赢了十五万多！与胖子不同的是，月儿下的注依然不大，最大的一注都没超过两万！

连输三把之后，月儿站起身来笑嘻嘻地说："走吧，老公，困了。正好十四万，刨掉本儿，赢了十万，把蜜月钱都赢回来了！"

我其实特想再玩一会儿，主要是捻牌的瘾没过，但又不好直说，只得恋恋不舍地随她上楼睡觉去了。

在澳门的第三天是周四，下午胖子从北京带着六子和大朋赶到澳门，我添油加醋地把月儿的神扭转跟他说了，胖子说月姐可以呀小金手呀，到时不行帮我看几把牌呗。月儿说别闹了，你玩得太大，我可不敢碰牌。

那天晚上胖子赌运平平，我和月儿因为周日要赶回太原在娘家再办一场婚礼，所以第二天中午就坐飞机回了北京，然后又转往太原。

而我们走后，胖子输掉了有史以来最多的一次：整整两千五百万。

我和月儿在太原待了一个多星期，这期间胖子又去了一趟澳门，据说一开始赢了三千多万，后来又倒输了一千多万。

我之后问他赢了三千多万你还不走？他说我都输了两个多亿了，三千多万能有个屁用？

"那也不能一口气把两个多亿打回来啊，慢慢来啊……你想想一开始别说赢三千多万，你就是赢个几百万也开心得跟什么似的，现在怎么一下子赢这么多钱都不挪窝呢？"

"你不懂轩儿，你不懂……"

我真的不懂吗？我只知道他现在谁的话也听不进去了，在赌博的泥潭里越陷越深的胖子胃口也越来越大，我眼睁睁看着自己最亲的哥们儿走向深渊却无回天之力。

这之后胖子有近一个月没有再去澳门，最重要的原因是庄生和四哥两边的数都没归上，他们也有点发毛，时常在电话里婉转地催着胖子，四哥回北京也找过他，但胖子说怎么也得缓缓，手头钱一时半会儿周转不过来。

对于这种一向优质的客户，庄生和四哥不好意思也不敢催得太紧。

而我和月儿，几乎都在不约而同地刻意避免触及这个话题，在我和她的心中，是不是同时感觉到了什么？

这一天，却终究没有逃过去。

哥们儿，其实你的心里也明白，这一天恐怕是逃不过去了吧？

第五十一章　因果

在我的内心深处，其实是多么不想提及这段往事，如果让我许个愿，我宁愿这一天永远没有到来。

2008年11月6日中午。

这段时间我和胖子、周奕、张总、大帅总在一起打高尔夫，眼看今天天气出奇的好，我打电话问胖子要不要一起去打球，冬天已近，年前下场的机会是去一次少一次了。

胖子在电话里只说了一句"我单位有事儿你们去吧"就挂了电话，他当时的语气并没有异样，我就给周奕他们回了电话自己也没去，而是到台球厅看月儿和英子她们打牌。

晚上周奕和张总前后脚来了电话，问我胖子有没有联系上，他的电话始终无人接听，我心里有点纳闷，打了电话问尤佳，她正在逛街，说刚打了电话没人接晚上再说吧。

我的右眼皮直跳，心里隐隐感到不安，马上叫上大朋去了胖子家，门铃都摁烂了也没听见动静，这时周奕来电话说出事儿了。

这一次，是真的出了大事。

周奕、张总当下都赶到了台球厅，他们属于信息极其灵通的人，刚在包间坐下就你一嘴我一嘴地道出了原委。

胖子利用当会计的工作之便连续在几年之内挪用公款两个多亿，尚有八千万公款亏空，人已经不知去向，目前公安机关已立案侦查，他单位几乎所有人都在审查当中。

我傻在那儿，一句话都说不出来。胖子这些年花钱如流水，原以为是赌球起家，却不知他竟然在挪用公款，之前他一次次地挪用又一次次地及时归还，所以事情一直没有败露，而在今年连续输钱之后他已无力填补亏空，只能变本加厉地赌博，如此恶性循环下来窟窿越来越大。本来按例单位都是年底才盘点，他还能有段时间应付，但银行在查账的时候突然发现了漏洞，这才让一切浮出水面。

现在大家终于明白了胖子一直不愿意辞去工作的原因。也许撕了港澳通行证的那次他就决定收手，但想来是因为补完公款之后手中并没有剩下太多钱，想再继续前呼后拥的富豪生活，只能故伎重施，所以才重返赌场，没想到在短短半年之内就输光了一切。

还有欧阳野，难道他早就看穿了一切以此来威胁胖子？

凡事，有因才有果。

而因果，竟是这样的残酷。

那他人，又在哪儿呢？

"胖子前段时间还从我这儿借了两百万，我也没多想就借给他了，估计是归了澳门的数了！"周奕叹口气说道。

"行了，你那游戏厅他不是还入了股吗？先别抱怨了，主要是这孩子去哪儿了？"张总说。

我问周奕有没有拆迁的事儿，周奕一愣，看他的表情我便已经明白那八十万根本没有到周奕手上。

大家又沉默起来，我把胖子有轻生念头的事儿说了，他们很意外，说这孩子一天到头都嘻嘻哈哈的，应该不会走绝路，百分之八十是跑路了，现在去国外都挺方便。

"可听尤佳说他连换洗衣服都没拿……"我担心地说。张总问周奕机场有没有人好查一下胖子的出入境记录，周奕说我试试。

此时尤佳和尤静都已经被带到公安局调查情况，我们又傻坐了半天，一个一个拼命地抽着烟，能知道的都说了，虽然之前对胖子的实力有所怀疑，但就连周奕、张总这种经过大风大浪、见多识广的人也都表示没想到会发生这么大的事情。

又议论了一会儿，无非是分析胖子这两年的赌博心态和事情经过，听得我的头都快炸了，自从他大手笔赌博以来就埋下了一颗巨大的定时炸弹，现在终于轰然炸了。

炸了个惊天动地，炸了个措手不及。

"这得判多少年？"我问。

"数额这么巨大，这辈子算是完了。"张总摇摇头，然后怀疑地看着我，"秦轩你和胖子这么好，真的不知道他人在哪儿？"

"张哥我真不知道，中午就通了个电话，情况也都给你们一字不差地说了，咱们这么多年的关系了我还能瞒着你们什么吗？"

空气仿佛凝固了，浓稠得让人几乎无法呼吸，又坐了许久，来人各自低头散去，怕是这一夜，很多人是难眠的。

我一个人在包间里傻愣愣的无法思想，直到月儿来找我，我抱住她，把脸深深地埋在她的怀里。

一夜无眠。

早上起来，月儿问我那辆奔驰是怎么买的，我猛然回忆起当时胖子是用单位支票交的钱，月儿叹口气说："等过两天问一下胖子他爸，让他给个主办警察的联系方式，把车交了吧。"

两天后我把车送交到公安局，尤佳和尤静因为在第一时间内转移财产已经被正式拘留，胖子的所有财产被查封，包括台球厅在内。

又过了些日子，胖子的确切下落终于传来，而我，宁可没有听到过这个消息。

事发的当天夜里，胖子把车停在一处写字楼的地下停车场，然后在车里服毒自杀，结束了自己年轻的生命。

他没有联系过任何一个人。

那辆空间狭小的POLO车承载了他最后的绝望和泪水，在停车场里停了快一星期才被保安发现异样并报警。

无论过去多久，我依然记得当年听到这个消息时的心痛，从小玩到大的兄弟忽然之间就这么走了。

阴阳相隔。

我甚至都没有好好跟他再喝一顿酒，说一会儿心里话。

我在家里睡了几天，每天恹恹的，如同大病了一场，其实我也知道，斯人已去，我们还要继续前行。

　　胖子一共欠四哥五百多万，欠庄生近两千万。
　　几个月之后，庄生在香港宣告破产。
　　尤佳和尤静在一个多月后被释放。
　　2009年清明前夕，胖子的遗体在八宝山火化。
　　进炉火化之前，我看了他最后一眼，他的整个身体肿胀发黑，也正是这个原因连让来人瞻仰遗容的最后过程都省略了，生之尽头，只剩一捧白灰。
　　尤佳捧着小小的骨灰盒泣不成声。
　　不论如何，我相信她是爱过他的。
　　至少，她给过他一个美丽的婚礼，一个两人曾经愿意共同奔赴的未来。
　　命里有时终须有，命里没时莫强求。

　　台球厅一解散，大家都闲了下来，大朋经常来家里找我聊天，六子自从跟胖子去澳门赌过之后就念念不忘，他后来居然独自跑到澳门去玩牌，也是从四哥那儿拿的码，虽然玩得不大，但偿还能力有限，最后欠了几十万还不上，索性跟四哥摊了牌，四哥先是发了一顿脾气，最后说得了你来澳门帮我洗码吧，慢慢还钱。

　　我终于可以在允许探视之后见到了宁夏，他愣愣地听完这些事情许久没有吭声，后来问我欧阳怎么样？我说前天刚去看过了，老样子，没有醒。
　　泪水从他脸上滑落，这个铁骨铮铮的汉子此时就那么静静看着我，半天才说了一句话："我们，都错在哪儿了？"
　　是啊，我们都错在哪儿了？遥想几年前我们四个在一起的情景似乎都还近在眼前，而如今，一个身陷囹圄，一个与我们阴阳两隔，一个恐怕这一生都要在床上度过。
　　黑红梅方，四个人，四条路。
　　只剩下我。
　　"你好好的，哥们儿，答应我你好好的。"临走前，宁夏哭着对我说，他的英俊未减分毫，只是，当他用十年的青春来弥补自己的过失之后，那时的他该如何面对这个社会？

第五十二章　无聊是欲望的借口

我成宿成宿地睡不着，总是不自觉去想这些年发生的事儿，想胖子、想宁夏、想还躺在床上只剩下呼吸的欧阳野。

甚至还有远在澳门为了清还赌债去帮四哥洗码的六子。

一幕一幕，如同几部连续放映的离奇电影，如果不是在我身边真真实实地发生着，我一定会嗤之以鼻于这个剧本的胡编乱造。

那时候的北京还没有霾，天还很蓝，交通还很顺畅，私家车尾号还没有限行，三环边儿上的房子还没有过万……

那些年，我们都才二十多岁，谈恋爱、泡妞、买醉；那些年，"黑红梅方"的岁月，你们，都还在我的身边……

命运是什么？

命运取决于自己的性格和周遭的人。

月儿和英子合办了一个教孩子跳舞的培训学校，每天都很忙很累，虽理解我的心情但也顾不过来我。我闲得无聊有时会去张总的典当行看看跟他聊几句，钱在典当行里放着，每月按时收，倒也赚得轻松。

周奕在西单看中了一处门脸房，房主因为急需用钱所以价格很低，他问我有没有兴趣一起接了，每月收房租不说等到了拆迁就是一笔不菲的收入。我跟月儿商量了，正好凤凰城的房子刚卖没多久，手里闲钱不少，于是投入了两百多万，占了三成股份。

我是在往前走，经济来源也很稳定，可我真的很无聊，无聊到一个人在桌上摆了扑克牌下庄闲，又一个人学胖子和我唠嗑。

有一天大朋来家里玩，我问他最近在干吗，怎么几天都不见人了，大朋扭捏半天说自己在一个网站上玩百家乐呢。我当即让他打开网址,一看是那种澳门现场实况下注,看了两眼说你就别赌了,再把自己赔进去,大朋喏喏答应了,只说自己就几百块钱玩玩而已,消磨时间。

晚上月儿累了一天早就睡着了,我喝了两杯威士忌还是没有困意,索性下床去书房打开电脑,鬼使神差地点开了白天大朋的那个网站,但网站得有登录名、账号密码什么的才能进,愣了半天神,我突然浑身燥热,心痒难耐。

我打电话问大朋在哪儿拿的账号,大朋说就以前常来台球厅的那个叫小肖的富二代给的,你不是跟他打过台球还吃过饭吗?

我给小肖打电话,开门见山地说要个账号,小肖挺高兴,知道我也是有家底儿的人,自然不会赖账,于是马上把账号、密码发了过来。

天亮之前我一直坐在电脑桌前,直到输光了甚至是大朋帮我两次电话沟通担保来的八十万的信用额度。

月儿像只小猫一样蜷在柔软的羽绒被中,呼吸均匀,细腻的脸庞在微弱的晨光中美丽而平静。

我托着腮帮子看着她,六神无主,不知道如何告诉她在键盘上戳手指头就戳没了八十万的事实。

家里的钱都是月儿管着,我根本不可能去清还赌债。

我们的婚礼才刚办完几个月,我甚至不知道她会怎么吵闹。

或者她会不会离开我?

心里慌成了一团,最后我决定,坚决不能让她知道这事儿,不能让她觉得我是一个赌徒。

月儿离开家的时候在我脸上轻轻吻了一下,我心里有鬼,佯睡着没敢作声。

下午若无其事地给她打电话,说亲爱的周奕那边有个拆迁的事儿想合作一下,要投八十万。

"不是刚投了西单的房吗?这么快又……你觉得呢?"

"我觉得是好事儿。"

"那行,我一会儿把钱转你账上。哦,老公,你别忘了让周奕写个协议呀。"挂掉电话前她叮嘱了我一句。

我寻思了一会儿,从保险柜里把西单门脸房的协议取出来,然后下楼去了家影印店,掏一百块钱给店里一男孩,我说他写,最后比着周奕的字迹把名字签了。

第二天我拎着现金去给小肖结了账,并让他关闭了账户,我觉得在网上赌博太扯淡了,连牌都没碰过就他妈输掉了整整八十万,有这八十万去趟澳门真刀真枪地干一场不比这爽多了?胖子不是拿两万打到近五千万吗?都是一样的人,我也不会比他笨太多吧……

晚上回来把假协议交到月儿手里,看着她小心翼翼地折好锁进保险柜,我的心被结结实实地扎了无数针眼儿,我明白婚姻中不应该有欺骗,可我实在不敢面对月儿的质问和责备,只想缓一缓,等挣了钱补上亏空就行了。

至于怎么挣钱,脑海中第一个闪出来的就是澳门金碧辉煌的赌厅,那些崭新的扑克牌,每一张都可能改变一个人的命运。

我摇摇头,把这个念头一次又一次甩出脑海。

对不起亲爱的,对不起,我会用一切的一切补偿你,只希望什么都像没有发生过。

就当这次是善意的谎言吧。我发誓,我只骗你这一次。

我四处找朋友吃饭、聊天,甚至去找了二姐,想从中找到商机好尽快赚回输掉的钱,但这种快钱其实并不是那么好赚的,连大帅都说"这年头,钱难赚、屎难吃"。

我忽然发现自己一无所长,现在的收入其实都是靠月儿在婚前赚的钱投资而来的,虽然关系是我的,但如果没有那些炒房、炒股的本儿,我其实什么都不会干。

不得不承认,这些年来,我一直游手好闲,身无一技。

而最熟悉的行业,就是赌博和打台球。

无论如何,我还是不敢跟月儿摊牌,反正投资拆迁房这种事儿时间可长可短,她也不至于跑到周奕那儿去问,拖个一两年应该不会露馅儿的。

就在这时,月儿怀孕了。

一拿到医生的诊断书,月儿就撤出了舞蹈学校,专心在家安胎。她初期的妊娠反应很强烈,通常一吐一天,我时时陪着她,连英子都称赞我现在是全职好老公。

三个月之后,医生告诉我们月儿怀的是双胞胎,月儿喜极而泣,我拉着她的手说亲爱的老公也高兴呢，乖乖不哭，你是我的重点保护对象。

那段日子好幸福，月儿怀孕中期的我们甚至约了我大学的同学夫妇一起去了云南旅游，在洱海边看云、在丽江休养，我每一天都隔着她的肚子跟宝宝们说话，憧憬着他们出生后的情形。

陪伴，是最长情的告白。

2010年9月25日，我们的龙凤胎在一家私立医院出生，抱着怀里的宝贝，面对还在手术台上缝合伤口的月儿，我流着泪说："亲爱的，辛苦了。我爱你，我爱你们。"

抚养初生儿女的生活忙碌而快乐，儿子取名叫秦双琪，女儿叫秦双怡。

一切都似乎那么完美，美丽的妻子、滋润的生活、宽敞的房子、健康聪慧的儿女……

心里的那颗定时炸弹暂时被我抛在了脑后，我尽情享受着人生中最开心快乐的时光，直到两个孩子会呀呀说话、会歪歪斜斜地走路。

时光好奢，一转眼两年过去了。

有一天月儿问我："上次和周哥一起做的那个拆迁房的事情都这么久了，你是不是也应该问一嘴了？"

我心里一哆嗦，明白该来的终将会到来。"是啊，天天老婆孩子热炕头都让我把正事儿都忘了，我这当爹的也该忙活忙活赚钱了，可我在你身边习惯了你舍得我出去吗？"

她瞥我一眼笑道："你还能跑出我手掌心呀？该忙忙你的，咱家现在这种情况不愁吃不愁喝的，你可以考察一下有什么可以做的，别盲目投资就好。男人嘛，挣不挣钱的搁一边儿，天天待在家里会和社会脱节的。"

"那我回头去问问周哥。"我应了一句，心里却在盘算着如何找借口去一趟澳门，把之前输的神不知鬼不觉送回月儿手里。

八十万肯定不够，至少得赚个几十万才算交差。

其实一直以来，周奕、大帅他们都会时不时去趟澳门玩牌，只不过他们有节制，输赢也都不大。我打电话的时候周奕说这几天正准备去一趟呢，末了随口问我去不去，满以为我不会同行，但这一次，我答应了。

我婉转地编了一堆理由绕了一大圈儿才问月儿能不能跟周奕他们一起去澳门，还故意说你这两年净忙活孩子了，咱俩一起去放松一下吧？她说孩子都才一岁多我哪走得开，保姆带我也不放心，你爸妈现在又都在海南……我妈春节以后才能过来……不然老公你想去就去吧，但只能带两万块钱玩……

我知道她怎么想，在共同亲历了胖子的死之后，任她怎么也不会相信我会傻到去滥赌。

"哦老公，你去个周末就赶紧回来啊，春节去海南的机票都买好了。过不了几天也该收拾一下出发了。"春节家里请的两个保姆都回老家过年，月儿和我带俩孩子有点吃力，我两个姐姐在海南同一个小区里都买了房，于是定好了和我爸妈、二姐、三姐以及孩子们一起去过冬，一大家子住一块儿，相互有个照应，因为春节去海南的人太多，所以月儿提前就买好了腊月二十五的机票。

放心吧亲爱的，只要能赢一百万，我一定马上回来，从此之后再也不碰百家乐。

每一个赌徒都会一而再再而三地认为自己能赢，我，也不例外。

2011年年底，我和周奕、大帅、我音乐学院的同学林凡一起踏上了飞往澳门的航班。

第五十三章　窒息

依然是熟悉的城市，依然是灯火辉煌、纸醉金迷，从下飞机的那一刻起，我的手心就在不由自主地出汗，这一趟，只能赢、不能输。

周奕、大帅他们都有给自己出码的人，林凡是来凑热闹的，只在澳门待了一天就跑到香港去找朋友了。

我下楼只带了一张信用卡，这样即便是输最多也不过二十万，但一上桌周奕就扔给我五万泥码，说你先玩着，别刷卡了，麻烦。

开始还真不错，最多的时候赢了六十多万，心想只要赢到一百万我的危机就解除了，其实很多赌博的人都知道，千万别给自己设定赢钱目标，因为人的欲望是无法满足的。

月儿来了两次电话，听得出她有点担心，我一再保证只是拿两万玩玩而已，她又嘱咐了几句，我正准备看牌也没听进去。

当天晚上，我输光了从周奕朋友那儿拿的七十万筹码，又挠着头皮跟周奕把来玩牌的原因说了，央求他再让人帮我拿三十万，不然回家怕是要离婚了，周奕数落我半天，最后还是叫洗码的把钱拿了。

输掉这一百万之后，周奕拍拍我的肩膀说："兄弟，别玩了，回去跟你老婆承认个错误，把事情说清楚吧，不然这么输下去可就不是一百万的事儿了。"

我垂头丧气地回到房间，心里越想越害怕，索性独自下了楼把手里三张信用卡都刷了，换了四十多万筹码重回到赌桌前，我的脑海中一片混沌，只知道必须要赢，一定要赢。

打到早上，筹码一个不剩，我也困疯了，于是迷糊着双眼回到房间倒头就睡。

一觉醒来，我回忆昨天晚上的经过，先是若无其事地给月儿打电话，月儿问我明天回北京的机票是几点的，我回答周哥这次输了不少，有可能要多待一两天，月儿又不放心地叮嘱了几句，我呆呆地应着，心里盘算着怎么让周奕再问人拿点码子。

周奕断然回绝了我的要求，说月儿可是我前女友的闺蜜，你好好回去过日子吧，我也不想让弟妹到时埋怨我。

我打电话问已经在香港的林凡认不认识洗码的人，撒谎说同来的大帅输了不少，钱一定能还上，林凡辗转找了个朋友给拿了三十万，这三十万在晚饭之前就被我输了个一干二净。

我已经没有了退路，记得胖子说过"有赌未必输"，只要还能拿到筹码，总有翻身的希望。

这时的我，跟之前的胖子和所有的赌徒其实都是一样的心态。

我找了大朋，他汇到我卡上十五万，三把牌就推光了。

我打了电话给我二姐，骗她说典当行那边接了个单，月息点三，你要是有闲钱就马上打过来，好事儿。我二姐犹豫了一下，说行，我给你汇三十万。

这三十万依然扔到了赌桌上。

现在，我还有一个救命稻草，四哥。

我以前虽然没从四哥那儿拿过码，但婚礼时四哥也是去过的，他在北京的餐厅我也常去，我手腕上的伯爵、我开的宝马、月儿手里拎的爱马仕……我想他心里有数，不会担心归数的问题……

正因为知道自己有赌瘾，所以一开始才没敢找四哥拿码，但现在火烧眉毛，不找他也没辙了。

四哥非常痛快地答应给我拿一百万，他当时有事过不来，筹码是六子拿给我的。

六子陪了我一宿，直到我又一次张口提出再拿一百万。

"哥，轩哥，你疯了？"他问我，"别再拿了，你忘了胖哥……"

"提胖子干吗？这一百我要是打不回来回北京就得离婚……"我打断他，并没有告诉他我昨天已经输了一百多万，"你是不是我哥们儿？你就算帮我不完了吗，如果再输我就不玩了，再说我又不是归不上数。"

"那我先陪你吃点东西去，都一宿了，不行你回去睡个觉，这点儿我估计也联系不上四哥了，等睡醒了我再去问他拿行不行？"

我叹了口气，也知道自己输红了眼，这时候只要有筹码我一定会厮杀到底，北京、月儿、琪琪和怡怡都离我那么遥远，除了面前的纸牌，所有的一切都不再真实。

　　在赌厅的粥坊吃了点东西，六子说的什么我基本没听清，眩晕的脑子处于一种迷离状态，之后我上楼睡觉，头碰到枕头的那一刻，我几乎是晕过去的。

　　第二天我哀求四哥再拿一百万给我，并且再三保证如果输了回北京肯定会在半个月内归数。四哥说信号不好听不太清楚，等会儿我给你打回去。

　　之后六子来了电话，说四哥向他问了我的情况，还问他知不知道我家住址什么的，我明白这是怕我以后归不了数，于是对六子说没事儿你如实说吧。

　　洗完脸刮了个胡子，我跪在窗前双手合十，在心里默念："老天爷、观音菩萨、财神爷保佑保佑我吧，我这一切的初衷都是为了不失去幸福的家不失去月儿和孩子……"

　　从二十几层楼上俯瞰着下去，白天的澳门褪去了夜色中庸俗的繁华，如同一个铅尘不染的仙女。

　　整整一百五十万，我在不到二十个小时的时间里输得一分不剩。
　　加上去年的八十万，我已经输掉了近五百万人民币。
　　周奕和大帅已经提前一天回了北京，我独自登机的时候月儿还来电话问要不要去机场接我，我说不用，周哥的司机会送我回家的。
　　然后，我关了手机。

　　下飞机之后我用钱包里仅剩的钱住进了一家快捷酒店。
　　那一夜，盯着电视机里不知所云的综艺节目，我像一只失去了翅膀的大笨鸟瘫软在床上，一动都不动。
　　我终于理解了胖子在赌桌上孤注一掷时的心态，只不过，他是不成仁则抱了赴死的决心，而我，却什么也做不到。
　　我会的，只是逃避。
　　我不想去想月儿如何在找不到我的情况下手足无措，也不想去想明天应不应该回家，关了的手机就扔在床头，我却连打开的勇气都没有。

我是一个赌徒,输掉的,不仅仅是金钱,还有最亲爱的人的信任。

我是一个懦夫,别让我去面对月儿流泪的脸,也别让我去面对围在我身边甜甜叫着"爸爸爸爸"的一双儿女,因为,我不配。

窗外,月色正好。

月儿,你还能原谅我吗?

第五十四章　我何德何能，有你相伴？

　　一夜无眠，我中午退了房，游走在熟悉的大街上，经过一个小摊时买了个鸡蛋灌饼，吃了两口就扔进了垃圾箱里。我坐在马路牙子上，眼前是一辆又一辆来回穿行的汽车和神色匆匆的行人，不知道他们有没有一次赌输过五百万，有没有伤害过自己至爱的人。

　　月儿嫁给我的时候，我几乎什么都没有，手上能拿出的钱连办个像样的婚礼都不够，唯一有的是那辆奔驰ML500，但婚后没多久也送到了公安局。她是那么美丽又优秀，原本可以嫁得衣食无忧，天天做美容逛街买东西，而她却义无反顾选择了我，何尝不是一种冒险？

　　我无意识地拿出手机摩挲着，然后摁下了开机键，信息"叮咚叮咚"响了好久，月儿给我打了上百个电话还发了好几条信息，我知道这一夜的失踪肯定让她快急疯了。

　　哆哆嗦嗦半天，我编辑了一条短信咬牙发给了她：老婆我走了，我无法面对你，也不敢当面跟你解释，我这次在澳门输掉了四百多万。我现在特别恨自己，我觉得自己白活了三十年，什么本事也没有却独独喜欢赌钱。对不起对不起亲爱的，我知道错了，我什么都没有，唯一的财产就是你和孩子。老婆，我不敢乞求你的原谅，我爱你，我从来都没有停止过爱你。现在我也不知道应该去哪儿，但是，我会改好再回到你的身边。照顾好自己，照顾好儿子和女儿。

　　时间似乎停滞了几个世纪，恍惚之间手机震动了一下，我许久都不敢打开看，我是一个等待宣判的犯人，连揭开判决书的勇气都没有。

　　信息只有短短的几个字：你先回家，有什么事我们一起面对。

　　我像个孩子一样在寒冷的街头失声痛哭。

我打开家门，两个保姆正带着孩子在楼上午睡，屋里不见月儿的身影。我从后门出去，看见月儿裹着大衣背对我站在寒冷的院子里发呆，小小的肩膀在风中微微发抖。我走过去抱住她，她挣开我的怀抱，转过身来，用冰冷清澈的眸子望着我，嘴唇翕动却不发一言。

我轻声叫了她一句，她绕过我开门走进客厅，我返回屋里坐在沙发一角，听她在楼上跟保姆说话，一时手足无措。

过了一会儿两个保姆带着孩子下来，琪琪和小怡见了我很是亲热，兴奋地跑过来叫"爸爸"，我亲着他们的小脸，偷眼看月儿并未阻止，心里瞬间燃起了希望。月儿吩咐保姆带孩子去附近的商场儿童乐园里玩儿，待她们推了车出门，我低首敛眉站在月儿的面前，等着她的责怪。

我什么也没隐瞒，从两年前电脑上输的那八十万开始，到这两天在澳门的经历，一字不漏地全都告诉了她。她听完起身去保险柜拿出那张假拆迁协议，慢慢慢慢轻手撕了，直到撕得粉碎，然后褪下左手的结婚戒指，和这把碎纸一齐塞进我手里，我跪下来抱住她的腿，"亲爱的亲爱的，别这样，别离开我，我知道我错了，我不赌了，我改我改……求你，别这样……"

她看着我，悠悠叹了口气，"秦轩，你怎么了？你作什么呢？你睁眼看看，这么好的日子你到底在干吗？你为什么要亲手把这个家拆了？"

"老婆我错了，我也不知道自己怎么了，我就是个傻×……放着好好的日子不过……我真的会改……给我一次机会……就一次，相信我。"我抬手给了自己一个耳光，然后把头埋在她的膝前，一遍一遍重复着这些话，"对不起亲爱的，我想要为你赢得一个未来，却一不小心输了现在。"

月儿最终还是原谅了我，但要求我从此不再踏入澳门半步，并且要我亲口将此事告知我父母，再在家人的见证下写一份永不赌博的保证书。

我怕父母年事已高经不起这份打击，央求她不要这么做，月儿说那你必须亲口告诉你二姐，这么大的事儿我一个人监督不了。

离去海南只有三天，三天里，月儿让我从张总的典当行撤出资金，除了欠二姐的三十万，所有人的钱都一一还清。第二天，两个保姆相继返回老家过年，我想把结婚戒指重新戴在月儿的无名指上，她却甩开了手。

我们抱着一双儿女拖着两个大箱子飞往三亚。

我心里的包袱虽然已卸去大半，但明显感觉到月儿的冷淡，慢慢来吧，只要我还在她身边。

海南的天真好，清新的空气、温暖的海风，我竭尽全力逗老婆和孩子笑，月儿在我父母面前也只字未提过输钱的事儿。我二姐、三姐还没到，两个老人带着她们的孩子和琪琪、小怡天天到海边玩，五个孩子、两个老人，还有我和月儿，欢乐的时光有时会被我内心隐隐的自责冲淡，但也仅仅是一瞬间。

腊月二十九，我二姐、三姐赶到三亚汇合，晚上一起吃完饭，我三姐带自己的孩子回隔壁家，父母和月儿也带孩子们去睡了，我和二姐坐在客厅里，我支支吾吾的还没等把事情说清楚，暴脾气的二姐一下子就炸了！

"你怎么能这样作？啊？秦轩！你是疯了吗？几百万？几百万堆起来有多高？"

"姐，你小声点……小声点……咱爸妈……"说话时已经晚了，我父母从房间里出来，月儿也来到了客厅，静静地靠在墙边。

躲是躲不过去了，我只能如实交代，我爸气得直跺脚，我妈边哭边叹气，她回过头去问月儿："我们把儿子交给了你，你比他大，你怎么就管不好他呢？"

天下父母心，没有谁会忍心怪罪自己的心头肉，在他们眼里，月儿永远是外人，他们可以迁怒于自己的儿媳妇，却忽略了我才是那个伤害大家的人。

面对婆婆忽来的质问，月儿愣了，好半天才张了张嘴，却什么也说不出来。许久，她咬咬嘴唇一声苦笑，转身回了房间。

"爸、妈，是我的错，不关月儿的事，我会改的我会改。相信我，我再也不赌了。你们原谅我一次吧。姐，你那三十万我回北京就打给你……"

"秦轩，那三十万我现在不要，我给你十年的时间，我要你用自己的能力赚钱，什么时候赚到了什么时候还我，而不是用你老婆的钱！"二姐打断我，一字一顿地说。

这之后是大量的说教，从我上次诈金花进看守所到胖子的死再到这次输掉的几百万，我静静听着，不住地点着头，心里却挂念着房间里的月儿。

我写了保证书，摁上手印，清清楚楚。

回到房间已是深夜,两个孩子睡得正酣,月儿背身而卧,我轻轻搂住她的腰,她转过身把头抵在我怀里,任她的眼泪湿了胸前。

我一遍又一遍说着"对不起",直到进入梦乡。

第二天一早孩子还没醒,我和月儿不约而同听到客厅的争吵声,我下床把耳朵伏在门上听了半天,原来是二姐和父母还在为我赌博的事争论。

"他就不配在这个家里待着,游手好闲,一摊烂泥扶不上墙!还有脸跑过来过年!过什么年?这不是添堵吗?就知道赌赌赌,胖子的例子在那儿摆着,人都死了,他还敢跑到澳门去!他就是没吃过苦没过过苦日子,以前是那个江玲玲护着他惯着他,现在是他媳妇,什么也管不住……"二姐的声音一声声重击着心脏,我回眼看看月儿铁青的脸,她喘了几口粗气,然后下床"嘭"的打开箱子,把衣服一件件塞了进去。

"这是干吗呀亲爱的?"我跑过去按住她的手。

"回北京。"

"今天是大年三十啊……"

"那又怎样?待在这儿谁都别想过年!"

"他们不是针对你……"

"我知道……他们是恨铁不成钢!我能原谅你为什么和你有血缘关系的亲人反而要为难我们?我无所谓,有孩子呢,这样能过吗?我现在只想回北京一家人好好地平平静静地过个年!"

"老婆,对不起……"

"对不起对不起,我不想听你说对不起,我想让你直起腰来……"她转头盯着我的眼睛,"秦轩,就算所有人都嫌弃你,至少,我还在你身边。"

我一把把她紧紧搂在怀里,从钱包夹层里拿出戒指套在她无名指上,"亲爱的,相信我,我知道错了,我再也不会让你难堪了,我改,我爱你。"

月儿打电话订好了当天飞回北京的机票,由于是除夕,从三亚回北京的机票异常好订。

这时两个孩子也醒了,我走出房门,告诉家人我们已经定好了下午五点回北京的机票,就不在这儿给大家添堵了。

所有人都不再说话,二姐也不搭理我,我和月儿带着孩子去海边玩了一上午,然后回来吃过午饭叫了辆出租车。

出门的时候,二姐拦住月儿说:"你知道你太放纵秦轩了吗?你现在最该做的就是跟他离婚!不然他长不了记性改不了赌性!"

"我钱都已经还完了,还要把人赔上……孩子呢?孩子怎么办?"月儿看着我二姐问。

"孩子我给你养着!"

"你养?你代替得了孩子的父亲吗?"她淡淡地说,然后一手抱着女儿,一手拉着行李绕过我二姐头也不回地走了出去。

我爸一言不发地跟在我们身后,关上出租车门的一刹那,我分明看到了老爷子眼里噙着的泪水。

从车窗向外望去,两旁的景色快速掠过,我潸然泪下,小怡用温柔的小手帮我一遍又一遍拭去泪水,嫩声嫩气地说:"爸爸不哭,爸爸不哭,小怡爱爸爸,小怡爱妈妈。"

由于飞机延误,我们在机场足足等了八个多小时,到北京时已经是凌晨三点多,大朋把疲惫的我们送回家时,两个孩子还在怀里酣睡着。

过完春节,我岳父母来了,月儿像什么也没发生一样快乐地笑着,只是在夜里会忽然哭醒,每次把她搂在怀里我都自责得要命,恨不能猛抽自己几巴掌。

等正月十五两个保姆回到北京,我岳父母也回了太原,月儿把二楼的两居挂给了中介,2012年房价已经飞涨,所以没几天就卖掉了。拿到房款后月儿让我把钱重新入回张总的典当行,毕竟典当行的收入稳定又毫无风险。

然后我们去了一趟周奕家,她开门见山,一是要求周奕从今之后不要让任何人再给我拿分文筹码,二是要求周奕如果西单的门脸房今后出售或者拆迁一定要通知她。

似乎一切尘埃落定,输掉的几百万虽是伤了筋,却未动到骨,路还要继续走,人也要继续做。

第五十五章 好女人是一所好学校

由于美容院房租涨得太厉害,月儿索性把店盘了出去,她想把舞蹈学校再办起来,可这时的英子已经远赴美国,在休斯敦和同学合办了一个幼儿舞蹈培训学校,目前处于刚刚起步的阶段。

我一直在试图办点实事,2012年股市行情波澜不惊,我炒了一段时间也是赔赔赚赚没什么起色,心下不免着急起来,但一时间找不到稳赚不赔的项目,也不敢盲目投资。

我每个月都去探视宁夏,凭他那暴脾气,他只要在里头不犯拧不打架加刑就算谢天谢地,虽然每次见面都说不了几句话,但能看见他平安无恙,我心里就踏实了。

就这么过了一年多,2013年月儿一个嫁到香港的女朋友忽然联系到我们,她老公是个很有实力的美籍华裔,几年前在北京拿了两个从法院拍卖的项目,一个是南城的某楼盘,拍卖到手后楼里的住户有好多占着房不肯搬走,另一个是南城一处地下产权车位,足有一千个车位被开发商用来抵押,车位已过户到她老公名下,但三年下来因为小区业主的占用迟迟无法清理销售。月儿的同学问我们能不能帮忙。

我们都觉得这是个赚钱的好机会,我本身就是地道的南城人,这些年虽然不务正业但好在积累了一些人脉,于是马上联系了几个哥们儿,把大朋拉来做助理,又问周奕、四哥手底下能不能借几十个人,他们说这算什么事儿,人咱有的是,个个一米八多大个,你随时用。

月儿当即把具体方案做成邮件发了,老板一收到就来了趟北京,和我们详谈之后签订了佣金合同。两个项目很快运作起来,虽然一开始困难重重,但好在天时、地利、人和都占着，一旦开展起来，纵是有些小问题也能迎刃而解。

月儿功不可没，没想到她居然具有超群的领导能力，头脑清晰、雷厉风行，往往我还在犹豫的时候，她已经启动了执行方案，见招拆招。

"走一步看一步，做事情不能老抻着，你不迈不出第一步就永远走不出第二步、第三步。"一开始月儿说这话的时候我还很不服气，心想妇人之见，头发长不见得见识长，但又不好直接反驳她，头一别就不再作声。

但是，一次又一次，我发现她的分析和决断都是正确的，渐渐地越来越佩服她，觉得这个小女子身上蕴藏着巨大的能量。

我说老婆你可以啊，以前没看出来你竟然是做生意的一把好手。

她撇嘴一笑，拍拍我说："好男人呢，应该是一座靠山，好女人呢就应该是一所学校，小鬼，慢慢学……"

那段时间我们都很忙，每天早上9点甚至更早就出门，我俩在车上总有说不完的话，谈工作或者新闻，月儿特爱开玩笑，有时候说话比我还贫，我说要早知道你这么贫我就不娶你了，她说你快拉倒吧，单是本宫倾国倾城的容貌就让你晕头转向了，更别说我这兰质慧心，天下这般女子你丫夫复何求？

在清理楼盘和销售车位的过程中要找过房产中介询价，大朋就把表哥龚强介绍给了我，以前那台球厅就是他帮忙给找的地儿。龚强比我大两岁，在生意场上摸爬滚打了许多年，开过餐厅、办过养生会所，算是比较有想法和实力的人，唯一一点，也是比较爱赌。

这是我在斗地主和玩德州的时候发现的。

车位销售工作每天到晚上8点半才结束，我手下的这几个销售代表基本都是以前的发小，有时白天工作一忙完，吃过晚饭就凑在一起玩玩牌，龚强有时会带自己的朋友来玩一会儿，接触得多了，倒算投缘。

这种眼皮子底下的怡情小赌月儿向来也不拦着，反正输赢不过几千，也算个调剂生活的小佐料。后来我常想，如果输钱之后月儿用一哭二闹三上吊的方式禁止我的一切赌博活动，我是不是就可以浪子回头？

这分明是最自私的强词夺理，因为我也知道，如果不是她的宽容甚至宠爱，幸福的家庭早已土崩瓦解。

我们的婚姻，我在这边不经意地拆墙，她却在那边默默地补好。

两个项目进行得都比较顺利，不到一年，我们光佣金已赚了近千万，一双儿女快乐健康地成长着，日子过得有声有色，我觉得老天一定在某处庇护着我。

龚强有事儿没事儿就过来转悠一圈儿，一次闲暇时聊起来，问我有没有兴趣一起开个咖啡生活馆，可以吃饭、聊天、聚会带玩牌的地儿，月儿对这想法倒也首肯，能有个和朋友休闲的场所不是什么坏事儿，反正个人投入不大，百十万就够了。

龚强凭借做房屋中介的关系，很快就在东三环附近找到了合适的场所，设计、装修，一切按部就班。

2015年4月底，项目临近尾声，我和月儿都松了口气，于是商量着去旅行放松一下。我们去了希腊和迪拜，还去了休斯敦看英子，她前两年也嫁了人，现在老公刚到美国没多久，和同学合办的舞蹈学校运营得不错，她刚怀孕又要工作，我们也不好意思打扰她，待了两天就准备走，英子不舍地问我们想不想一起来美国定居，月儿回眼看我下意识地摇头皱眉，说再说吧暂时还没有这想法，秦轩恋家，他才不愿意离开北京。

临走之前月儿抱着英子说傻丫头你可千万照顾好自己，别那么累，我可是你肚里宝宝的干妈呢。

英子说婆婆妈妈的你真烦，然后重重给了我肩膀一下，说秦轩，你可得把漂亮老婆照顾好了，但凡敢有一点对不起月儿的地方我就跑回国去撕了你。

我说不敢不敢，她是我的女神，我保证一辈子爱她疼她，你就放心地在美利坚的辽阔土地上尽情地折腾吧。

英子说去你的，油嘴滑舌的，我可等着你们过来呢，这儿不比国内，我其实挺闷的。

说着说着两个女人眼里都是泪水，月儿抱住英子不撒手，说我们以后常来看你，说不定哪天秦轩想通了就移民过来了，我回去就给琪琪和小怡办签证，现在一签就十年方便得很，等你生了宝宝，我们一家四口来陪你待上一个月。

离开休斯敦之后，我们到拉斯维加斯转了一圈儿，我遵守诺言没去赌场玩，只是在机场陪月儿拉了一会儿老虎机。

说实在的，穿过赌场去看水秀的时候，百家乐台子在通明的灯光下散发出诱惑的光芒，我只能目不斜视，快速拉着月儿径直走过。

月儿看我一眼，微微一笑，那一刻她肯定相信我已经金盆洗手、痛改前非。

回国后又去了内蒙古，我终于如愿以偿地带着漂亮的老婆衣锦还乡，回到了幼年时成长的锡林郭勒大草原。

美丽的草原像一块天工织就的绿毯，天阔云淡，美不胜收。月儿从牧民手里买了一颗狼牙，其实我对这些装饰品无感，平时身上除了结婚戒指什么也不戴，连手表都只是偶尔带一下，"这是辟邪的，"月儿把用银链拴着的狼牙挂到我脖子上，"明年就是猴年了，你本命年啊……前年是我本命年你输了那么多钱，到你本命年可千万别作了……"

"不会的……"我喃喃自语道，脑海里却快速闪过十二年前发生的一些事，胖子、宁夏、欧阳……

时光好奢，转眼一轮岁月，都说岁月无尽，可我们一生中又能有多少个十二年？

见我脸色有变，她把狼牙塞进我衣服，让它紧贴着我的胸膛，拍了拍说："好了大帅哥，脑子里想什么哪又？以前是你一个人，现在有我和琪琪、小怡在你身边呢，三十六岁的本命年，一定会六六大顺的！"

她指了指一望无际的草原，把温暖的小手放在我手心里。"老公等我们老了要像龙虾一样好不好？"

"什么龙虾？"

"你忘啦，《老友记》里菲比跟罗斯说的呀，龙虾夫妻老了以后呢，会手拉手在水底散步呀……我们老了以后呢，就手拉手在这草原上散步……"

"哈哈，好好，不光在草原上，我们到处散步，去周游世界，一生一世都在一起。"我揽过她的肩头，深情地吻着她。

我愿用三生宠爱，换你一世痴情。

第五十六章　作

咖啡生活馆装修得差不多了，龚强的品位还是靠谱，咖啡厅从内到外都散发着一股浓烈的小资情调，楼上是几间舒适明亮的棋牌室，门前还有一个露天小院儿。

我们商量着要配备简餐，龚强以他做餐饮的经验觉得简餐最好以港式为主，他说不如咱俩一起去趟香港吧，考察一下市场再确定几个合适的菜品。

当时我们那两个项目正要结束，剩余的交接事宜全部交由月儿负责，我去香港的前一天晚上她看似漫不经心地冲保险柜努了努嘴说："你写的保证书可还在柜子里呢，别忘了不许踏入澳门半步。"

我在她额头重重一吻，"放心吧老婆，你老公不会再犯傻了。"

2015年7月初，我和龚强来到香港，溜溜达达逛了一天吃了一天，又各自给家里人买了东西，龚强说过澳门吧，去玩儿几把试试运气。

我心里"咯噔"一下，龚强对我之前所有的事并不知情，在他面前我就是个有能力、有钱的青年才俊，如果就此拒绝又要凭空找个借口出来，男人嘛总是好个面子，何必让自己的形象在别人面前轰然崩塌呢？

其实骨子里我依然是个不折不扣的赌徒，我所有的自控力在外来的任何一点儿怂恿之下都完全可以忽略不计。

一下船，站在这个让人恨得牙根痒痒的欲望都市，我贪婪地呼吸着夜晚的海洋气息，压抑着那句直想吼出胸膛的话："澳门，他妈的打不死的秦轩又回来了！"

是的，我回来了，我要报仇。

为胖子、为宁夏、为六子、为我、为我和月儿曾经经受过的所有不开心，为所有输得屌蛋精光甚至家破人亡的赌徒们。

如果你不曾经历过赌桌上暗涌的血腥，你就根本无法领会我那一刻的心情，怀揣着抑制不住的亢奋，我像一个饥渴了许久的人一头扑进了赌场。

开始，我和龚强刷了信用卡，各换了十万筹码在散台小小下着注，龚强看来也是玩牌的老手，轻车熟路，我们边啜着咖啡边下注，我觉得这种轻松的方式很是舒服，心里暗下决心，如果运气不好一定及时收手。但我相信自己是个有福之人，这两年老天爷一直眷顾于我，又刚刚赚了那么多钱，不然上次输的几百万就已经可以把我打入谷底了。

那天我们都赢了差不多十万块钱，我跑到香奈儿店去给月儿买了个包，跟龚强说别玩了明天回吧，北京还有事儿呢。

龚强一副意犹未尽的表情，点点头说也行，反正过几天还得过来。

我得意于自己的见好就收，心想这种玩法就对了，只要不上火，高高兴兴赢点就撤多好。

我甚至想把这次的行为告诉月儿，好让她夸夸我。

当然，不过是想想而已。

7月13日，我和龚强再一次来到澳门，我特意用护照过关，以防月儿查我的港澳通行证。这一次龚强找了一个叫KK的洗码人，我知道拿码赌意义就不一样了，实在是怕自己搂不住，但又好面子没有直说，于是在心里拿定主意，只玩二十万，多一分都不玩。

可是一坐下来我就忘记了一切，尘世间的纷纷扰扰、生活里的鸡零狗碎都被我抛在脑后，即便是在赢钱的情况下我也没舍得走，直到又一次重蹈覆辙，输光了面前的一百万筹码。

龚强也输了一百万，我俩面面相觑，他摇摇头说不玩了，回去睡觉。我说别呀，要回你回，我再玩会儿。

我和龚强刷光了信用卡里的钱，他说真不玩了，手气不好，我回房间睡觉了。

我也回到房间，想起静静躺在保险柜里的保证书和月儿的深情厚意，又想起母亲对月儿的责怪和二姐的不屑，琢磨半天，我拨通了四哥的电话。

因为上次归数很快，我顺畅地拿到了筹码。

这一趟，我一共输了四百万。

回到北京，我想着怎么才能把这四百万还上，之前月儿放了五十万在我股票账户里，我们曾经打赌说看看谁玩股票玩得好，这钱现在还剩下四十多万；我偷偷跑了几家银行做了信用贷款，息是高了点儿，但也管不了那么多了；月儿前几天看上一辆保时捷，全办完一百六十多万，她觉得贵一直在犹豫，我琢磨着买车这种事儿月儿向来不会分期，但车会落在我名下的指标上，办手续时我就可以做分期贷款，把钱倒腾出来；和龚强合作的咖啡生活馆也可以以需要再投入为由从家里要出来一部分资金，反正这件事月儿从头到尾都没有插过手，再加上自己手里还有一点，这么算下来归数也就大差不差了。

日防夜防家贼难防，原谅我老婆，我又一次不得已欺骗了你。

琪琪和小怡快乐地成长着，一个比一个嘴甜，小怡总是像小情人一样跟在我身后。有时候看着我生命中最重要的三个人，内心里会忽然烦躁不安，我轻轻抚摸着无名指上的结婚戒指，心想必须尽快找机会再去一趟澳门把本儿扳回来，不然夜长梦多，早晚会出事儿。

只要还有一丝赢回来的希望，我一定会滴水不漏地把事情掩盖过去。

月儿，我会陪你到白头，看着孩子们健康长大，就像你说的，五十岁以后我们会去周游世界。

手拉着手，像两只年老而相爱的龙虾。

我的心里，从来从来，都是爱你的。

爱。

我一次又一次无耻地觍着脸，一次又一次把这个字从内心里翻腾出来，也一次又一次地让这个字成为了欺骗爱人的借口。

9月份，我和龚强去上海看投资项目，仅停留了一天就飞到澳门。这次我开始的确是赢了几十万，但已经远远不能把上次输掉的钱抹干净，如此几天下来，我又输掉了六百多万。

我失去了理智，一心只想把赌债还清好再次拿筹码翻本儿，于是回北京去找了周奕，说自己急需资金，求他把西单的门脸房变现，反正这房子的租金两月一结，都是周奕直接给我我再交到月儿手上的，只要周奕不说，一时半会儿月儿也难以发现什么。

周奕一愣，问我是不是在澳门输了钱，我低头半晌，说周哥你救救我吧，我老婆要是知道我还在赌一定会跟我离婚的，我就想瞒住她。周奕说你这瞒得了一时也瞒不了一世，月儿人真不错，那年还特意跑过来跟我说如果西单的房要卖必须经过她才行。我说周哥我求求你了，宁拆一座庙不拆一桩婚，咱们认识十来年也不是一天两天的交情了，难道您就忍心眼睁睁看着我失去一切吗？

周奕还是不答应，甚至拿起电话作势要打给月儿，我按住他的手，带着哭腔说周哥难道你要我跪下求你吗？他叹了半天气，最后同意找人把我那部分股份接了，当时这房子的市价已经翻了三倍多，但我这么着急肯定会比市价低一些，我说没事没事儿，您看着办吧，只要变现能躲过这一关就行。

房款到手七百多万，比市价便宜了近一百万。拿到钱我对周奕千恩万谢，周奕说你这孩子呀，我也不知道怎么说你好，上回本命年出的事儿吧？今年你又……这些年我可是看着你成家立业的，本来日子过得挺好，你这都是唱的哪一出啊？人啊，不作死就不会死。

归了数，我手里还剩下一百多万，我也没急于还银行的贷款，心想还得再找个机会去赌最后一回，赢了我就再也不赌了，要是输了……

输了，也是命，是这辈子逃不过的劫数。

我认。

可怎么也得再扑腾一回。

北京的冬天就这么来了。

灰色是北京冬天固有的颜色，无风时有霾，天晴时巨冷。偶尔下雪，也只是敷衍地薄落一层，并不爽快。

我在胖子的墓前抽了一支又一支烟，"哥们儿，兄弟，若你泉下有知，你能帮我一回吗？"

第五十七章　最后的挣扎

我骗月儿要和龚强去香港谈合作甜品店的事儿，怀揣着一颗临战前紧张的心独自踏入澳门，心中尚存着翻盘的希望，觉得目前虽是输了千万有余，但好在还能拿至少六七百万的筹码，用这六七百万打回来一千万应该也不会太难，胖子尚有用两万博回几千万的传奇，无论如何，我发誓这是最后一次玩百家乐，赢了就回北京跟老婆孩子好好过日子，输了……不，我不会输的，我不会。

帮帮我老天帮帮我，我多希望一切都没有发生过，多希望我还是月儿心里深爱着的秦轩。

一开始我还非常谨慎地下着注，但来回拉锯了一天一宿之后，我发现这么下去根本不行，何况我跟月儿编造的借口也只有三天而已，时间紧任务重。

在这种不眠不休的紧张状态下，我加大了赌注，越输越博，越博越大，渐渐地我完全输红了眼，除了面前的纸牌和筹码，世上所有的一切，都不再跟我有丝毫关系。

我输掉了四哥的三百万筹码、龚强朋友给拿的三百万以及自己卡里卖房剩下的一百多万，我刷干净了所有的卡，又打电话向每一个有点交情的朋友借钱，我骗他们说典当行里有合适的客户要高息借款，从林凡、我表哥、表弟、大朋等人手里借出来近两百万，最后打电话把大概情况告诉了龚强，龚强说你这样赌下去不行啊哥们儿，我说我已经走投无路了，你救救我吧哥，给我汇一百万，反正咱俩还有一个咖啡馆，就算我万一没钱了那部分股份总能抵账吧……

11月25号，我输光了每一分钱，行尸走肉一般飞回了北京，我知道，一切，都结束了。

这三次，我输掉了两千多万。

在劫难逃。

回到家已近午夜，月儿听见门响一溜烟跑过来搂着我笑盈盈地说："老公你回来了，我有好事儿告诉你！"

我强打精神问她怎么了。

"我怀孕了！"她兴奋地抬起脸看着我，"前段时间咱们不是讨论过这问题吗？现在国家正好放开二胎了，咱们再要一个吧！"

我神情恍惚，胃里一阵绞痛，不由"哎哟"一声抱住了肚子。月儿知道我老毛病又犯了，赶紧接了热水把胃药递到我手上，等我把药吃了，她依然笑笑地看着我，像是一个等待奖励的小学生。

亲爱的，你知不知道，我的老毛病不仅是胃痛，最最重要的，是我那颗滥赌的心。

看我一脸混沌地杵在门口一动不动，月儿有点失落地说："原来你不想要啊……"

"不是亲爱的，我这刚出差回来又累又困，咱先睡觉明天再说行吗？"

她点点头，把我身后的行李推到一边去，胡乱地聊着闲天儿，我迷迷瞪瞪地随口应着，洗了把脸，一头栽到床上。

几天的不眠不休让我心力交瘁，纵使万般悔恨也敌不过困意袭来。

我在梦中隐隐听到叫喊声，吓得一激灵，睁开眼见月儿"腾"一下坐了起来，我问她怎么了，她说："天啊，我梦见胖子了……"

"什么？胖子？你梦见他在干吗？"

"就梦见他跟我们一起吃饭，还是笑嘻嘻的，好像是在澳门……别的就没什么了。"

我周身冒出了一层冷汗，胖子啊胖子，你倒是有什么托个梦给我啊，告诉我怎么办……你托梦给月儿有什么用啊……

"老公，胖子是不是在那边儿缺钱了？你不是月初才去八宝山给他扫过墓吗……"

"兴许不够，先睡吧，明天再说。"

"那明天晚上咱们去路口给他烧点纸吧。"

"好好……"我答应着重新睡下，待月儿发出均匀的呼吸，我心疼欲裂，索性披衣去客厅点燃了一支香烟。

我清楚地知道一切都已经无法挽回和补救，我背了一身赌债，输光了家里所有的钱，这些钱是老婆孩子今后的幸福和希望。我以后怎么活无所谓，但是月儿和孩子们呢？我倒吸一口凉气，这些后果我从来没有认认真真地去想过，因为我不敢。而现在，我必须要去承担，是独自，而不能拉上老婆孩子。

我怔怔地坐到天亮才回到床上躺下。初升的太阳透过窗帘缝隙，我静静地看着尚在梦中甜睡的妻子，对不起，遇上我是你一辈子的痛苦，对不起，我知道错了，可惜你再也不会原谅我，是我自己亲手毁了这个家。

睁眼时已经天黑，我下床吃了颗止疼药，月儿说纸钱买回来了，咱半夜去给胖子烧了吧。

凌晨12点，我和月儿在离家不远的十字路口，用手里的矿泉水浇了一个直径约两米留有缺口的圆圈，待把纸钱在圆圈里烧完，忽然一阵寒风吹来，灰烬随风而起，扑棱棱从缺口飞出，月儿眼中满是惊愕，不由偎到我怀里发抖，我紧紧地搂着她，心里默默地说："胖子，兄弟，走吧，你赌输了命，我赌输了一个幸福的家……我现在什么都没有了，我秦轩今天向你发誓，今后、永远、再也不会赌博了！"

回到家，我一次又一次试图把真相告诉月儿，却一次又一次把张开了的嘴紧紧闭上。月儿看我情绪不好，还以为是我又想起了胖子，只是安慰了我一通，连怀孕的事儿都没有再提。

第二天是周六，早上还没醒两个孩子就跳到床上来抱着我撒娇，说爸爸爸爸你出差回来啦，我们可想你啦。

我强忍住眼中的泪水，恨不得一头撞死，琪琪、小怡，爸爸爱你们，爸爸也想你们，但是，爸爸是个混蛋。

中午一家人吃过午饭，两个孩子吵着下午去商场里的游乐场玩，我胃痛如绞，月儿说不行去看看急诊吧，我说那你下午陪孩子我去急诊开点药。

我开车游荡在大街上，这么多年来月儿没有伤过我一分一毫，我却像个疯子一样一次又一次欺骗她、伤害她，我不敢面对她的责备和绝望的泪水，也不想面对以后什么都没有的生活，月儿这些年养尊处优现在还怀了孕，两个孩子再有一年多也要上小学了，正是要花钱的时候，我却输光了未来。

我想像胖子一样去死却没有勇气，我还有父母、亲人、孩子，就算我什么都不顾地走了，谁敢保证四哥他们不找到家里去？我的孩子又将如何背负着一切长大成人？

天色渐渐暗下来，不知不觉车已开到地库口，我呆呆地坐在车里，看着阳光一点点散去，最后隐没在天际。

月儿打来电话问我回不回家吃饭，我说在路上呢快到了。

又在车里坐了很久，我鼓足勇气断断续续地写下一段微信发给她：老婆，我又一次闯下大祸，而且比之前的都严重，我不敢面对面跟你说这件事，知道你再也不会原谅我了。我把西单的房子、咖啡厅的股份全输了，欠银行两百万，欠澳门六百万，欠亲戚朋友两百万，全加起来两千多万，这个数字对你肯定是晴天霹雳，造成的损失也已经无法挽回。这些年你一心一意地爱着我，我却一次又一次伤害你，我就是个不知悔改的混蛋。对不起三个字根本没用了，这两天你把户口本让家里人寄过来咱们把离婚手续办了吧，房子和车能过户的过户，典当行的钱我没动，你抓紧让张哥把钱都转到自己名下。我知道这次没人帮得了我，我不止输了钱，还输掉了身边美好的一切，你和孩子的未来也输了。其实我真的很爱你们，舍不得你们，但是我犯下的错我就应该一个人扛。欠银行的钱我可能会坐牢，到时就不能照顾和保护你和孩子了，帮我告诉琪琪和小怡，爸爸虽然是个混蛋，但是爸爸很爱他们，让他们不要恨我。其实我这辈子最对不起的人就是你，跟了我这么多年，经历了那么多，原谅我包容我，结果我却变本加厉地伤害你。没有我的拖累你可以生活得更好，希望以后我不在身边你会轻松一些，好好地生活，照顾好孩子，照顾好自己。

我流着泪发出去，许久之后，月儿回了微信：你在哪儿？

我攥着手机，脑子里一片空白，几条语音发进来，我哆哆嗦嗦地点开，月儿的声音清晰而气愤："秦轩，你是不是爷们儿？我问你是不是爷们儿？他妈的一出事儿就发个信息，等着我给你擦屁股，我是你媳妇，不是你妈！你把我和孩子的未来都输掉了你知道吗？你不想好好过为什么要拖我和孩子下水？为什么你个混蛋为什么？""你有本事骗我、伤害我，为什么不敢面对我？连电话都不敢接，你能不能像个男人一样站在我面前告诉我发生了什么？你怎么可能一次输掉两千多万？怎么可能？""你到底在干吗？你脑子进水了吗？为什么这么对我们？说话呀说话呀……""你知道你输掉的是什么吗？你知道吗？你怎么可以这么自私？你他妈的说话呀……"

她泣不成声，我趴在方向盘上早已泪流满面。

"秦轩，事情已经发生了，你人呢？人呢？就算离婚也要见人啊！你人躲起来，我办什么手续？我和孩子怎么办？你说话呀你……你他妈的倒是回电话呀……"

我不敢再听下去，哆嗦着双手回了五个字：我在家门口。

月儿，打也好骂也好，无论你做什么都是我罪有应得。

青春，不是越折腾就越美好。

人，真的不作死就不会死。

第五十八章　我失去了一切

她打开车门坐到副驾驶座上，我低头不敢看她，她伸手抓住我的肩膀，猛然用尽全身力气般抽了我几个响亮的耳光！

"为什么为什么为什么???"她大吼着，一声又一声，每一声都捶击着我的心。

"对不起真的对不起……"我喃喃自语，声音小得连自己都听不清楚。

"为什么这么对我秦轩？为什么？"

"我也不想，可是……我不知道……我控制不住……"

"怎么会一次输掉那么多？"

"不是一次，是……三次……"

"你搞什么？你……你……你一直都在骗我对不对？出差、去香港……你一直在赌，为什么，为什么？为什么要骗我？结婚这么多年，我有没有做错过一件事？我有没有伤过你的心？我疼你、爱你，一心一意对你和孩子，为什么这样伤害我？为什么要伤害我们？为什么???"

"月儿，好月儿，你千万别生气，你还怀着孕呢……"我试图解释，她却忽然伸手狠狠去捶打自己的头和肚子，我吓了一跳，赶紧去抓她的手，却被她一口咬住了胳膊。

她的牙齿深深嵌入皮肉，生疼生疼，我死死抓着她一动不动，任她咬出血来，她抬起头，凶狠的目光穿过凌乱的头发射向我，那么冰冷，冷到我几乎认不出那是我的月儿，她就那么看着我，像是要把我看化了看穿了看透了，看成冤家看成仇人，看成这辈子她都不想再见的人。

"月儿，我求你，别折磨自己，千错万错是我的错，我秦轩不是人是傻×，我自私我混蛋，我就求求你别伤害自己，想想琪琪和小怡……"

"琪琪和小怡？你是不是他们的爸爸？你输光了孩子们的未来，还有脸提他们的名字?"

"我知道我不配,我连做人都不配……我……现在什么也挽回不了了……只要你不伤害自己什么都行……"

"那你就可以这么一次又一次伤害我吗?"

"我不想的,我也没想到……我输红了眼……怕你不要我……于是越输越多……我知道自己没资格,但是我只求你……你怀着孕呢,别伤着自己……我求你了……求你了……"

"秦轩,难道你过得不好吗?大房子住着,好车开着,儿子和女儿又那么可爱,你为什么要作死?为什么?我不懂我不明白……秦轩,你告诉我告诉我……为什么你管不住自己的心和手?"她瘫坐在座椅上,披头散发,喃喃自语,我吓得不敢吱声,只能紧紧抓着她的手,她渐渐安静下来,好久好久才一字一顿地说:"我要你一五一十,把情况都告诉我,一个字都不许漏。"

"我承认自己骗了你,但无论我说什么,你……你别再……我求你月儿……别再伤害到自己好吗?等我说完,你怎样对我都行,你要我去死我都愿意……"

她转过头来面对我,眼神像匕首一样锋利。

我抬起胳膊用脸蹭了蹭往外不住渗出的鲜血,尽量选择不锐利的语句描述了这半年来三次进澳门输掉两千万的事实。

"你从来都没有想过我和孩子吗?你没有给过我们未来,却要把这个家的未来全都一把一把推到牌桌上?"她无奈地摇着头,"天啊,我们结婚都七年了,七年,我这么信任你,上次连你父母都不管你我帮你把赌债还清,还以为你改了!那保证书上你摁了手印的秦轩!我防得了所有人怎么就防不了你?你怎么忍心这么对一个一直深爱着你的人?你怎么忍心啊秦轩?"

她的眼泪淹没了我,如果上天给我一次机会,我愿意独自承担所有,只要不伤害到我的爱人,从她答应嫁给我的那一天,她给了我世界上最好的一切,而我……

我……

我他妈的怎配为人?

"对不起月儿对不起,对不起对不起对不起……我自私,我秦轩不是人啊!"我用头狠狠撞向车窗,一下又一下……

"你干吗?秦轩你干吗?"月儿几乎条件反射一般马上扑过来抱住我的头,"王八蛋秦轩你个王八蛋,你就知道逃避!你是不是男人?你能不能醒醒?"她摇晃着我，忽然扬起手又打了我一记耳光！

我泣不成声，听见她说："你要是想死，我根本不拦你，但是，你让我怎么面对来家里要账的人？你有本事把事情做到这个地步，为什么没有本事保护我和孩子？等儿子和女儿大了你让我怎么解释他们父亲的死？你想让我一辈子背负什么？你怎么可以这么自私？怎么可以？"

"那我怎么办？我对不起你们，对不起这个家……我也不想，我真的不想……我爱你们，我从来从来没想过要离开你们……"

又过了许久许久，她茫然地看着车窗外，叹口气说："事情既然已经这样了，说什么也晚了，躲也没用，面对吧，先把事情解决完。"

"怎么解决？两千多万啊……"

"不管怎样，先把欠银行的钱都还了，我不能让自己孩子父亲去坐牢……赌场的钱多长时间归数？"

"半个月，但是，我不要你还，账我自己背……都还了就什么都剩不下了……咱们离婚吧，周一就去办手续，只要离了，一切就跟你没关系了……"

"我好累，好累呀……"

"回家休息吧月儿，你没有不舒服的地方吧？还怀着孕呢……这个孩子……"

"别说了，我脑子太乱了……"

"那我扶你回家休息……"

"你呢？"

"我，我不知道……"

"现在说什么也没用了，总得过，总得解决问题……还有孩子呢……你，你也回家吧，别让孩子们知道……你回去睡客房吧。"

夜，似乎平静下来，只是，我们都知道曾经的美好已经逝如云烟，于我，于她。于我们这个家。

整个周末，月儿像什么也没发生过一样平静，我们如往常般带着孩子去游乐场玩、吃汉堡，陪他们一起做手工。

我贪婪地享受着陪伴的幸福，一分一秒都不愿意放过。

在接下来的时间里，月儿陪着我以最快的速度把银行的贷款全部还清，把保时捷更名到她名下，最后还了张总七十万之后把典当行的钱都撤了出来。

我父母和姐姐们从我表哥、表弟处都已经知道了大概的事情，他们给月儿打来电话，月儿只是淡淡听着，什么也没有说。

我父亲给月儿发了信息，告诉她保护好自己的财产，家里会和我断绝一切关系，任我自生自灭。

我站在民政局的楼下，脚步沉得像灌了铅，一步都不愿意挪动。

坐在等待办理离婚叫号的椅子上，我忽然紧紧攥住月儿的手，她轻轻地抽出来，眼泪顺着脸颊从墨镜下滚落，她摘下结婚戒指塞进我手里，"秦轩，真希望这辈子从来没有遇见过你。"

两本暗红色印着银字的离婚证刺得我的双眼疼痛不堪，走出民政局的那一刻，我对着天空大吼着："啊——啊——啊——"

凛冽的寒风灌进我的嘴巴，胸膛里的血似乎凝固了，谁能给我一把斧子，好让我劈开自己的胸膛，把心挖出来扔掉。

这样，也总好过现在被生生剁成了一把肉馅儿。

我收拾了简单的行李走出家门，孩子们还没从幼儿园回来，月儿冷冷地看着我，泪流满面。

那些相拥着走过的时光，那些恩爱甜蜜的过往，以及我们曾经引以为豪的爱情，就这样败给了世事无常。

大朋把我送到离家不远处一间租住的平房里，房子里用的是土暖气，天冷，我每天裹了被子在床上躺着，像一条濒死的鱼。

林凡来看我，那天我们聊了很久，其实这些年我跟他很少联系，他走的是一条康庄大道，音乐学院毕业后开办了自己的文化公司，如果不是我结婚时再走到一起，我也不会去骗着人家给我汇五十万。

林凡说轩儿慢慢来，别愁，咱重新开始，别的我不敢保证，但我那五十万你别放在心上，等你恢复恢复，不行来我的公司吧，能干点啥干点啥，别再赌了，一切都会好的。

大朋也安慰我说他那二十万也不要了，三十多年的哥们儿了值这些钱，别愁，嫂子会慢慢原谅你的。

我说谢谢你们谢谢，我都是自己作的，鬼迷心窍，现在什么也没有了，没有家没有父母没有妻儿没有本事……

"会好的，一切都会好的……还有我们呢……"他们安慰着我，陪我干了一杯又一杯白酒，从天黑到天亮。

我每天都给月儿发微信，问她琪琪和小怡好不好，问她肚子里的孩子还要不要，问她是否可以照顾好自己……她从来没有回过一个字，甚至连个符号都没有。我想他们想得心疼，经常跑到小区门口望着远远的自家楼门发呆，看见琪琪和小怡从幼儿园回家又不敢上去抱他们，只能躲在远处看，几次都掉下泪来。孩子们几乎每天都给我打电话，有一次说："爸爸你出差怎么还不回来呀，都快过圣诞节了，你圣诞节会给我们和妈妈买什么礼物呀？你不想我们吗？"我在心里一遍又一遍地说着我爱你们，我爱你们和妈妈……

离筹码归数的日子没几天了，我该怎么办？他们会不会找到家里去？会不会吓到月儿和孩子们？

月儿，月儿，月倾城，这个兰质蕙心、一身傲骨的女人，当年不顾一切地选择了我，从2004年相识至今，恋爱、结婚、生子，她给了我世界上最美最好最温柔的一切，纵使她躲得过万千烦恼，躲得过诱惑迷醉，却独独逃不过我带给她的万千伤害。

这个发丝上散发着柠檬香味儿的女人，这个我曾经发誓要保护和照顾一辈子的女人，这个冰雪聪明却被我骗了一次又一次的女人，这一生，我们本是讲好，要一起白头的。

我却亲手毁了这一切。

我恨恨地把头向墙上撞去，一下、两下、三下……

怪谁？没有人拿刀在背后逼着我去赌博，也没有人逼着我亲手拆散一个原本幸福的家，只怪自己执迷不悔，怪我的心管不住自己的手！

我掂着手里的菜刀，疯子一样哈哈笑着，向自己左手的小指狠狠剁去！

第五十九章　救赎

我记不清自己是怎么进的医院,是自己疼得没了意识拨打了120还是大朋踹开了屋门把我送到手术室,此刻他站在病床前忧郁地看着我,见我醒来,叹口气说:"轩哥你……这又是何苦?这么做也改变不了什么啊。"

我看一眼用纱布包着的巨大的左手,摇摇头有气无力地说:"至少,我能记住,我能改……"

"唉……刚才……嫂子她来过了……"

"人呢?"我挣扎着想坐起来,被他一把摁住。

"走了,什么也没说。你手指头接上了……千万别动。"

"无所谓了……我活该。"

"行了轩哥……别想了,会慢慢过去的,嫂子也会原谅你的。"

我闭上眼睛,任泪水流过脸颊。

护士进来,训斥了大朋几句,说你怎么回事,患者刚苏醒不能激动,你先出去。

大朋看看我,似乎有什么话还没说完,又看看护士,说那么轩哥你什么也甭想了,好好养伤,等都养好了再说。

肉体的丝丝疼痛让我倒吸了几口凉气,护士帮我往吊瓶里加了针药,我又沉沉睡去。

我在病房里住了已经快一个星期了,每天都在昏昏沉沉地睡,除了大朋和林凡,再也没有人来看过我。

我几乎与世隔绝着,哪怕梦中也在悔恨着自己的过错,手机落在了小平房里,不知道四哥他们是不是开始在找我了。

刚过完元旦,就算期限已到,想着四哥也不应该这么快找到家里去,只是龚强那边儿找人拿的码……

他是大朋的表哥，如果真有什么事儿相信大朋会告诉我的。

我现在是烂命一条，有什么冲我来，只要别惊扰了月儿和孩子。

挨了九天，我终于出院了。

路上，大朋说："轩哥，这几天怕你激动什么都没告诉你，你出事儿那天我给你打了好几个电话你也不接，我想告诉你嫂子中午就把钱打到我账户上了，二十万，都还我了，后来又打了两万块钱，说是医药费。"

"什么？还你了？她怎么有你账号？"

"嫂子问我要的，我给你打电话也给你发微信了，联系不上你，她问了我几遍，我就给她了。"

我刹那间明白了什么，一把拿起他的电话给林凡拨过去，"月儿问你要账号了吗？"我问。

"要了，就你……出事儿那天，中午的时候，我给你打电话你一直不接。没想到你晚上就……唉，我要是中午能腾出空来……"

"五十万给你了？"

"我没给她账号她怎么给我？还想问你是怎么回事儿？月儿是不是在帮你偷偷还钱？"

我打给月儿，她电话转全球呼了，微信也不回，家里座机没人接，按理说两个保姆总有一个在家不可能没人听电话呀，我催大朋把车开得快一点再快一点，管不了那么多了，我先去家里问问清楚再说。

我站在家门外，敲了那么久那么久，可里面连一丝声音都没有，我心慌意乱，又跑到对门去问，邻居说好久没看见家里有人了，大概有一个星期了吧，你怎么可能不知道？

车库里宝马和保时捷都不在。

我去了幼儿园，老师告诉我两个孩子上个星期已经请了假。

保姆的电话号码都存在我手机上，我心狂跳着，怎么了？这是怎么了？人呢？我老婆孩子呢？我疯了似的一路不停地给月儿打电话，却永远都是转到全球呼上的声音。

我冲进自己的小平房，手机早已没电，大朋帮我把电源充上，在等待开机的几十秒钟内，我如同熬过了一个世纪。

电话一开机，无数微信、短信、未接电话一股脑地冲进来，我烦躁地按掉，哆嗦着去找保姆的电话，一个没人接，一个接通之后告诉我她已经回了老家，我问她月儿和孩子们呢？她说月儿带孩子回太原了，我问她你们怎么不跟着去？她支吾着说你们两口子的事儿我也不知道应该怎么说，你也别问我了，还是打电话问问月儿吧。

我翻看着手机，发现四哥和KK都给我发了短信，内容都差不多：款已收到，下次再来。

我打电话过去确认，确定是月儿已经把赌场的钱都还清了，另外，工商银行的短信提醒我账户里入账六十万，附言是：林凡和六子的钱。

"哥，你没事儿吧？"大朋坐在我身边不安地问。

我摇摇头，心里在计算着月儿还给所有人的全部数目，典当行还了张总七十万之后总共剩下不到八百万，股票剩的钱也就刚好还清保时捷的贷款，房子还有一百多万贷款没还完，月儿就是把手头上所有钱都拿出来也不够啊。

"不行给嫂子家里打个电话吧？"大朋说。

我傻愣着不说话，左手又疼起来，大朋从包里把药递给我吃了，说别急别急，不会有什么事的，如果真有事嫂子也没必要帮你还钱。

微信响了，这是月儿这么久来给我发的第一条微信：秦轩，别找我。结束了。别找到太原来，咱们的事儿我家人都不知道，我爸妈年龄大了经不住这些，我哥知道了会打死你的。房子和车我都卖了，钱我也都帮你还上了，不为别的，只为你能在今后抬起头来继续做人。我不后悔爱过你，只是无法忍受你一次又一次地欺骗我。剩下的钱暂时够我和孩子用的，琪琪和小怡都好，我会照顾好他们的。我做了我所能做的一切，你好好活着，保重。

"月儿月儿求求你，求求你别离开我……求求你……"我冲着微信大喊起来，丝毫没注意到根本没有按下录音键。

"轩哥轩哥……你别这样你别这样……嫂子听不见……"大朋抱住我，"别急别急……"

"大朋，你要是我你怎么办？我老婆孩子呢？我想他们我想他们呀……"

"哥，哥……我知道我知道……嫂子既然都已经这么做了……她有她的打算，你就别着急了，他们人都没在北京，你急也没用啊……"

"是我没用，是我没照顾好他们，还把他们拖累了……我就是个傻×，我他妈的放着好好日子不过，我怎么这么混蛋……"我挥舞着拳头，我恨我自己，如果这一切是老天爷给我最重的惩罚的话那他已经做到了，我内心的痛苦远远甚于肉体，疼得心脏像被放进了绞肉机，让我不得不一次次咬紧牙关，每一秒都无法呼吸。

那一夜，大朋在床脚凑合着蜷了一宿，林凡闻讯也来了，他看看我，把手机打开自拍键举到我面前说："秦轩，你看看你现在这德行，像个老爷们儿吗？你是南城混出来的，什么大风大浪没见过？别人骑电动车的时候你丫都开宝马了！你他妈的这辈子抓了一手的好牌，四个2、俩猫、三个枪全他妈在你手里，是你自己作，才把一手好牌打烂了！打烂了就打烂了，你也不能就瘫在这儿了吧？难道你想像胖子一样去死吗？对对对，死了就没这么烦了，但是，你想让老婆和孩子一辈子生活在这个阴影里吗？你父母嘴上说跟你断绝了关系，但是你知不知道他们打了我多少次电话问你的情况？他们不去医院看你是因为想让你记住这次教训！让你不再赌！让你记一辈子！你做错了那么多次，为什么还么自私？你想补偿老婆孩子就得像个北京爷们儿一样站起来！谁不是从无到有一步一步走过来的？谁没吃过苦？你堂堂一米八顶天立地的汉子，有什么过不去的坎儿？知道什么叫用心良苦吗？月倾城能卖房卖车帮你把所有钱都还上为什么？还不是为了让你站起来好好活着，活出个人样儿来给她看？你不是没有破镜重圆的机会，但你能不能别像一摊臭狗屎一样瘫在这儿！别他妈的在这儿丢人现眼行不行？！把你那烂手养好了跟我去公司上班去！重新开始！重新开始听懂了吗？"他把手机扔到一边儿，双手用力摇晃着我的肩膀，眼睛一眨不眨地瞪着我，喷出的吐沫星子溅了我一头一脸。

我呆呆地看着他，看着这个一直以来都和和气气的大学同学，愣了许久，我坚定地、一次又一次地点头。

我按时吃药，按时复诊，遵照一切医嘱进行手指的康复训练，静静地在小窝里养伤，我每天早晚都会给月儿发微信，告诉她一天的情况，也会给孩子们说故事，告诉他们爸爸还在外地出差，要过段时间才能见到他们。月儿从来都没有回过一句话，倒是琪琪和小怡有时会甜甜地跟我说上几句，每每听到他们稚嫩的声音，我觉得冬天已经不再那么冷了。

我不信命，我只相信是非循环、因果报应，人做错了事终会有惩罚，或早或晚。

有时候我会去凤凰城、椿树园、山水花园慢慢地走上一圈，这些我和月儿曾经生活过的地方，总有那么多美好的记忆，她的笑她的好，她发呆时萌萌的样子……回首再看，那么多的风风雨雨、恩恩怨怨、欢笑嫣然、伤痛忧烦……已经被岁月揉成了大大小小的纸团，展开时，皱皱地记载着那一桩桩一件件。

　　其实，世间除却生死，即便再伤的痛，也可以碾末成尘，和水咽下。

　　月儿，你，回来过吗？

　　我把脖子里的狼牙摘下来换成我和月儿的结婚戒指，让它们紧紧挨着我的胸膛，听着我的心跳。

　　那一瞬间，我甚至觉得她就在怀中。

　　半个月之后，我盘算着如果月儿没有告诉她家里人实情，那春节是不是就应该会叫我回太原一起过年？不然一切都会穿帮。我在心里一遍遍安慰着自己，也许一切还会有转机，我想孩子，想家。

　　也想我妈。

　　我回了趟父母家，他们并没有不让我进家门，我妈面对我弯曲的左手小指哭泣不已，我昂起头来告诉他们：我会重新活，我会用我的一生把老婆孩子再争取回来。

　　人生，真的可以重新开始吗？

　　凤凰涅槃，置之死地而后生。

尾 声

1月19日，我接到了月儿的微信：秦轩，当你看到这条微信的时候，我已经带着琪琪和小怡登上了飞往美国的班机。别追，马上就起飞了。我们都明白，我和你，不是因为不爱而分开。你放心我会照顾好宝贝们，他们是我的一切。如果有缘再见，我希望看到的是已经振作起来的秦轩。保重，保重。

兜头的凉水把我浇了一个透心凉，我打电话过去，意外地电话接通了，琪琪兴奋的声音从听筒传来，"爸爸爸爸，我们去美国啦，你什么时候过来呀？"小怡甜甜地在旁边说："是呀爸爸，我可想可想你了，可是妈妈说你工作可忙了，那等你忙完了赶快来美国呀！"

"好的宝贝好的，让妈妈听电话好吗？"

电话那端沉默着，"月儿，亲爱的，"我的眼圈儿红了，"我……对不起……月儿，你去美国找英子吗？你……你……"悲伤哽住了喉咙，我再也说不下去了。

电话里传来小怡的声音，"妈妈你怎么了，你为什么掉眼泪呀？一点都不乖……"

"妈妈没事，妈妈眼睛不舒服。"月儿熟悉的声音有如天籁。

"月儿，求求你，跟我说句话吧，你知道我有多想你吗？月儿……月儿……"我泣不成声。

"你……保重。"

"月儿，别挂电话别挂！求你了！告诉我你是去找英子吗？她那边安排好了吗？你安顿好了能不能给我发个微信？月儿，我是孩子的父亲，求求你让我知道你们在哪儿好吗？我们是一家人呀……你惩罚我可以，别让孩子没有爸爸，求求你……"

"我从来都没有想过会有这么一天，会离开你，你照顾好自己，一定！"她挂了电话，我再打就关机了。

我试图联系英子，才发现自己根本没有她的微信和她在美国的电话号码，我努力去想她家的样子和线路，脑子里却一片混沌。我甚至问了周奕，周奕说我结婚都两年了，你觉得我还有前前前女友的联系方式吗？

十几个小时后我接到了月儿的微信，只有两个字：安好。

我去了林凡的公司，先是跟他跑了几天腿，又跟他去谈了几次演出事宜，慢慢在公司学着做事情，我努力着，发誓要活出个人样儿来。

生活以最快的速度步入正轨，我在工作中找到了乐趣，才发现做事、做人并没有多难，只要脚踏实地总会有些收获。

我想念月儿和孩子，却深知自己如果不站起来就没脸去见他们，我努力着，等待着我顶天立地地站在他们的面前，把他们再一次搂进我的怀抱。

只要给我一个地址，一个机会，我再也不会失去我所深爱的人。

在每个孤单的夜里，我一遍遍翻看着手机里月儿和孩子们的照片，思念着他们的一颦一笑。月儿的朋友圈并没有屏蔽我，她偶尔发发照片也全都是关于琪琪和小怡的，看着他们开心地笑我也会跟着笑，这一切促使我更加努力地工作，每多赚一分钱，我就觉得离他们更近了一步。

有张照片让捕捉到了什么，我用手指放大，孩子们身后赫然是英子住所的门牌号码。

我捧着手机像个傻子一样地笑了。

我去探视宁夏，左手插在口袋里一直没有拿出来。我不想让他骂我，也不想让他担心。我只是说最近一段时间恐怕不能来看他了，他问我出了什么事，我笑笑说没什么，就是和老婆孩子去美国待一段时间，你一定好好的，争取早日出来。他点点头问我还回来吗？我说不知道要去多久，但会回来的，"黑红梅方"就剩下咱俩了。

"黑红梅方，黑红梅方……"他喃喃地无数遍重复着这四个字，再抬头看我时已是满眼泪光。

2016年5月5日，我登上了飞往美国休斯敦的班机。

紧贴着胸口的，是我和月儿的结婚戒指。

美女变大树于2016年6月21日初稿
7月11日二稿
8月23日定稿

图书在版编目（CIP）数据

黑红梅方：北京风云十二年 / 美女变大树 著 -- 北京：作家出版社，2017.3 （2017.5重印）

ISBN 978-7-5063-9327-0

Ⅰ. ①黑… Ⅱ. ①美… Ⅲ. ①长篇小说-中国-当代 Ⅳ. ①I247.5

中国版本图书馆CIP数据核字（2017）第018973号

黑红梅方——北京风云十二年

| 作　　者：美女变大树
| 责任编辑：省登宇
| 装帧设计：张亚群
| 出版发行：作家出版社
| 社　　址：北京农展馆南里10号　　邮　　编：100125
| 电话传真：86-10-65930756（出版发行部）
| 86-10-65004079（总编室）
| 86-10-65015116（邮购部）
| E-mail:zuojia@zuojia.net.cn
| http://www.haozuojia.com（作家在线）
| 印　　刷：三河市北燕印装有限公司
| 成品尺寸：160×230
| 字　　数：230千
| 印　　张：17.75
| 版　　次：2017年3月第1版
| 印　　次：2017年5月第2次印刷
| ISBN 978-7-5063-9327-0
| 定　　价：38.00元

作家版图书，版权所有，侵权必究。

作家版图书，印装错误可随时退换。